一笑

古龍自署

國際學術研討會

古龍武俠小說 領先時代半世紀

【記者賴素鈴／報導】江湖代有才人出，這廂古龍凋零二十載，那廂今朝懸賞百萬獎新秀，浪淘不盡，唯有武俠熱愛，不隨時間變易，在學術研討會上更見分明。以「一代鬼才：古龍與武俠小說」爲主題，淡江大學第九屆文學與美學國際學術研討會昨起在國家圖書館，展開爲期兩天的議程，紀念武俠小說家古龍逝世二十周年，新生代學者與古龍故舊齊聚一堂，以文論劍話武俠。

日前與淡大中文系教授林保淳共同發表《台灣武俠小說發展史》，武俠小說評論家葉洪生昨天在專題演講中，直批胡適1959年底發表「武俠小說下流論」是「胡說」，學界泰斗的不當發言以及隨即展開的「暴雨專案」，反而促成1960年起台灣武俠新秀的繁興，「武俠小說迷人的地方，恰恰在門道之上。」，葉洪生認定，武俠小說審美四原則在文筆、意構、雜學、原創性，他強調：「武俠小說，是一種『上流美』。」

集多年心血完成《台灣武俠小說發展史》，葉洪生認爲他已爲從十歲起迷上武俠小說的半世紀畫上完美句點，並且宣布他「以後決心退出武俠論壇，封劍退隱江湖」。

雖然葉洪生回顧武俠小說名家此起彼落，套太史公名言「固一世之雄也，而今安在哉？」，認爲這是值得深思的嚴肅課題，昨天意外現身研討會而備受矚目的溫世禮，則爲了紀念同是武俠迷的哥哥溫世仁，推出第一屆「溫世仁武俠小說百萬大賞」，即日起至今年10月3日截止收件，經兩階段評選後於明年12月7日公布首獎得主，預料將會是一場武林新秀的龍虎爭霸戰。

看明日誰領風騷？風雲時代出版社發行人陳曉林眼中的古龍，其實領先他的時代半世紀，以致如今雖然古龍逝世20年，陳曉林認爲大家對古龍的了解仍然有限，預言未來世代更能和古龍的後設風格共鳴。

昨天這場研討會，也凸顯武俠小說作爲一項文學研究門類，仍有待開發學習空間。多位與會者都指出，武俠小說的發表、出版方式和管道具考證難度，學術理論與論文格式的建立待加強。而武俠名家的版權之爭、市場競爭力，也增加出版推廣困難，古龍武俠小說的版權糾紛、司馬翎作品的版權官司也成爲研討會的場外話題。

與

武俠小說

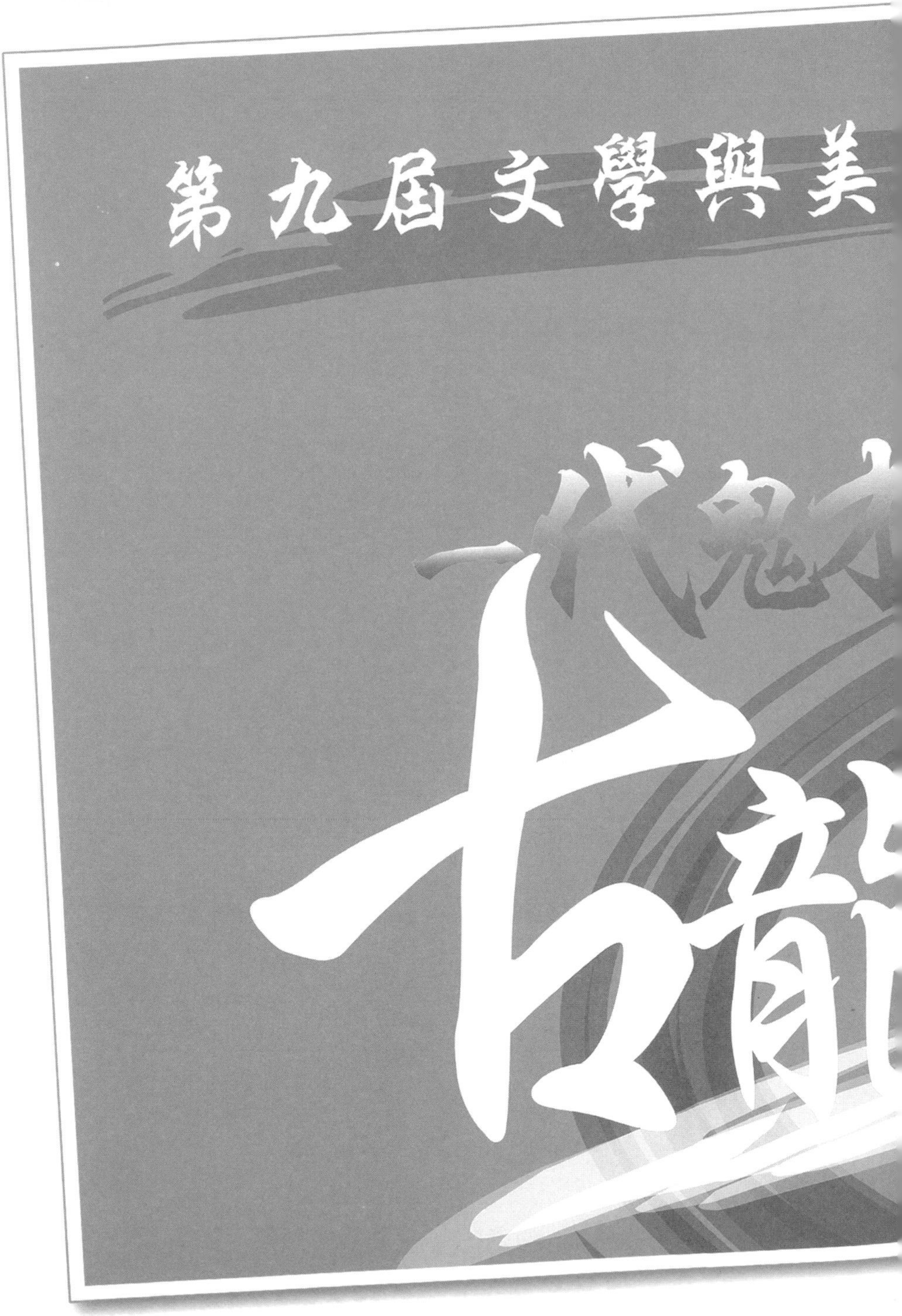

第九屆文學與美
一代鬼
古龍

古龍兄為人慷慨豪邁、跌蕩自如，變化多端，文如其人，且復多奇氣。惜英年早逝，余與古兄當年交好，且喜讀其書。今除不見其人，又無新作可讀，深自嘆惜。

金庸

一九九六．十．十一．香港

蕭十一郎

(下)

附《劍·花·煙雨江南》

古龍精品集47

蕭十一郎(下)

目錄

十八 亡命

蕭十一郎畢竟不是鐵打的！

他血流個不停，力氣也流盡了。

趙無極又一滾，抄起了地上的刀，狂笑道：「我遲早還是要你死在我手上！」

霹靂一聲，暴雨傾盆。

一陣狂風自窗外捲入，捲倒了屋子裡的兩支殘燭。

趙無極刀已揚起，眼前忽然什麼也瞧不見了。

黑暗，死一般的黑暗，死一般的靜寂，甚至連呼吸聲都聽不見。

趙無極的手緊握著刀柄，他知道蕭十一郎就在刀下！

但蕭十一郎真的還在那裡麼？

趙無極的掌心正淌著冷汗。

突然間，電光一閃。

蕭十一郎正掙扎著想站起來，但隨著閃電而來的第二聲霹靂，又將他震倒，就倒在刀下。

趙無極的手握得更緊，靜等著另一次閃電。

這一刀砍下去，一定要切切實實砍在蕭十一郎脖子上！

這一刀絕不能再有絲毫差錯。

隆隆的雷聲已經終於完全消失，正已到了第二次閃電擊下的時候。

閃電一擊，蕭十一郎的頭顱就將隨著落下。

想到這一刻已近在眼前，趙無極的心也已不禁加速了跳動。

他只恨現在燭火已滅，不能看見蕭十一郎面上的表情。

就在這時，屋子裡突然多了陣急促的喘息聲。

門外雨聲如注，這人似乎自暴雨中突然衝了進來，然後就動也不動的站在那裡，因爲他也必定什麼都瞧不見。

他想必也在等著那閃電一擊。

這人是誰？

趙無極不由自主，向後面瞧了一眼，雖然他也明知道是什麼也瞧不見的，但還是忍不住要去瞧瞧。

就在這時，電光又一閃！

一個人披頭散髮，滿身濕透，瞪大了眼睛站在門口，目光中充滿了驚惶、悲憤、怨恨、恐懼之意。

是沈璧君。

趙無極一驚，沈璧君也已瞧見了他，手突然一揚。

電光一閃即熄，就在這將熄未熄的一刹那間，趙無極已瞧見沈璧君手中有一蓬金絲暴射而出！

這正是沈璧君家傳，名震天下的奪命金針！

趙無極已顧不得傷人，抖手挽起一片刀花，護住了面目，身子又就地向外滾出了七八尺，「砰」的一聲，也不知撞上了什麼。

又一聲霹靂震擊過，電光又一閃。

沈璧君已衝了過來，撲倒在蕭十一郎身上。

四下又是一片黑暗，震耳的霹靂聲中，她甚至連蕭十一郎的喘息聲都聽不見，但她的手卻已摸到他身上有濕黏黏的一片。

是血！

沈璧君嘶聲道：「你們殺了他！……是誰殺了他？」

淒厲的呼聲，竟似比雷聲更震人心弦。

黑暗中，一隻手向沈璧君抓了過來。

雷聲減弱，電光又閃。

沈璧君瞧見了這隻手，枯瘦、烏黑得如鷹爪。正是海靈子的手。

海靈子另一隻手還緊握著劍，似乎想一把抓開沈璧君，接著再一劍刺穿蕭十一郎的咽喉！

但他也瞧見了沈璧君的眼睛，比閃電還奪人的眼睛！

火一般燃燒著的眼睛！

直到閃電再亮，他的手還停頓在那裡，竟不敢抓下去！

沈璧君厲聲道：「滾！滾開！全都滾開！無論誰敢再走近一步，我就叫他後悔終生！」

呼聲中，她已抱起蕭十一郎，乘著黑暗向門外衝出。

只聽一人道：「且慢！」

電光再閃，正好映在厲剛臉上。

他鐵青的臉被這碧森森的電光所映，映得更是說不出的詭秘可怖。

沈璧君怒喝道：「閃開！你有多大的膽子，敢攔住我？」

閃光中，她的手似又揚起！

厲剛也不知是被她的氣勢所懾，還是畏懼她手裡的奪命金針，竟不由自主向後退了兩步。

沈璧君已向他身旁衝了出去。

屠嘯天長長嘆了口氣，道：「縱虎歸山，蕭十一郎這一走，日後我們只怕就難免要一個個死在他手上了！」

厲剛怒道：「你爲何不來攔住她？」

屠嘯天嘆道：「你莫忘了，沈璧君畢竟是連城璧的妻子！她若受了傷，誰承當得起？」

趙無極忽然笑了笑，道：「但你若是連城璧，現在還會認她做妻子麼？」

屠嘯天默然半晌，忽也笑了笑，道：「無論如何，我們現在再追也不遲，反正她也走不遠的。」

厲剛道：「不錯，追！」

暴雨如注。

雨點打在人身上，就好像一粒粒石子。

無邊的黑暗，雨水簾子般掛在沈璧君眼前。

她根本瞧不清去路，也不知道究竟該逃到哪裡去。

天地雖大，卻似已無一處能容得下他們兩個人。幸好後面還沒有人追來，沈璧君放慢了腳步，遲疑著道：「該走哪條路？」

電光一閃，她忽然發覺一個人癡癡的站在暴雨中，正癡癡的在瞧著她。

是連城璧！他怎麼也到了這裡？

沈璧君雖然並沒有看清他的面目，但這雙眼睛，眼睛裡所包含的這種情意，除了連城璧還有誰？

她的腳忽然似乎被一種雖然無形，但卻巨大的力量拖住！

無論如何，連城璧畢竟是她的丈夫。

電光又一閃，這一次，她才看清了他。

他全身都已濕透，雨水自他頭上流下來，流過他的眼睛，流過他的臉，他卻只是癡癡的站在那裡，動也不動。

他目中既沒有怨恨，也沒有憤怒，只是癡癡的望著她，全心全意的望著她，除了她之外，他什麼都已瞧不見，什麼都不在乎。

連城璧本來永遠都是修飾整潔，風度翩翩的，無論任何人，在任何時候瞧見他，他都像是一株臨風的玉樹，神采照人，一塵不染。

但現在——

沈璧君從來也沒有看見他如此消沉，如此狼狽過。

她突然覺得一陣熱血上湧，連喉頭都似被塞住，情不自禁向他走了過去，嗄聲道：「你……你一直在跟著我？」

連城璧慢慢的點了點頭。

沈璧君道：「但你並沒有來攔住我。」

連城璧沉默了半晌，緩緩道：「只因我明白你的心意……」

沈璧君道：「你明白麼？真的明白？」

連城璧嘆道：「若不是你，他不會落得如此地步，你怎麼能不救他？」

忽然間，沈璧君整個人似也癡了，心裡也不知是悲傷，還是歡喜？

「無論如何，他畢竟還是了解我的。」

在這一剎那間，連城璧若是叫她帶著蕭十一郎逃走，她也許反而會留下，以後她縱然還是會後悔。

但在這一剎那間，她絕不忍拋下他一個人孤零零的站在暴雨中。

連城璧柔聲道：「我們回去吧，無論他受的傷多麼重，我都會好好照顧他的，絕不會讓任何人再傷他毫髮。」

沈璧君突然向後面退了兩步，道：「你……你相信他不是壞人？」

連城璧道：「你說的話，我幾時懷疑過？」

沈璧君身子忽然顫抖了起來，顫聲道：「但他們方才要來殺他時，你並沒有攔阻，你明知他們要來殺他，卻連一句話也沒有說。」

她一面說，一面向後退，突然轉身飛奔而出。

連城璧忍不住喝道：「璧君……」

沈璧君大聲道：「你若真的相信我，現在就該讓我走，否則以後我永遠也不要見你，因爲你也和別人一樣，是個僞君子！」

連城璧身形已展動，又停下！

雨更大了。

沈璧君的身形已消失在雨水中。

只聽一人嘆道：「連公子的涵養，果然非人能及，佩服佩服。」

震耳的霹靂聲中，這人的語聲還是每個字都清清楚楚的傳入連城璧耳裡，只可惜他的臉色別人卻無法瞧見。

一個人手裡撐著柄油傘，慢慢的自樹後走了出來，閃電照上他的臉，正是「穩如泰山」司徒中平。

他臉上帶著詭秘的微笑，又道：「在下若和連公子易地相處，蕭十一郎今日就再也休想逃走了，也正因如此，所以在下最多也不過只是個保鏢的，連公子卻是名滿天下，人人佩服的大俠，日後遲早必將領袖武林。」

連城璧臉上連一點表情都沒有，淡淡道：「你究竟想說什麼？」

司徒中平笑道：「我只是說，連公子方才若殺了他，雖只不過是舉手之勞而已，但怕被人知道連公子也會乘人之危，豈非於俠名有損？連夫人更難免傷心，如今連公子雖未殺他，他反正也是活不長的。」

連城璧沒有說話。

司徒中平道：「方才趙無極他們也已追了過來，連夫人雖未瞧見，連公子卻自然不會瞧不見，現在他們既已追去，夜雨荒山，以連夫人之力，又還能逃得多遠？既然已有人殺他，連公子又何必自己出手？」

連城璧沉默了良久，緩緩道：「這些話，你自然不會對別人說的，是麼？」

司徒中平道：「連公子也知道在下一向守口如瓶，何況，在下此時正有求於連公子。」

連城璧淡淡道：「你若非有求於我，也不會故意在我面前說這些話了。」

司徒中平大笑著道：「連公子果然是目光如炬，其實在下所求之事，在連公子也只不過是舉手之勞而已。」

連城璧忽然笑了笑，道：「江湖中人人都知道司徒中平『穩如泰山』，依我看，卻未必。」

司徒中平臉色變了變，勉強笑道：「在下也正和連公子一樣，本就是別人無法看透的。」

連城璧沉下了臉，冷冷道：「你看我是個會被人所脅的人麼？」

司徒中平身子不由自主向後縮了縮，再也笑不出來。

連城璧嘆了口氣，道：「其實我也知道，你如此做，也是情非得已，只因你要求我的事，平時我是絕不會答應的。」

司徒中平變色道：「連公子已知道我要求的是什麼事？」

連城璧淡淡道：「若要人不知，除非己莫為。你們的事，有幾件是我不知道的？但你們只知我涵養很深，卻未想到我有時也會反臉無情的。」

司徒中平依然瞧著他，就像是第一次看到這個人似的。

連城璧嘆道：「其實每個人都有兩種面目，有善的一面，也要有惡的一面，否則他非但無法做大事，簡直連活都活不下去。」

司徒中平滿頭水流如注，也不知是雨水，還是冷汗？突然拋下了手裡的油傘，飛也似的逃了出去。

閃電又擊下！

連城璧的劍卻比閃電還快！

司徒中平連一聲慘呼都未發出，長劍已自他後背刺入，前心穿出，將他整個人釘在地上！

連城璧垂首瞧著他，嘆息著道：「沒有人能真『穩如泰山』的，也許只有死人……」

他慢慢的拔出劍。

劍鋒上的血立刻就被暴雨沖洗得乾乾淨淨。

荒山。

閃電照亮了山坳後的一個洞穴。

沈璧君也不管洞穴中是否藏有毒蛇、猛獸，不等第二次閃電再照亮這洞穴，就已鑽了進去。

洞穴並不深。

她緊緊抱著蕭十一郎，身子拚命往裡縮，背脊已觸及冰涼堅硬的石壁，她用力咬著嘴唇，不讓自己喘息。

雨水掛在洞口，就像是一重水晶簾子。

她忽然覺得自己就像是一匹狼，一匹被獵人和惡犬追蹤著的狼，她忽然了解了狼的心情。

趙無極他們並沒有放過她。

她雖然沒有真的看到他們，但她知道。

一個人到了生死關頭，感覺就也會變得和野獸一樣敏銳，彷彿可以嗅得出敵人在哪裡。

這是求生的本能。

但無論是人或野獸，都會有種錯覺，到了一個可以避風雨的地方，就會覺得自己已安全得多。

沈璧君顫抖著，伸出手——

蕭十一郎的心還在跳，還有呼吸。

她閉上眼睛，長長嘆了口氣，過了半晌，他身子突然發起抖來，牙齒也在「格格」的打戰，彷彿覺得很冷，冷得可怕。

沈璧君心裡充滿了憐惜，將他抱得更緊。

然後，她就感覺到蕭十一郎在她懷抱中漸漸平靜，就好像一個受了驚駭的孩子，知道自己已回到母親的懷抱。

世上只有母親的懷抱才是最安全的。

雖然外面還是那樣黑暗，風雨還是那麼大，雖然她知道敵人仍在像惡犬般追蹤著她。

但她自己的心忽然也變得說不出的平靜。一種深摯的、不可描述的母愛，已使她忘卻了驚惶和恐懼。

孩子固然要依賴母親。

母親卻也是同樣在依賴著孩子的。

世上固然只有母親才能令孩子覺得安全，但也唯有孩子才能令母親覺得幸福、寧靜……

這種感覺是奇妙的。

她自己也不知道自己怎會有這種感覺。

因爲她還不太懂得真正的愛情。

戀人們互相依賴，也正如孩子和母親。

閃電和霹靂已停止。

除了雨聲外，四下已聽不到別的聲音了。

沈璧君也不知道是該再往前面逃，還是停留在這裡，恍恍惚惚中，她總覺得這裡是安全的，絕沒有任何人能找得到他們。

她這是不是在欺騙自己？

有時人們也正因爲會欺騙自己，所以才能活下去，若是對一切事都看得太明白、太透徹，只怕就已沒有活下去的勇氣。

恍恍惚惚中，她似又回到了深谷裡的那間小小的木屋。

蕭十一郎正在外面建築另一間，雨點落在山石上，就好像他用石鎚在敲打著木頭。

聲音是那麼單調，卻又是那麼幸福。

她眼簾漸漸闔起，似已將入睡。

她雖然知道現在睡不得，卻已支持不下去……

恐懼並不是壞事。

一個人若忘了恐懼，就會忽略了危險，那才真的可怕。

幸好這時蕭十一郎已有了聲音！

他身子彷彿微微震動了一下，然後就輕輕問道：「是你？」

四下一片黑暗，暗得什麼都分辨不出。

沈璧君看不到蕭十一郎，蕭十一郎自然也看不到她。

但他卻已知道是她，已感覺出她的存在。

沈璧君心裡忽然泛起了一陣溫暖之意，柔聲道：「是我……你剛剛睡著了？」

蕭十一郎很久沒有回答，然後才輕輕嘆息了一聲：「你不該來的。」

沈璧君道：「爲……爲什麼？」

蕭十一郎道：「你知道……我不願意連累你。」

沈璧君道：「若不是我，你怎會這樣子？本就是我連累了你。」

蕭十一郎道：「沒有你，他們一樣會找到我，沒有你，我一樣能活下去，你明白嗎？」

沈璧君道：「我明白。」

蕭十一郎道：「好，你走吧！」

沈璧君道：「我不走！」

她很快的接著道：「這次無論你說什麼，我都不會走了。」

蕭十一郎從來也未曾聽到她說過如此堅決的話。

她本是很柔弱的人，現在已變了！

他本想再像以前那麼樣刺傷她，讓她不能不走。

但也不知爲了什麼，那些尖刻的話他竟再也無法說出來。

沈璧君彷彿笑了笑，柔聲道：「好在那些人已走了，我們總算已逃了出來，等到天一亮，我就可以送你回去，那時我……我再走也不遲。」

蕭十一郎又沉默了很久，忽也笑了笑，道：「你根本不會說謊，何必說謊呢？」

沈璧君道：「我……說謊？」

蕭十一郎道：「那些人無論哪一個，都絕不會放過我的，我明白得很。」

他聲音雖然還是那麼虛弱，卻已又帶著些譏誚之意。

沈璧君道：「他們爲什麼一定要你死？」

蕭十一郎道：「因爲我若死了，他們就可以活得更安全，更有面子。」

沈璧君終於聽出了他話中的譏誚之意，試探著問道：「是不是只有你才知道他們曾做過些見不得人的事？」

蕭十一郎沒有回答。

沉默就是回答。

沈璧君長長嘆息了一聲，道：「其實，你用不著告訴我，我現在也已看清這些自命俠義之輩的真面目了。」

蕭十一郎道：「哦？」

沈璧君道：「他們說的，跟他們做的，完全是兩回事。」

蕭十一郎道：「所以他們爲了要殺我，必定不惜用出各種手段。」

沈璧君道：「的確是這樣。」

蕭十一郎道：「所以，你還是走的好，你不必陪我死。」

沈璧君道：「我不走！」

她的回答還是只有這三個字。

這三個字裡包含的決心，比三萬個字還多。

蕭十一郎知道自己就算說三十萬個字，也無法改變她這決心的。

他只有一個字也不說。

過了很久，沈璧君忽又問道：「我知道趙無極他們必定是做過許多虧心事，但厲剛呢？」

蕭十一郎冷笑道：「你覺得厲剛真是個見色不亂的真君子，是不是？」

沈璧君道：「別人都這樣說的。」

蕭十一郎道：「我卻只能這麼說，在男人面前，他也許是個君子，但遇著單身的美麗女子，他身上恐怕就只剩下頭髮還像個君子了。」

沈璧君不說話了，因爲已說不出話來。

雨還是很大。

蕭十一郎忽然道：「天好像已有些亮了。」

沈璧君道：「嗯。」

蕭十一郎道：「你真的不肯一個人走？」

這次沈璧君只回答了一個字：「是。」

蕭十一郎道：「好，那麼我們一齊走。」

沈璧君又遲疑了。

天已亮了，敵人就在外面，他們一走出去，只怕就要……

沈璧君道：「等雨停再走不好麼？」

蕭十一郎道：「我知道你討厭這場雨，但我卻很感激。」

沈璧君道：「感激？」

蕭十一郎道：「就因爲這場雨沖亂了我們的足跡，所以他們直到現在還沒有找著我們，也就因爲這場雨，所以我們才有機會逃走。」

沈璧君道：「機會？什麼機會？」

暴雨自山路上沖下來，就好像一道小小的瀑布。

厲剛、趙無極、屠嘯天、海靈子，在山路的分岔口停下。

趙無極嘆了口氣，道：「這場雨倒真幫了他們不少忙，非但沖走了他們的足跡，連他們的味道都沖掉了，我們就算帶著獵犬，只怕也追不到他們。」

海靈子冷冷道：「他們還是逃不了。」

屠嘯天道：「不錯，這種路連我們都走不快，何況沈璧君？何況她還帶著個重傷的人。」

他笑了笑，接著道：「我們這位連夫人的功夫，大家自然都清楚得很。」

趙無極道：「但至少我們現在就不知道該往哪條路上追？」

厲剛忽然道：「分開來追！」

趙無極沉吟著，道：「也好，我和海道長一道，厲兄……」

厲剛道：「我一個人走。」

這句話未說完，已展動身形，向左面一條山徑撲了上去。

趙無極、屠嘯天、海靈子，三個人站在那裡靜靜的瞧著他身影消失。

屠嘯天悠然道：「這人的掌力雖強，輕功也不弱，腦袋卻不怎麼樣。」

趙無極笑了笑，道：「你是說他選錯了路？」

屠嘯天道：「不錯，沈璧君和蕭十一郎絕不會從這條路上逃的。」

海靈子道：「怎見得？」

屠嘯天道：「因爲這條路比較好走。」

他又解釋著道：「一個人在逃命時，反而不會選好走的一條路的，總認爲若向難走的一條路逃，別人也就很難找到。」

趙無極笑道：「不錯，每個人都難免有這種毛病，我只奇怪，厲剛也是老江湖了，怎會想不到？」

屠嘯天望著自雨笠簷前流落的雨水，忽也笑了笑，道：「還有件事，我也始終覺得奇怪。」

趙無極道：「哪件事？」

屠嘯天道：「厲剛人稱君子，不知也做了些什麼見不得人的事，被蕭十一郎發覺，所以才非要將蕭十一郎殺死不可。」

趙無極笑道：「他堅持要一個人走，只怕也是生怕蕭十一郎在我們面前揭穿他的秘密吧。」

蕭十一郎似在思索著，沈璧君就又問了句：「什麼機會？」

蕭十一郎道：「他們猜不出我們往哪條路逃，一定會分開來搜索。」

沈璧君道：「嗯。」

蕭十一郎道：「厲剛生怕我在人前說出他的秘密，一定不願和別人同行。」

沈璧君道：「但趙無極、屠嘯天和海靈子呢？他們三個人最近就好像已黏在一起似的。」

蕭十一郎道：「但這次他們一定也會分開。」

沈璧君道：「爲什麼？」

蕭十一郎笑了笑，道：「能殺了我，是件很露臉的事，誰也不願別人分去這份功勞。」

沈璧君道：「可是，他們難道就不怕一個人的力量不夠麼？」

蕭十一郎道：「他們知道我已受了重傷，已無力反抗。」

沈璧君道：「但我卻沒有受傷。」

蕭十一郎又笑了道：「你以爲你的武功和他們差不多？」

沈璧君咬著嘴唇，道：「我只知道他們四個人，無論誰也不敢跟我交手。」

蕭十一郎嘆了口氣，道：「他們怕你，因爲你是沈璧君，是連夫人，並不是爲了你的武功。」

沈璧君又不說話了。

蕭十一郎道：「但他們還是算錯了一件事。」

沈璧君道：「哦？」

蕭十一郎道：「他們不知道，野獸對傷痛的忍耐力，總比人強些。」

沈璧君忍不住笑了，道：「他們更不知道你的忍耐力比野獸還強。」

蕭十一郎道：「所以只要我算得不錯，以我們兩人之力，無論要對付他們其中哪個人，都可以對付得了。」

他緩緩接著道：「只要他們分開來追，我們就有機會將他們一個個殺死！」

這句話中已帶著種殺氣。

沈璧君似乎打了個寒噤，過了半天，才嘆息著道：「你若猜錯了呢？」

蕭十一郎道：「我們至少總有機會賭一賭的！」

雖然天已亮了，但在暴雨中，目力猶無法及遠。

沈璧君扶著蕭十一郎走出了山穴，道：「我們往哪裡去？」

蕭十一郎道：「哪裡都不去，就等在這裡！」

沈璧君愕然道：「就等在這裡？」

蕭十一郎道：「逃，我們是逃不了的，所以只有等在這裡，引他們來。」

沈璧君道：「可是……可是……」

蕭十一郎沒有聽她說下去，道：「這樣做，雖然很冒險，但至少是在以逸待勞，因為我們現在的氣力已有限，已不能再浪費了。」

沈璧君望著他，目中充滿了愛慕。

她覺得蕭十一郎的確是任何人都比不上的。

蕭十一郎忽又笑了笑，道：「我現在只是在猜想，第一個找到我們的是誰？」

沈璧君道：「你猜會是誰？」

蕭十一郎道：「屠嘯天。」

沈璧君道：「你為什麼猜是他？」

蕭十一郎道：「他的江湖經驗最豐富，輕功也不比別人差。」

他微笑著接著道：「第一個抓到雞的，一定是條老狐狸。」

沈璧君道：「他若來了，我該怎麼樣做？」

蕭十一郎沉吟著，道：「老狐狸都難免會有種毛病。」

沈璧君道：「什麼毛病？」

蕭十一郎道：「疑心病。」

沈璧君道：「所以我們就要對準他這毛病下手。」

蕭十一郎笑道：「一點也不錯，我們只要……」

他說話的聲音忽然變得很低很低，除了沈璧君外，誰也聽不到。

第一個找來的，果然是屠嘯天。

他果然是一個人來的。

沈璧君坐在山穴前一塊石頭上，似已癡了，暴雨如注而下，她彷彿一點感覺都沒有，屠嘯天來了，她也似沒有瞧見。

屠嘯天一眼就瞧見了她，卻沒有瞧見蕭十一郎。

蕭十一郎莫非躲在山洞裡？

屠嘯天遲疑著，慢慢的走了過去，臉上帶著假笑，故作驚訝，道：「連夫人，你怎會在這裡？」

沈璧君這才抬頭瞧了他一眼，居然笑了笑，道：「你怎麼到現在才來？」

屠嘯天目光閃動著，道：「連夫人難道在等我麼？」

沈璧君道：「我迷了路，正在等著人來送我回去。」

屠嘯天道：「那位蕭十一郎呢？」

沈璧君嘆了口氣，道：「他已死了，你們本就該知道他是活不長的。」

屠嘯天慢慢的點了點頭，也嘆息著道：「他受的傷確實很重，但若是有名醫救治，還是很快就會復原的。」

他忽然笑了笑，接著道：「卻不知他的屍身在哪裡，也許還未真的斷氣呢？」

沈璧君目光有意無意的向山洞裡瞧了一眼，立刻又垂下頭，道：「我跑了半夜，實在一點力氣也沒有了，只得將他的屍身拋下。」

屠嘯天道：「拋在哪裡？」

沈璧君吶吶道：「黑夜之中，也不知究竟拋在哪裡了，慢慢找，也許還可以找著。」

屠嘯天笑道：「一定可以找著的。」

他臉色突然一沉，人已竄到山洞前，高聲道：「姓蕭的，事已至此，你躲在裡面又有什麼用？還是老老實實的出來吧！」

山洞中沒有應聲。

沈璧君面上卻露出了驚惶之色。

屠嘯天眼珠子一轉，突然竄到沈璧君身旁，道：「得罪了！」

三個字出口，他已扣住了沈璧君的手腕。

沈璧君變色道：「你想幹什麼？」

屠嘯天道：「也沒什麼，只不過想請連夫人先走一步，帶我到山洞裡去瞧瞧。」

沈璧君臉都嚇白了，猶疑著，終於跺了跺腳。

屠嘯天已將她推入了山洞，厲聲道：「姓蕭的，你聽著，連夫人已在我手裡，你若敢玩什麼花樣，我就叫你們連死都不得好死……」

最後一個「死」字，他並沒有說出來。

這「死」字已變作一聲慘呼！

他只覺得好像有千百隻蜜蜂，一齊釘入了他的後頸和背脊。

沈璧君乘機掙脫了手，反手一掌擊出。

屠嘯天踉蹌後退，退到洞口，霍然轉身。

蕭十一郎正站在洞外笑嘻嘻的瞧著他。

屠嘯天連眼珠子都快凸了出來，咬著牙道：「你……你這惡賊……」

蕭十一郎微笑道：「不錯，我是惡賊，你卻是笨賊，你以爲我在洞裡，我偏在外面。」

屠嘯天道：「你……你……你用的是什麼惡毒的暗器？」

蕭十一郎道：「只不過是沈家的金針，自然是有毒的那種。」

屠嘯天死灰色的臉，突然一陣扭曲。

然後，他的人也倒下。

就在他倒下去的時候，蕭十一郎也倒了下去。

沈璧君奔出來，扶起他，柔聲道：「你沒事麼？」

蕭十一郎道：「我只怕自己會先倒下來，我若先倒下，他也許就能再多支持一會兒，先將我殺了。」

沈璧君透了口氣，嫣然道：「想不到你用金針的手法，並不在我之下。」

蕭十一郎嘆了口氣，道：「一個人到了生死關頭，無論做什麼都會比平時做得好些的。」

屠嘯天自從倒下去後，就沒有再動過。

蕭十一郎喘息著，瞧著他，喃喃道：「幸好老狐狸的疑心病都很重，否則哪有雞的活路？」

沈璧君道：「我將他拖到洞裡去好不好？」

蕭十一郎道：「不好，他還有用。」

沈璧君道：「有用？」

蕭十一郎閉上眼睛，道：「第二個來的，一定是趙無極。」

沈璧君並沒有問他是從哪點判斷出的。

她已完全相信他。

蕭十一郎道：「趙無極的爲人，不但聰明，而且狡猾。聰明人大多有種毛病，就是自作聰明，狡猾的人大多膽小。」

沈璧君道：「你準備怎麼樣對付他？」

蕭十一郎道：「我靴筒裡有把小刀，你拿出來。」

刀很鋒利。

沈璧君輕拭著刀鋒，嫣然道：「你什麼都不講究，用的刀卻很講究。」

蕭十一郎笑了笑，道：「我喜歡刀。」

他立刻又接著道：「我喜歡它，並不是因爲它能殺人。」

沈璧君道：「我明白。」

蕭十一郎道：「好的刀，本身就是完美的，就好像無瑕的璧玉一樣，你只要將它拿在手裡，心裡就會覺得很滿足。」

沈璧君道：「但『匹夫無罪，懷璧其罪』，好刀常常都會替人找來許多麻煩。」

蕭十一郎笑道：「我自己惹的麻煩已夠多了，有沒有好刀都一樣。」

說了這幾句話，他們都覺得鬆弛了些。

沈璧君道：「你要這把刀幹什麼？」

蕭十一郎拿過了刀，道：「你回過頭去。」

沈璧君凝注著他道：「我不必回頭，無論你做什麼事，我知道都是對的，何必回頭？」

蕭十一郎避開了她的目光，一刀插入了屠嘯天的胸膛。

然後，他才解釋著道：「這麼樣一來，趙無極就會認爲我是面對面殺死屠嘯天的了。」

沈璧君道：「嗯。」

蕭十一郎道：「對面有兩排樹，你瞧見了沒有？」

沈璧君道：「趙無極認爲你殺了屠嘯天，一定不敢過來，一定會退到那兩排樹中去，是不是？」

蕭十一郎笑道：「不錯，你不但已學會很多，而且學得很快。」

沈璧君道：「但他退過去後又怎樣呢？」

蕭十一郎道：「你將左面一排樹，選較柔韌的樹枝，彎曲下來，用……用你的頭髮繫在地面的石頭或者樹根上。」

他凝視著沈璧君，道：「你能做得到嗎？」

沈璧君情不自禁摸了摸滿頭流雲般的柔髮，道：「我一定能做到。」

蕭十一郎瞧著她，心裡充滿了感激。

因爲他知道女人對自己的頭髮是多麼珍視，有時她們甚至寧願割下頭來，也不願犧牲頭髮的。

沈璧君道：「你還要我做什麼？」

蕭十一郎道：「右面第三棵樹，枝葉最濃密，你就躲到那棵樹上去。」

沈璧君道：「然後呢？」

蕭十一郎道：「然後你就等著，等趙無極進入樹叢，牽動頭髮，左面的樹枝一下子就會突然彈起，趙無極必定會大吃一驚，以爲左面還有埋伏。」

沈璧君眼睛亮了，道：「他一定就會往右面閃避退卻。」

蕭十一郎道：「不錯，那時你就在樹上用金針招呼他。」

沈璧君笑道：「我明白了。」

蕭十一郎道：「但你一定要把握機會，要看準他身法的變化已窮，舊力已竭，新力未生的那一瞬間出手，叫他避無可避，退無可退！」

沈璧君嫣然道：「你放心，沈家的金針，畢竟不是用來繡花的。」

蕭十一郎長長鬆了口氣，笑道：「這就叫安排香餌釣金鰲，不怕他來，只怕他不來！」

突聽一人冷笑道：「好！果然是妙計！」

十九 奇計

海靈子。

來的是海靈子。

蕭十一郎畢竟不是神仙，畢竟有算錯的時候。

沈璧君全身都涼了。

頭戴雨笠，手持長劍的海靈子，已站在她面前，距離她還不及七尺，濕透了的衣裳蛇皮般緊貼在他枯柴般的身上。

他看來就像是個剛從地獄裡逃出來，向人索命的魔鬼！

沈璧君連看都不敢看他，扭過頭，去看蕭十一郎。

蕭十一郎居然在笑。

海靈子冷冷道：「兩位只怕再也想不到來的會是我吧？」

蕭十一郎大笑道：「你以為我想不到？其實我早就看到你鬼鬼祟祟的躲在那裡了。我那些話就是說給你聽的，否則你怎麼敢現身？」

他笑得那麼開心，說得又那麼自然。

連沈璧君都幾乎忍不住要相信他這番話是真的。

海靈子臉色也不禁變了變，但腳步並沒有停。

他走得並不快，因爲他每走一步，腳步與劍鋒都完全配合。

他行動時全身幾乎完全沒有破綻。

他並不是個輕易就會被人兩句話動搖的人。

蕭十一郎不再等了，因爲他知道不能再等了。

他用盡全力，撲了過去。

然後，他倒下。

他氣力已不繼，就像塊石頭似的，往半空中跌在海靈子足下。

沈璧君驚呼失聲。

海靈子的劍已毒蛇般下擊，直刺蕭十一郎腰後軟脅。

蕭十一郎似已不能閃避，身子一縮，以右臂去迎海靈子的劍！

「哧」的劍鋒入內，鮮血四濺。

海靈子面露獰笑，正想拔劍，再刺！

誰知蕭十一郎突然反手，以肉掌握住了劍鋒。

海靈子一掙，未掙脫，身形已不穩。

金針已暴雨般射了過來！

蕭十一郎應變的急智，永遠是任何人都想像不到的。

他自知力竭，傷重，絕難對敵，竟拚個以血肉之軀去迎海靈子的劍，爲的只是要將海靈子毒蛇般的劍扼死！

他必須要給沈璧君一個出手的機會。

他只怕沈璧君會輕易放過這機會，那麼他們就必死無疑了！

幸好沈璧君已學會了很多。霎眼間，她已發出七把金針！

「滿天花雨！」

這名字雖普遍，但卻是暗器中最厲害的手法。

蕭十一郎先倒下，正是怕阻住她的暗器。

海靈子一聲狂吼，撤劍，蕭十一郎已滾了過去，抱住了他的腿，他倒下時，胸膛上已多了柄匕首。

一柄幾乎完美無瑕的匕首，卻刺在這醜惡無比的人身上！

蕭十一郎仰面躺著，喘息著，他覺得雨點打在他身上，已不再發疼。

是雨已小了？還是他已痲木。

沈璧君呆呆的站在那裡，茫然望著倒在地上的海靈子。

她幾乎不相信這是真的。

她整個人都似乎已將虛脫。

蕭十一郎掙扎著，像是要爬起來。

沈璧君這才定了定神，趕過去扶住他，柔聲道：「你……你的傷……」

看到他的傷口，她眼淚已流下面頰。

蕭十一郎道：「我的傷沒關係，扶我坐起來。」

沈璧君道：「可是你……你還是躺著的好。」

蕭十一郎苦笑道：「我一定要坐起來，否則只怕就要永遠躺在這裡了！」

雨雖小了，卻仍未停。

蕭十一郎盤膝坐在海靈子和屠嘯天的屍體旁，似在調息。

沈璧君一直在看他，彷彿天地間就只剩下了他這麼一個人，彷彿她目光只要離開他，她這人就會崩潰。

蕭十一郎眼睛一直是閉著的，突然道：「趙無極，你既已來了，爲何還躲在那裡？」

沈璧君心一震，目光四下搜索，哪有趙無極的人影？

過了很久很久，蕭十一郎突然又道：「趙無極，你既已來了，爲何還躲在那裡？」

同樣的一句話，他竟說了四遍。

每隔盞茶功夫就說一次，說到第三次時，沈璧君已明白他這只不過是在試探，但等他說到第四次時，趙無極果然被他說出來了。

趙無極步履雖很安詳，但面上卻帶著驚訝之色，他自信步履很輕，實在想不通蕭十一郎怎會知道他已來了的？

蕭十一郎眼睛已張開，卻連瞧都沒有瞧他一眼，淡淡笑道：「我知道你遲早總會來的，想不到你竟來得這麼遲，連海靈子都比你早來了一步。」

趙無極目光掠過地上的屍身，臉色也變了，瞪著蕭十一郎，滿面都是驚訝和懷疑之色。

蕭十一郎道：「你用不著瞪我，他們兩位並不是我殺的！」

趙無極道：「不是你？是誰？」

蕭十一郎道：「我也不知道是誰，他們剛走到這裡，就突然倒下去死了。」

趙無極目光閃動，道：「他們是自己死的？」

蕭十一郎道：「不錯，你只要走過來，看看他們的傷痕就知道了。」

趙無極非但沒有再向前走，反而往後退了幾步，道：「用不著再往前走了，在這裡我就可以看得很清楚！」

蕭十一郎道：「你不相信我的話？」

趙無極嘴唇動了動，卻沒有開口。

蕭十一郎嘆了口氣，道：「我已力竭，又受了重傷，連逃都逃不了，怎麼能殺得死屠大俠和南海劍派的第一高手？」

他又嘆了口氣，道：「現在我坐在這裡，只不過是在等死而已。」

趙無極道：「等死？」

蕭十一郎苦笑道：「不瞞你說，現在你若要來割下我的腦袋，我連一點反抗之力都沒有，最慘的是，連沈姑娘的金針都用完了。」

沈璧君只覺嘴裡在發苦，苦得要命。

她自然知道蕭十一郎說的是真話。

但他為什麼要說真話？他瘋了麼？

趙無極若是真的走過來，後果實在是不堪設想。

但趙無極非但沒有往前去，反而又退後了幾步。

蕭十一郎道：「你若要殺我，現在就是最好的機會，你為什麼還不過來動手？」

趙無極突然仰面大笑起來，笑得幾乎淌出了眼淚。

蕭十一郎道：「你殺人的時候一定要笑麼？」

趙無極大笑道：「兩位一搭一檔，戲真演得不錯，只可惜在下既沒有屠老兒那麼土，也沒有海靈子那麼蠢。」

蕭十一郎道：「你以為我在騙你？」

趙無極道：「我只不過還不想被人在胸膛上刺一刀而已。」

蕭十一郎嘆了口氣，道：「這機會太好了，錯過了實在可惜。」

趙無極笑道：「多謝多謝，閣下的好意，我心領了！」

蕭十一郎道：「你現在若走，一定會後悔的！」

趙無極笑道：「活著後悔，也比死了的好。」

這句話未說完，他身形已倒縱而出。

蕭十一郎道：「你若想通了，不妨再回來，我反正是逃不了的。」

這句話趙無極也不知聽見了沒有。

因為話未說完，他已走得蹤影不見了。

趙無極一走，沈璧君整個人就軟了下來，嫣然道：「我真沒想到趙無極會被你嚇走。」

蕭十一郎長長嘆息了一聲，苦笑著道：「你以爲我有把握？」

沈璧君道：「但我已快急死了，你還是那麼沉得住氣。」

蕭十一郎嘆道：「那也多虧了這場雨。」

沈璧君道：「這場雨？」

蕭十一郎道：「其實那時我又何嘗不是滿頭冷汗，但趙無極卻一定以爲那只不過是雨水，我身上的血跡也被雨沖走了。」

他笑了笑，又接著道：「這場雨一下，每個人都變成了落湯雞，大家都同樣狼狽，否則以趙無極的精明，又怎會看不出毛病來？」

沈璧君望著他的笑容，面上忽然露出了憂慮之色。

他雖在笑著，卻笑得那麼苦澀，那麼疲倦。

蕭十一郎自然知道她憂慮的是什麼。

沈璧君終於忍不住道：「厲剛到現在還沒有找來，只怕不會來了吧。」

蕭十一郎道：「嗯！只怕是不會來了。」

兩人目光相遇，沈璧君突然握住了他的手。

她平時不會這麼做的，但現在卻不同。

現在也許就是他們相聚的最後一刻了。

他們嘴裡雖還在騙著自己，心裡卻都很明白。

厲剛必定會來的，而且很快就會來了。

就算沒有人來，他們也很難再支持下去，厲剛來了，他們哪裡還有生路？

厲剛的心，就像是一把刀！

沈璧君凝注著蕭十一郎，道：「我……我只要你明白一件事。」

蕭十一郎道：「你說。」

沈璧君咬了咬嘴唇，垂下頭，柔聲道：「無論怎麼樣，我都絕沒有後悔。」

蕭十一郎沒有說話，也沒有移動，整個人卻似已癡了。

也不知過了多久，蕭十一郎突然道：「只要你肯，我還是有對付厲剛的法子。」

雨漸簾纖。

厲剛摘下了雨笠，用衣袖擦著臉。

他幾乎已找遍了半山，幾乎已將絕望。

就在這時，他發現了沈璧君和蕭十一郎。

蕭十一郎仰面倒在那裡，海靈子就壓在他右邊，手裡還握著劍，劍已刺入了蕭十一郎的胯骨。

屠嘯天倒在左邊，一隻手扣住蕭十一郎的脈門，另一隻手還印在他心口的「玄機」穴上。

這三人想必經過一場惡鬥，已同歸於盡了。

再過去幾步，才是沈璧君。

她胸膛還在微微起伏著，顯然還沒有死。

她臉色蒼白，長長的睫毛覆蓋在眼簾上，濕透了的衣衫，緊緊裹著她那修長卻成熟的胴體。

厲剛自從第一眼看到她，目光就沒有離開，腳步也沒有移動，面上卻還是連一絲表情也沒有。

沈璧君似已睡著，又似已暈迷，全不知道有人已到了她身旁。

厲剛岩石般的臉，忽然起了一種極奇異的變化，那雙刀一般銳利，冰一般冷的眼睛裡，也似有股火焰燃燒了起來。

他呼吸也漸漸急促，彷彿嘆息了一聲，喃喃道：「果然不愧是天下無雙的美人……」

這句話還沒有說完，他已撲在沈璧君身上。

沈璧君的身子似在顫抖。

厲剛喘息著，撕開了她的衣襟，眼睛裡的火焰燃燒得更熾熱……

突然，這雙眼睛死魚般凸了出來。

他的人也突然挺直，僵硬，嘴裡「絲絲」的吐著氣——

一絲鮮血，慢慢的自嘴角沁出。

一柄刀已插入他心脈旁的肋骨之間。

沈璧君還是在不停的顫抖著，全身打著冷戰。

她的手緊握著刀柄，厲剛的血就流在她這雙春蔥般的玉手上。

她甚至可以感覺出厲剛的身子在逐漸僵硬，逐漸冰冷……

她用盡全身力氣，瘋狂的推開了他，站起來，喘息著，牙齒不停的「格格」打戰，連嘴唇上都再也沒有一絲血色。

然後，她突然彎下腰，嘔吐起來。

上山雖艱苦，但有時下山卻更難。

沈璧君掙扎著，扶著蕭十一郎，在山路上踉蹌而奔。

雖然她知道此時外面已不再有人追趕，但她還是用盡全力在奔跑，她只想快跑，走得離厲剛遠些。

她這下才認清了這「見色不亂真君子」的真面目。

蕭十一郎一直沒有說話，因爲他知道這時候任何話，都可能會令她受到刺激，他絕不能讓她再受到任何傷害。

他只是在心裡感激。

沈璧君若不是爲了他，是死也不肯做出這種事來的。

山路旁，密林中，彷彿有兩條人影。

但他們並沒有發覺。

他們再也想不到連城璧此刻在他們方才經過的密林裡。

連城璧眼看著他們走過，既沒有說話，更沒有阻攔。甚至連他的臉色看來都還是那麼平靜。

站在他身旁的正是趙無極。

趙無極平時一向自命鎮定的功夫不錯，此刻卻也忍不住了。

他已知道方才上了當，已忍不住要追過去。

但連城璧卻拉住了他。

趙無極愕然，試探著問道：「連兄難道不想將嫂夫人勸回來？」

連城璧慢慢的搖了搖頭，淡淡道：「她想回來，遲早總會回來的，若不想回來，勸也沒有用。」

趙無極沉默著，似在猜測著連城璧的用意，過了很久，嘴角才慢慢露出了一絲很奇特的微笑。

他微笑著，喃喃道：「不錯，連夫人遲早總會回來的，蕭十一郎反正已活不長了。」

走過前面的山坡，就是平地。

蕭十一郎用手掩住嘴，輕輕的在咳嗽。

沈璧君柔聲道：「你要不要歇歇再走？」

蕭十一郎搖了搖頭，身子突然倒了下去，捂著嘴的手也鬆開。

掌心已滿是鮮血。

沈璧君大駭，掙扎著抱起他。

就在這時，她腹中突然覺得一陣無法形容的絞痛，就彷彿心肝五臟都已絞到一起，連膽汁都已絞了出來。

她全身突然虛脫，就從這山坡上滾了下去。

蕭十一郎比沈璧君醒來得早。

他一醒就想到了沈璧君，立刻就開始尋找。

其實他根本用不著找，因爲沈璧君就躺在他身旁。

但他們躺著的地方，並不是那山坡下的草地，而是一張很柔軟，很舒服，還掛著流蘇錦帳的大床。

床上的被褥都是絲的，光滑，嶄新，繡著各式各樣美麗的花朵，繡得那麼精細，那麼生動。

他們身上也換了光滑嶄新的絲袍，絲袍上的繡工，也和被褥上的同樣精緻，同樣華美。

蕭十一郎忽然發覺自己到了個奇異的地方。

這難道是夢？

屋子裡其實也並沒有什麼太離奇古怪的陳設，只不過每樣東西都精緻到了極點，甚至已精緻得有些誇張。

就連一個插燭的燈台，上面都綴滿了晶瑩的明珠，七色的寶石，錦帳上的流蘇竟是用金絲縷成的。

但蕭十一郎卻知道這地方的主人絕不是個暴發戶。

因爲每件東西都選得很美，這麼多東西擺在一齊，也並沒有令人覺得擁擠、俗氣，看來甚至還很調合。

暴發戶絕不會有這麼樣的眼光。

就算這是場夢，也是場奇異而華美的夢。

只可惜蕭十一郎並不是喜歡做夢的人。

他悄悄溜下床，沒有驚動沈璧君——他不願沈璧君醒來時發現他睡在旁邊，他不願做任何使她覺得難堪的事。

地上鋪著厚而軟的波斯氈。

蕭十一郎赤著足，穿過屋子。

這段路他本來一霎眼就可走過的，現在卻走了很多時候，每走一步，他全身的骨骼都似乎要散開。

但他的傷勢無疑已好了很多，否則他根本連一步都走不動。

他傷勢怎會忽然好了這麼多？

是因爲睡了一覺？還是因爲有人替他治過傷？

這裡的主人是誰？

爲什麼要救他？

問題還有很多，但他並不急著去想。

因爲他知道急也沒有用。

對面有扇門，雕花的門，鑲著黃金環。

門是虛掩著的。

推開了這扇門，蕭十一郎就走入了比夢還離奇的奇境！

他這一生從未經歷過，也永遠想像不到的奇境！

這間屋子比方才那間還大，屋裡卻只有一張桌子。

一張桌子幾乎就已佔據了整個屋子。

桌上竟也擺著棟屋子，是棟玩偶房屋。

就連孩子們的夢境中，也不會有如此精美的玩偶房屋。

整棟房屋都是用真實的木材和磚瓦建築的，瓦是琉璃瓦，和皇宮所用的完全一樣，只不過至少小了十幾倍。

房屋四周，是個很大的花園。

園中有松竹、花草、小橋、流水、假山、亭閣——花木間甚至還有黃犬白兔，仙鶴馴鹿。

樹是綠的，花是香的，只不過都比真實的小了十倍。

那些馴鹿白兔雖是木石所塑，但也雕塑得栩栩如生，彷彿只要一招手，牠們就會跑到你面前。

蕭十一郎最欣賞的就是九曲橋後的那座八角亭，朱欄綠瓦，石桌上還擺了局殘棋，下棋的兩個高冠老人似已倦了。

一個朱衣老人正在流水旁垂釣，半歪著頭，半皺著眉，似乎還在思索那局殘棋。

另一個綠袍老者就在他身旁浣足，手裡還拿著剛脫下來的雙梁福字履，正斜著眼，瞟著那朱衣老人作得意的微笑。

這一局棋，顯然他已有勝算在握。

兩個都是形態逼真，鬚眉宛然，身上穿的衣履，也是用極華貴的綢緞剪裁成的，而且剪裁得極合身。

這一切，已足夠令人看得眼花撩亂，目眩神迷。

但比起那棟屋子，這些又全不算什麼了。

屋子前後一共有二十七間。

有正廳、偏廳、花廳、臥室、客房、倉房，甚至還有廚房。

從窗戶裡瞧進去，每間房子裡的陳設都可以看得很清楚。

每間屋裡，每樣東西，看來竟似全都是真的。

廳房裡擺著紫檀木的雕花椅，椅上鋪著織錦緞的墊子。

牆上掛著字畫，中堂是一幅山水，煙雨濛濛，情緻瀟灑，仔細一看，那比蠅足還小的落款，竟是吳道子的手筆。

蕭十一郎最愛的，還是那副對聯。

「常未飲酒而醉，
以不讀書為通。」

這是何等意境！何等灑脫！

廳中有兩人枯坐，像是正在等主人接見。

兩個青衣小鬟，正捧著茶掀簾而入。

就連那兩隻比鈕扣還小的茶盞，都是真瓷的。

丫鬟們臉上帶著巧笑，彷彿對這兩個客人並不太看重，因爲她們知道她們的主人對這客人也很輕慢。

主人還在後面的臥室中擁被高臥。

床旁邊已有四個丫鬟在等著服侍他起身了，一人手裡捧著形式奇古的高冠，一人手裡捧著套織金的黃袍，一人手裡打著扇。

還有一人正蹲在地上，刷著靴子。

主人的年紀並不大，白面無鬚，容貌彷彿極英俊。

床後有個身穿紗衣的美女，正在小解，秀眉微顰，弱不勝衣，彷彿昨夜方經雨露，甜蜜中還帶著三分羞煞人的疼痛。

廚房裡正在忙碌著，顯然正在準備主人的早膳。

蕭十一郎嘆了口氣，喃喃道：「這人的福氣倒真不錯。」

每間屋子裡都有人，都是些貌美如花的妙齡少女。有的在撫琴，有的在抄經，有的在繡花，有的在梳妝，也有的還嬌慵未起。

二十七間屋子，只有一間是空的。

這屋子就在角落上，外面有濃蔭覆蓋的迴廊，裡面四壁全是書，案上還燃著一爐龍涎香。香爐旁文房四寶俱全，還有幅未完成的圖畫，畫的是挑燈看劍圖，筆致蕭蕭，雖還未完成，氣勢已自不凡。

看來此間的主人還是個文武雙全的高士。

蕭十一郎已不是孩子了，但面對著這樣的玩偶房屋，還是忍不住瞧得癡了，幾乎恨不得將身子縮小，也到裡面去玩玩。

聽到後面的呻吟聲，他才知道沈璧君不知何時也已起來了。

沈璧君臉色蒼白，連一絲血色都沒有。

但她的眼睛，卻也正閃動著孩子般的喜悅。

她倚在門口瞧著這棟玩偶屋宇，也不覺瞧得癡了。

過了很久很久，她才嘆了口氣，道：「好美的屋子，若能在裡面住幾天，一定很好玩。」

蕭十一郎笑道：「只可惜誰也沒有那麼大的神通，能將我們縮小。」

沈璧君轉過頭，凝注著蕭十一郎，過了很久，才嫣然一笑，道：「我們都沒有死。」

蕭十一郎慢慢的點了點頭，凝注著她道：「我們都沒有死。」

這雖然只不過是很普通的一句話，但在他們口中說出來，卻不知包含了多少歡悅、多少感激。

人的慾望，本來是最難滿足的。

但他們彷彿只要能活著，就已別無奢望。

又過了很久很久，沈璧君才垂下頭，道：「是你帶我到這裡來的？」

蕭十一郎道：「我醒來時，已經在這裡了。」

沈璧君道：「你也不知道這是什麼地方？」

蕭十一郎道：「我也不知道。」

沈璧君又轉過頭去瞧那玩偶屋，道：「我想，這裡的主人必定也是位奇人，而且一定很有趣。」

蕭十一郎笑了笑，道：「若非奇人，也做不出這樣的奇事。」

沈璧君道：「但他既然救了我們，爲什麼又不出來與我們相見呢？」

蕭十一郎還未回答，只聽一陣銀鈴般的笑聲自門外響起。

一人嬌笑著道：「正因我家主人生怕驚擾了賢伉儷的清夢。」

「賢伉儷」這三個字聽在沈璧君耳裡，她連耳根都紅了。

別人居然將他們當做了夫妻。

她心裡只覺亂糟糟的，也不知究竟是什麼滋味，想去瞧瞧蕭十一郎的表情，又沒有這勇氣。

她垂著頭，並沒有看到說話的人進來，只嗅到一陣淡淡的香氣。蘭花般的香氣。

進來的這人，清雅正如蘭花。

她穿著純白的絲袍，蛾眉淡掃，不著脂粉，漆黑的頭髮隨隨便便挽了個髻，全身上下找不出一塊金珠翠玉。

她的嘴很大，不笑的時候，顯得很堅強，甚至有些冷酷，但一笑起來，露出了那白玉般的牙齒，看來就變得那麼柔美嫵媚。

她的顴骨很高，卻使她的臉平添了幾分說不出的魅力。一種可以令大多數男人心迷的魅力。

這女子並不能算美，但站在這華麗無比的屋子中，卻顯得那麼脫俗，若不是沈璧君在她身旁，所有的光輝幾乎要全被她一個人奪去了。

沈璧君雖沒有看她，但她卻在看著沈璧君。

一個美麗的女子遇到另一個更美麗的女子時，總會從頭到腳，上上下下，仔細打量一遍的。

女人看女人，有時比男人還要仔細。

然後，她才轉過頭來打量蕭十一郎。

她不是那種時常會害羞的女人，但瞧見蕭十一郎那雙貓一般的眼睛時，還是不由自主垂下了頭，帶著三分羞澀，七分甜笑，道：「賤妾素素，是特地來侍候賢伉儷的。」

又是「賢伉儷」。

沈璧君頭垂得更低，希望蕭十一郎能解釋。

但蕭十一郎若真的解釋了，她也許又會覺得很失望。

蕭十一郎只淡淡道：「不敢當。」

素素道：「兩位若有什麼需要，只管吩咐，若有什麼話要問，問我就行了。」

蕭十一郎道：「我若問了，你肯說麼？」

素素抿著嘴笑道：「只要是我知道的，知無不言。」

蕭十一郎道：「我們承蒙相救，卻連是誰救的都不知道。」

素素道：「那是我們家公子，乘著雨後去行獵時，無意中發現了兩位。」

她忽又嫣然一笑，道：「我們家公子本不喜歡管閒事的，但見到兩位不但郎才女貌，而且情深如海，縱在垂死暈迷時，手還是緊緊握著，捨不得鬆開……」

聽到這裡，沈璧君的臉已似在燃燒。

幸好蕭十一郎將話打斷了，道：「卻不知你們家的公子尊姓大名？」

素素笑道：「他姓天，我們做下人的，只敢稱他爲天公子，怎麼敢去問他的名字呢？」

蕭十一郎道：「天，天地的天？」

素素道：「嗯。」

蕭十一郎道：「有這種姓麼？」

素素笑道：「一個人有名姓，只不過是爲了要別人好稱呼、好分辨而已，只要你願意，隨便姓什麼都無所謂的，是麼？」

蕭十一郎不說話了。

素素笑得更甜，又道：「譬如說，我若問兩位貴姓大名，兩位也未必肯將真實的姓名告訴我，是麼？」

蕭十一郎也笑了，道：「卻不知這位天公子是否願意見我們一面？」

素素道：「當然願意，只不過……」

蕭十一郎道：「只不過怎樣？」

素素嫣然道：「只不過現在已是深夜，他已經睡了。」

蕭十一郎這才發覺了兩件事。

屋裡根本沒有窗子。

有光是因爲壁上嵌著銅燈。

素素道：「公子知道兩位都不是普通人，而且武功一定很高，是以再三吩咐我們，千萬不可怠慢了兩位。」

蕭十一郎淡淡笑道：「若是武功很高，就不會如此狼狽了。」

素素徐徐的說道：「你受了四處內傷，兩處外傷，外傷雖不致命，但那四處內傷，卻彷彿是被『摔碑手』、『金剛掌』這一類的功夫擊傷的，普通人只要挨上一掌，就活不成了，你卻還能支持得住，若不是武功極高，就是運氣太好了。」

蕭十一郎笑道：「姑娘非但目光如炬，而且也是位高人，否則又怎會知道我是被哪一種掌力所傷？」

素素巧笑道：「其實我什麼都不懂，全都是聽別人說的。」

她似乎在逃避著什麼，話未說完，已轉身走了出去。

蕭十一郎既沒有阻止，也沒有追問。

沈璧君這才偷偷瞟了他一眼，悄聲道：「你看這位姑娘怎樣？」

蕭十一郎道：「還不難看，也不太笨。」

沈璧君笑道：「非但不難看，而且美極了，只看她，就可想見她的主人是個怎麼樣的人物了。」

蕭十一郎沉吟著。

沈璧君又道：「我看這地方的人好像都有點神秘，卻不知他對我們是好意？還是壞意？」

只聽素素嬌笑道：「若是壞意，兩位只怕已活不到現在了。」

地氈又軟又厚，走在上面，根本一點聲音也沒有。

沈璧君不禁又紅著臉，垂下了頭。

素素已捧著兩盞茶走進來，帶著笑道：「據我們家公子說，這茶葉是仙種，不但益氣補身，而且喝下去後，還會有種意想不到的好處。」

她瞟了沈璧君一眼，又笑道：「這本是我們家公子的好意，但兩位若不願接受，也沒關係。」

蕭十一郎笑了笑，淡淡道：「我們的性命本爲天公子所救，這碗茶裡就算下毒，我也一樣喝下去。」

他果然端起茶，一飲而盡。

素素嘆了口氣，道：「難怪公子對兩位如此看重，就憑這分豪氣，已是人所難及的了。」

她看著沈璧君慢慢的喝下那碗茶。

她看著蕭十一郎先倒下去，沈璧君也跟著倒了下去。

她笑得仍是那麼甜，柔聲道：「我方才說過，這碗茶有種意想不到的效力，你們很快就會知道，我並不是騙你們的。」

廿　玩偶世界

睡，有很多種，醒，也有很多種。

很疲倦的時候，舒舒服服睡了一覺，醒來時眼睛裡看到的是艷陽滿窗，自己心愛的人就在身旁，耳朵裡聽到的是鳥語啁啾，天真的孩子正在窗外吃吃的笑，鼻子裡嗅到的是火腿燉雞湯的香氣。

這只怕是最愉快的「醒」了。

最難受的是，心情不好，喝了個爛醉，迷迷糊糊睡了半天，醒來時所有的問題還沒有解決，頭卻疼得恨不能將它割下來。

這種「醒」，還不如永遠不醒的好。

被人灌了迷藥，醒來時也是暈暈沉沉的，一個頭比三個還大，而且還會有種要嘔吐的感覺。

但蕭十一郎這次醒來時，卻覺得輕飄飄的，舒服極了，好像只要搖搖手，就可以在天空中飛來飛去。

沈璧君也還在他身旁，睡得很甜。

他心裡恍恍惚惚的，彷彿充滿了幸福，以前所有的災難和不幸，在這一刻間，他全都忘得乾乾淨淨。

不幸的是，這種感覺並不太長久。

首先，他看到很多書。

滿屋子都是書。

然後，他就看到個香爐。

爐中香煙嬝娜，燃的彷彿是龍涎香。

蕭十一郎慢慢的站起來，就看到桌上擺著很名貴的端硯、很古的墨、很精美的筆，連筆架都是秦漢時的古物。

他也看到桌上鋪著的那張還未完成的圖畫。

畫的是挑燈看劍圖。

蕭十一郎忽然覺得有股寒意自腳底升起，竟忍不住機伶伶打了個寒噤，就彷彿嚴冬中忽然從被窩中跌入冷水裡。

他站在桌子旁，呆了半晌，轉過身。

這屋子有窗戶，窗戶很大，就在他對面。

從窗子中望出去，外面正是艷陽滿天。

陽光照在一道九曲橋上，橋下的流水也在閃著金光。

橋盡頭有個小小的八角亭，亭子裡有兩個人正在下棋。

一個朱衣老人座旁還放著釣竿和漁具，一隻手支著額，另一隻手拈著個棋子，遲遲未放下去，似乎正在苦思。

另一個綠袍老人笑嘻嘻的瞧著他，面上帶著得意之色，石凳旁放著一隻梁福字履，腳還是赤著的。

這豈非正是方才還在溪水旁垂釣和浣足的那兩個玩偶老人？

蕭十一郎只覺頭有些發暈，幾乎連站都站不住了。

他簡直不相信自己的眼睛。

窗外綠草如茵，微風中還帶著花的香氣。

一隻馴鹿自花木叢中奔出，彷彿突然驚覺到窗口有個陌生人正在偷窺，很快的又鑽了回去。

花叢外有堵高牆，隔斷了邊牆外的世界。

但從牆角半月形的門戶中望出去，就可以看到遠處有個茶几，茶几上還有兩隻青瓷的蓋碗。

這正是蕭十一郎和沈璧君方才用過的兩隻蓋碗。蕭十一郎用一隻手就可以將碗托在掌心。

但此刻在他眼中，這兩隻碗彷彿比那八角亭還要大些。

他簡直可以在碗裡洗澡。

蕭十一郎並不是個很容易受驚嚇的人，但現在他只覺手在發抖，腿在發軟，冷汗已濕透了衣裳。

沈璧君正在長長的呼吸著，已醒了。

蕭十一郎轉過身，擋住了窗子。

沈璧君受的驚嚇與刺激已太多，身心都已很脆弱，若再瞧見窗外的怪事，說不定要發瘋。

蕭十一郎自己也快發瘋了。

沈璧君揉著眼睛，道：「我們怎會到這裡來的？這裡又是什麼地方？」

蕭十一郎勉強笑著，他實在不知道該怎麼樣回答這句話。

沈璧君嘆了口氣，道：「看來那位天公子真是個怪人！既然沒有害我們的意思，爲什麼又要將我們迷倒後再送到這裡來？我們清醒時，他難道就不能將我們送來麼？」

蕭十一郎笑得更勉強，更不知道該怎麼樣回答。

沈璧君盯著他，也已發現他的神情很奇怪。

蕭十一郎平日要哭就哭、要笑就笑，從來沒有勉強過自己。

沈璧君忍不住問道：「你……你怎麼了？是不是很難受？」

蕭十一郎道：「沒什麼。只不過……我也覺得有點奇怪。」

他嘴裡在說話，眼睛卻在望著沈璧君身後的書桌。

他只恨方才沒有將桌上的書收起來，只希望沈璧君方才沒有注意到這幅畫。

沈璧君詫異著，轉過頭，順著他的目光瞧過去。

她臉色立刻變了，怔了半晌，目光慢慢的向四面移動。

四壁都是書箱，紫檀木的書箱。

蕭十一郎勉強笑道：「天公子也許怕我們閒得無聊，所以將我們送到這裡來，這裡的書，看上三五年也未必看得完。」

沈璧君嘴唇發白，手發抖，突然衝到窗前，推開了蕭十一郎。

曲橋、流水、老人、棋局……

沈璧君低呼一聲，倒在蕭十一郎身上。

爐中的香，似已將燃盡了。

沈璧君的心卻還沒有定。

過了很久，她才能說話，道：「這地方就是我們方才看到的那棟玩偶屋子？」

蕭十一郎只有點了點頭，道：「嗯。」

沈璧君道：「我們現在是在玩偶屋子裡？」

蕭十一郎道：「嗯。」

沈璧君顫聲道：「但我們的人怎麼會縮小了？那兩個老人明明是死的玩偶，又怎會變成了活人？」

蕭十一郎只能嘆息。

這件事實在太離奇，離奇得可怕。

任何人都不會夢想到這種事，也絕沒有任何人能解釋這種事——這簡直比最離奇的夢還要荒唐。

沈璧君連嘴唇都在發著抖，她用力咬著嘴唇，咬得出血，才證明這並不是夢。

蕭十一郎苦笑道：「我們方才就想到這裡來玩玩的，想不到現在居然真的如願了。」

沈璧君已失去控制，突然拉住他的手，道：「我們快……快逃吧！」

蕭十一郎道：「逃到哪裡去？」

沈璧君怔住了。

逃到哪裡去？他們能逃到哪裡去？

沈璧君垂下頭，一滴眼淚滴在手背上。

門外有了敲門聲。

是誰？

門是虛掩著的，一個紅衣小鬟推門走了進來，眼波流動，巧笑倩然，蕭十一郎依稀還認得出她就是那在前廳奉茶的人。

她本也是個玩偶，現在也變成了個有血有肉、活生生的人。

蕭十一郎眼睛盯著她的時候，她的臉也紅了，垂頭請安道：「敝莊主特令賤婢前來請兩位到廳上去便飯小酌。」

蕭十一郎什麼話都沒有問，就跟她走了出去。

他知道現在無論問什麼，都是多餘的。

轉過迴廊，就是大廳。

廳上有三個人正在聊著天。

坐在主位的，是個面貌極俊美，衣著極華麗的人，戴著頂形式奇古的高冠，看來莊嚴而高貴，儼然有帝王的氣象。

他膚色如玉，白得彷彿是透明的，一雙手十指纖纖，宛如女子，無論誰都可看出他這一生中絕對沒有做過任何粗事。

他看來彷彿還年輕，但若走到他面前，就可發現他眼角已有了魚紋，若非保養得極得法，也許已是個老人。

另外兩個客人，一個頭大腰粗，滿臉都是金錢痲子。

還有一個身材更高大，一張臉比馬還長，捧著茶碗的手穩如磐石，手指又粗又短，中指幾似也和小指同樣長，看來外家掌力已練到了十成火候。

這兩人神情都很粗豪，衣著卻很華麗，氣派也很大，顯然都是武林豪傑，身分都很尊貴，地位也都很高。

這三個人，蕭十一郎都見過的。

只不過他剛剛見到他們時，他們還都是沒有靈魂的玩偶。

現在，他們卻都有了生命。

蕭十一郎一走進來，這三人都面帶微笑，長身而起。

那有王者氣象的主人緩步離座，微笑道：「酒尚溫，請。」

他說話時用的字簡單而扼要，能用九個字說完的話，他絕不會用十個字。

他說話的聲音柔和而優美，動作和走路的姿勢也同樣優美，就彷彿是個久經訓練的舞蹈者，一舉一動都隱然配合著節拍。

這人的衣著、談吐、神情、氣度、風姿，都完美得幾乎無懈可擊。

但蕭十一郎對這人的印象並不好。

他覺得這人有些娘娘腔，脂粉氣太重。

男人有娘娘腔，女人有男子氣，遇見這兩種人，他總是覺得很痛苦。

廳前已擺了桌很精緻的酒。

主人含笑揖客，道：「請上座。」

蕭十一郎道：「不敢。」

那麻子搶著笑道：「這桌酒本是莊主特地準備來爲兩位洗塵接風的，閣下何必還客氣？」

蕭十一郎目光凝注著這主人，微笑道：「素昧生平，怎敢叨擾？」

主人也在凝注著他，微笑道：「既已來了，就算有緣，請。」

兩人目光相遇，蕭十一郎才發覺這主人很矮，矮得出奇。

只不過他身材長得很勻稱，氣度又那麼高貴，坐著的時候，看來甚至還彷彿比別人高些。

誰也不會想到他居然是個侏儒。

蕭十一郎立刻移開目光，沒有再瞧第二眼。

因爲他知道矮人若是戴著高帽子，心裡就一定有些不正常，一定很怕別人注意他的矮，你若對他多瞧了兩眼，他就會覺得你將他看成個怪物。

所以矮子常常會做出很多驚人的事，就是叫別人不再注意他的身材，叫別人覺得他高些。

坐下來後，主人首先舉杯，道：「尊姓？」

蕭十一郎道：「蕭，蕭石逸。」

麻子道：「石逸？山石之石，飄逸之逸？」

蕭十一郎道：「是。」

麻子道：「在下雷雨，這位……」

他指了指那馬面大漢，道：「這位是龍飛驥。」

蕭十一郎動容道：「莫非是『天馬行空』龍大俠？」

馬面大漢欠了欠身，道：「不敢。」

蕭十一郎瞧著那麻子，道：「那麼閣下想必就是『萬里行雲』雷二俠了。」

麻子笑道：「我兄弟久已不在江湖走動，想不到閣下居然還記得賤名。」

蕭十一郎道：「無雙鐵掌，龍馬精神——二位大名，天下皆知。十三年前天山一戰，更是震礫古今，在下一向仰慕得很。」

雷雨目光閃動，帶著三分得意，七分傷感，嘆道：「那已是多年前的往事了，江湖中只怕已很少有人提起。」

十三年前，這兩人以鐵掌連戰天山七劍，居然毫髮未傷，安然下山，在當時的確是件了不得的大事。

蕭十一郎道：「天山一役後，兩位俠蹤就未出現，江湖中人至今猶在議論紛紛，誰也猜不出兩位究竟到何處去了。」

雷雨的神色更慘淡，苦笑道：「休說別人想不到，連我們自己，又何嘗……」說到這裡，突然住口，舉杯一飲而盡。

主人輕嘆道：「此間已非人世，無論誰到了這裡，都永無消息再至人間。」

蕭十一郎只覺手心有些發冷，道：「此間已非人世？難道是……」

主人安詳的臉上，也露出一絲傷感之色，道：「這裡只不過是個玩偶的世界而已。」

蕭十一郎呆住了。

過了很久，他才能勉強說得出話來，嗄聲道：「玩偶？」

主人慢慢的點了點頭，黯然道：「不錯，玩偶……」

他忽又笑了笑，接著道：「其實萬物，皆是玩偶，人又何嘗不是玩偶？」

雷雨緩緩道：「只不過人是天的玩偶，我們都是人的玩偶。」

他仰面一笑，嘶聲道：「江湖中又有誰能想到，我兄弟已做了別人的玩偶！」

現在蕭十一郎全身都在發冷了，道：「莊主你……尊姓？」

主人黯然笑道：「我來此已有二十年，哪裡還記得名姓？」

蕭十一郎道：「可是……」

主人打斷了他的話，緩緩道：「再過二十年，兩位只怕也會將自己的名姓忘卻了。」

在陌生人面前，沈璧君是不願開口的。

但此刻她只覺自己的心一直在往下沉，忍不住道：「二……二十年？」

主人道：「不錯，二十年……我初來的時候，也認爲這種日子簡直連一天也沒法忍受，要我忍受二十年，實在是無法想像。」

他淒然而笑，慢慢的接著道：「但現在，不知不覺也過了二十年了……千古艱難唯一死，無論怎麼樣活著，總比死好。」

沈璧君怔了半晌，突然扭過頭。

她不願被人見到她眼中已將流下的眼淚。

蕭十一郎沉吟著，道：「各位可知道自己是怎會到這裡來的麼？」

雷雨盯著他，道：「閣下可知道自己是怎會到了這裡來的？」

蕭十一郎苦笑道：「非但不知道，簡直連相信都無法相信。」

雷雨舉杯飲盡，重重放下杯子，長嘆道：「不錯，這種事正是誰也不知道，誰也不相信的……我來此已有十二年，時時刻刻都在盼望著這只不過是場夢，但現在……現在……」

龍飛驥長嘆一聲，接著道：「但現在我們已知道，這場夢將永無醒時！」

主人慢慢的啜著杯中酒，突然道：「閣下來此之前，是否也曾有過性命之危？」

蕭十一郎道：「的確是死裡逃生。」

主人道：「閣下的性命，是否也是被一位天公子所救的？」

蕭十一郎道：「莊主怎會知道？」

主人嘆道：「我們也正和閣下一樣，都受過那位天公子的性命之恩，只不過……」

雷雨打斷了他的話，恨恨道：「只不過他救我們，並不是什麼好心善意，只不過是想讓我們做他們的玩偶，做他的奴隸！」

蕭十一郎道：「各位可曾見過他？可知道他是個怎麼樣的人？」

主人嘆道：「誰也沒有見過他，但到了現在，閣下想必也該知道他是個怎麼樣的人了。」

雷雨咬著牙，道：「他哪裡能算是個人？簡直是個魔鬼！比鬼還可怕！」

說到這裡，他不由自主向窗外瞧了一眼，臉上的肌肉突然起了一陣無法形容的變化，整個一張臉彷彿都已扭曲了起來。

主人道：「此人的確具有一種不可思議的魔法，我們說的每句話，他都可能聽到，我們的每件事，他都可能看到！但現在我已不再怕他！」

他淡淡一笑，接著道：「連這種事我們都已遇著，世上還有什麼更可怕的事？」

雷雨嘆道：「不錯，一個人若已落到如此地步，無論對任何人、任何事，都不會再有畏懼之心了。」

蕭十一郎道：「但一個人的所做所爲，若是時時刻刻都被人在瞧著，這豈非也可怕得很？」

主人道：「開始時，自然也覺得很不安、很難堪，但日子久了，人就漸漸變得麻木，對任何事都會覺得無所謂了。」

龍飛驥嘆道：「無論誰到了這裡，都會變得麻木不仁、自暴自棄，因爲活著也沒意思，死了也沒什麼關係。」

主人一向很少開口。

很少開口的人，說出來的話總比較深刻些。

蕭十一郎不知道自己以後是否也會變得痲木不仁、自暴自棄，他只知道現在很需要喝杯酒。

他很快的喝了下去，忽然忍不住脫口問道：「各位爲什麼不想法子逃出去？」

這句話，沈璧君本已問過他的。

龍飛驥嘆道：「逃到哪裡去？」

這句話也正和蕭十一郎自己的回答一樣。

龍飛驥已接著道：「現在我們在別人眼中，已無異螻蟻，無論任何人只要用兩根手指就可以將我們捏死，我們能逃到哪裡去？」

酒已喝得很多了。

主人忽然道：「我們若想逃出去，也並非絕對不可能。」

蕭十一郎道：「哦？」

主人道：「只要有人能破了他的魔法，我們就立刻可以恢復自由之身。」

蕭十一郎道：「有誰能破他的魔法？」

主人嘆了口氣，道：「也只有靠我們自己了。」

蕭十一郎道：「我們自己？有什麼法子？」

主人道：「魔法正也和武功一樣，無論多高深的武功，總有一兩處破綻留下來，就連達摩易筋經都不例外，據說三豐真人就曾在其中找出了兩三處破綻。」

蕭十一郎道：「但這魔法……」

主人道：「這魔法自然也有破綻，而且是天公子自己留下來的。」

蕭十一郎道：「他爲什麼要這樣做？」

主人道：「挑戰！他爲的就是向我們挑戰。」

蕭十一郎道：「挑戰？」

主人道：「人生正和賭博一樣，若是必勝無疑，這場賭就會變得很無趣，一定要有輸贏才刺激。」

蕭十一郎笑了笑，道：「不錯。」

主人道：「天公子想必也是個很喜歡刺激的人，所以他雖用魔法將我們拘禁，卻又爲我們留下了一處破法的關鍵！」

他緩緩接著道：「關鍵就在這宅院中，只要我們能將它找出來，就能將他的魔法破解！」

蕭十一郎沉吟著道：「這話是否他自己親口說的？」

主人道：「不錯，他曾親口答應過我，無論誰破去他的魔法，他就將我們一齊釋放，絕不爲難。」

他長長嘆息了一聲，道：「這二十年來，我時時刻刻都在尋找，卻始終未能找出那破法的關鍵！」

蕭十一郎默然半晌，道：「這宅院一共只有二十七間屋子，是麼？」

主人道：「若連廚房在內，是二十八間。」

蕭十一郎道：「那破法的關鍵既然就在這二十八間屋裡，怎會找不出來？」

主人苦笑道：「這只因誰也猜不到那關鍵之物究竟是什麼，也許是一粒米、一粒豆、一片木葉，也許只是一粒塵埃。」

蕭十一郎也說不出話來了。

主人忽又道：「要想找出這秘密來，固然是難如登天，但除此之外，還有個法子。」

蕭十一郎道：「什麼法子？」

主人忽然長身而起，道：「請隨我來。」

大廳後還有個小小的院落。

院中有塊青石，有桌面般大小，光滑如鏡。

蕭十一郎被主人帶到青石前，忍不住問道：「這是什麼？」

主人道：「祭台！」

蕭十一郎皺眉道：「祭台？」

主人道：「若有人肯將自己最心愛、最珍視之物作爲祭禮獻給他，他就會放了這人！」

他眼睛似乎變得比平時更亮，凝注著蕭十一郎，道：「卻不知閣下最珍視的是什麼？」

蕭十一郎沒有回答這句話，卻反問道：「莊主呢？」

主人苦笑道：「現在留在這裡的人，都很自私，每個人最珍視的，就是自己的性命，誰也不願將自己的性命獻給他。」

他很快的接著又道：「但有些人卻會將別的人、別的事看得比自己性命還重。」

蕭十一郎淡淡道：「這種人世上並不太少。」

主人道：「十年前我就見到過，那是一對很恩愛的夫妻，彼此都將對方看得比自己性命還重，不幸也被天公子的魔法拘禁在這裡，那丈夫出身世家，文武雙全，本是個極有前途，極有希望的年輕人，但到了這裡，就一切都絕望了。」

蕭十一郎道：「後來呢？」

主人嘆息了一聲，道：「後來妻子終於為丈夫犧牲了，作了天公子的祭禮，換得了她丈夫的自由和幸福。」

他一直在瞧著蕭十一郎，彷彿在觀察著蕭十一郎的反應。

蕭十一郎完全沒有反應，只是在聽著。

沈璧君的神情卻很興奮、很激動，垂下頭，輕輕問道：「後來天公子真的放了她的丈夫？」

主人嘆道：「的確放了。」

他又補充著道：「我一直沒有說出他們的名字，只因我想那丈夫經過十年的奮鬥，現在一定已是個很有名聲，很有地位的人，我不願他名聲受損。」

沈璧君沉默了很久，幽幽道：「這對夫婦實在偉大得很……」

蕭十一郎突然冷冷道：「以我看，這夫妻兩人只不過是一對呆子。」

主人怔了怔，道：「呆子？」

蕭十一郎道：「那妻子犧牲了自己，以爲可令丈夫幸福，但她的丈夫若真的將她看得比自己的性命還重，知道他的妻子爲了他犧牲，他能活得心安麼？他還有什麼勇氣奮鬥？」

主人說不出話來了。

蕭十一郎冷冷道：「我想，那丈夫現在縱然還活著，心裡也必定充滿了悔恨，覺得毫無生趣，說不定終日沉迷於醉鄉，只望能死得快些。」

主人默然良久，才勉強笑了笑，道：「他們這樣做，雖然未見得是明智之舉，但他們這種肯爲別人犧牲自己的精神，卻還是令我很佩服。」

他不讓蕭十一郎說話，接著又道：「只不過，在這裡活下去也沒有什麼不好，人世間的一切享受，這裡都不缺少，而且絕沒有世俗禮教的拘束，無論你想做什麼，絕沒有人管你。」

雷雨大笑道：「不錯，我們反正也落到這般地步了，能活著一天，就要好好的享受一天，什麼禮教，什麼名譽，全去他媽的！」

他忽然站起來，大聲道：「梅子、小雯，我知道你們就在外面，爲什麼不進來？」

只聽環珮叮噹，宛如銀鈴。

兩個滿頭珠翠的錦衣少女，已帶著甜笑，盈盈走了進來。

雷雨一手摟住了一個，笑著道：「這兩人都是我的妻子，但你們無論誰若看上了她們，我都可以讓給他的。」

沈璧君面上的血色一下子褪得乾乾淨淨，變得蒼白如紙。

胚子。

雷雨瞪著她，道：「你不信？好。」

他突又放開了左手摟著的那女子，道：「小雯，你身上最美的是什麼？」

小雯嫣然道：「是腿。」

她的身材很高，腰很細，眼睛雖不大，笑起來卻很迷人，無論從哪方面看，都可算是美人

雷雨笑道：「你的腿既然很美，爲什麼不讓大家瞧瞧？」

小雯抿嘴一笑，慢慢的拉起了長裙。

裙子裡並沒有穿什麼，一雙修長、豐滿、結實、光滑而白膩的腿，立刻呈現在大家眼前。

沈璧君也不知是爲了驚懼，還是憤怒，連指尖都顫抖起來。

小雯卻還是笑得那麼甜，就像是屋子裡只有她一個人，手提著長裙，輕巧的轉了個身。

裙子揚得更高了。

主人微笑著，舉杯道：「如此美腿，當飲一大杯，請。」

蕭十一郎手裡正拿著酒杯，居然真喝了下去。

雷雨拍了拍右手摟著的女子，笑道：「梅子，你呢？」

梅子眼波流動，巧笑道：「你說我最美的是什麼？」

雷雨大笑道：「你身上處處皆美，但最美的還是你的腰。」

梅子霎著眼，蘭花般的手，輕巧的解著衣鈕。

衣襟散開。她的腰果然是完美無瑕，輕輕一握。

主人又笑道：「雷兄，你錯了。」

雷雨道：「錯了？」

主人笑道：「她最美的地方不在腰，而在腰以上的地方。」

腰以上的地方，突然高聳，使得她的腰看來彷彿要折斷。

雷雨舉杯笑道：「是，的確是我錯了，當浮一大白。」

梅子嬌笑著，像是覺得開心極了。

沈璧君垂頭，只恨不得能立刻衝出這間屋子，只要能逃出這魔境，無論要她到哪裡都沒關係。

她覺得甚至連地獄都比這地方好些。

雷雨又向蕭十一郎舉杯，笑道：「你看，我並沒有騙你吧？」

蕭十一郎面上還是一點表情也沒有，淡淡道：「你沒有騙我。」

雷雨道：「不止是我，這裡每個人都和我同樣慷慨的，也許比我還要慷慨多了。」

蕭十一郎道：「哦？」

主人突然嘆了口氣，道：「他說的並不假，人到了這裡，就不再是人了，自然也不再有羞恥之心，對任何事都會覺得無所謂。」

他凝注著蕭十一郎，悠然接著道：「兩位現在也許會覺得很驚訝，很看不慣，但再過些時候，兩位自然也會變得和別人一樣的！」

廿一 眞情流露

蕭十一郎和沈璧君被帶進了一間屋子。
到了這種地方，他們已經不能再分開了。
他們只有承認是夫妻。
屋子裡自然很舒服，很精緻，每樣東西都擺在應該擺的地方，應該有的東西絕沒有一樣缺少。
無論任何人住在這裡，都應該覺得滿意了。
但沈璧君卻只是站在那裡，動也不動。這屋子裡的東西無論多精緻，她卻連手指都不願去碰一碰。
她覺得這屋子裡每樣東西像是都附著妖魔的惡咒，她只要伸手去碰一碰，立刻就會發瘋。
過了很久，蕭十一郎才慢慢的轉過身，面對著她，道：「你睡，我就在這裡守護。」
沈璧君咬著嘴唇，搖了搖頭。
蕭十一郎柔聲道：「你看來很虛弱，現在我們絕不能倒下去。」
沈璧君道：「我……我睡不著。」
蕭十一郎笑了笑，道：「你還沒有睡，怎麼知道睡不著？」

沈璧君目光慢慢的移到床上。

床很大，很華麗，很舒服。

沈璧君身子忽然向後面縮了縮，嘴唇顫抖著，想說話，但試了幾次，都沒有說出一個字來。

蕭十一郎靜靜的瞧著她，道：「你怕？」

沈璧君點了點頭，跟著又搖了搖頭。

蕭十一郎嘆了口氣，道：「你在怕我？……怕我也變得和那些人一樣？」

沈璧君目中忽然流下淚來，垂著頭道：「我的確是在怕，怕得很。這裡每個人我都怕，每樣東西我都怕，簡直怕得要死，可是……」

她忽又抬起頭，帶淚的眼睛凝注著蕭十一郎，道：「我並不怕你，我知道你永遠不會變的。」

蕭十一郎柔聲道：「你既然相信我，就該聽我的話。」

沈璧君道：「可是……可是……」

她突然奔過來，撲入蕭十一郎懷裡，緊緊抱著他，痛哭著道：「可是我們該怎麼辦呢？怎麼辦呢？難道我們真要在這裡過一輩子，跟那些……那些……那些人過一輩子？」

蕭十一郎的臉也已發白，緩緩道：「總有法子的，你放心，總有法子的。」

沈璧君道：「可是你並沒有把握。」

蕭十一郎目光似乎很遙遠，良久良久，才嘆了口氣，道：「我的確沒把握。」

他很快的接著又道：「但我們還有希望。」
沈璧君道：「希望？什麼希望？」
蕭十一郎道：「也許我能想出法子來破天公子的魔咒。」
沈璧君道：「那要等多久？十年？二十年？」
她仰起頭，流著淚道：「求求你，求求你讓我做一件事。」
蕭十一郎道：「你說。」
沈璧君道：「求求你讓我去做那惡魔的祭典，我情願去，莫說要我在這裡耽十年二十年，就算叫我再耽一天，我都會發瘋。」
蕭十一郎道：「你……」
沈璧君不讓他說話，接著又道：「我雖然不是你的妻子，可是……爲了你，我情願死，只要你能好好的活著，無論叫我怎麼樣都沒關係。」
這些話，她本已決定要永遠藏在心裡，直到死——
但現在，生命已變得如此卑微，如此絕望，人世間所有的一切，和他們都已距離得如此遙遠，她還顧慮什麼？她爲什麼不能將真情流露？
蕭十一郎只覺身體裡的血忽然沸騰了，忍不住也緊緊擁抱著她。
這是他第一次擁抱她。
在這一瞬間，榮與辱，生與死，都已變得微不足道。
生命，也彷彿就是爲這一刻而存在的。

良久良久，沈璧君才慢慢的，微弱的吐出口氣，道：「你……你答應了？」

蕭十一郎道：「要去，應該由我去。」

沈璧君霍然抬起頭，幾乎是在叫著，道：「你——」

蕭十一郎輕輕的掩住了她的嘴，道：「你有家、有親人、有前途、有希望，應該活著的。但是我呢？只不過是個無足輕重的流浪漢，什麼都沒有，我死了，誰也不會關心。」

沈璧君目中的眼淚又泉湧般流了出來，沾濕了蕭十一郎的手。

蕭十一郎的手自她嘴上移開，輕拭著她的淚痕。

沈璧君淒然道：「原來你還不明白我的心，一點也不明白，否則你怎會說死了也沒有人關心，你若死了，我……我……」

蕭十一郎柔聲道：「我什麼都明白。」

沈璧君道：「那麼你爲什麼要說？」

蕭十一郎道：「我雖然那麼說，可是我並沒有真的準備去做那惡魔的祭禮！」

他凝注著沈璧君，一字字接著道：「我也絕不准你去！」

沈璧君道：「那麼……那麼你難道準備在這裡過一輩子？」

她垂下頭，輕輕的接著道：「跟你在一起，就算住在地獄裡，我也不會怨，可是這裡……這裡卻比地獄還邪惡，比地獄還可怕！」

蕭十一郎道：「我們當然要想法子離開這裡，但卻絕不能用那種法子。」

沈璧君道：「爲什麼？」

蕭十一郎道：「因爲我們若是那樣做了，結果一定更悲慘。」

沈璧君道：「你認爲天公子不會遵守他的諾言？」

蕭十一郎道：「我認爲這只不過是個圈套。他非但要我們死，在我們死前，還要盡量作弄我們、折磨我們，令我們痛苦！」

他目中帶著怒火，接著道：「我認爲他不但是個惡魔，還是個瘋子！」

沈璧君不說話了。

蕭十一郎道：「我們若是爲了要活著，不惜犧牲自己心愛的人，向他求饒，他非但不會放過我們，還會對我們嘲弄、譏笑。」

沈璧君道：「但你也並不能確定，是麼？」

她顯然還抱著希望。

大多數女人，都比男人樂觀些，因爲她們看得沒有那麼深，那麼遠。

蕭十一郎道：「但我已確定他是個瘋子，何況，他說的這法子本就充滿了矛盾，試想一個人若爲了自己要活著，就不惜犧牲他的妻子，那麼他豈非顯然將自己的性命看得比他妻子重，他既然將自己性命看得最重，就該用自己的性命作祭禮才是，他既已用性命做祭禮，又何必再求別人放他？」

他很少說這麼多話，說到這裡，停了半晌，才接著道：「一個人若死了，還有什麼魔法能將他拘禁得住？」

沈璧君沉默了半晌，突然緊緊拉住蕭十一郎的手，道：「我們既然已沒有希望，不如現在就死吧！」

「死」，無論在任何人說來，都是件極痛苦的事。

但沈璧君說到「死」的時候，眼睛卻變得分外明亮，臉上也起了種異樣的紅暈，「死」在她說來，竟像是件很值得興奮的事。

她的頭倚在蕭十一郎肩上，幽幽的道：「我不知道你怎麼想，但我卻早已覺得，活著反而痛苦，只有『死』，才是最好的解脫！」

蕭十一郎柔聲道：「有時，死的確是種解脫，但卻只不過是儒夫和弱者的解脫！何況……」

他聲音忽然變得很堅定，道：「現在還沒有到死的時候，我們至少要先試試，究竟能不能逃出去？」

沈璧君道：「但那位莊主說的話也很有理，在別人眼中，我們已無異螻蟻，只要用一塊小石頭，就能將我們壓死。」

蕭十一郎道：「要逃，自然不容易，所以我必須先做好三件事。」

沈璧君道：「哪三件？」

蕭十一郎道：「第一，我要等傷勢好些。」

他笑了笑，接著道：「那位天公子顯然不願我死得太快，已替我治過傷，也不知他用的是什麼魔法，還是醫藥，反正靈得很，我想再過幾天，我的傷也許就會好了。」

沈璧君透了口氣，道：「但願如此。」

蕭十一郎道：「第二，我得先找出破解他的魔法和秘密。」

沈璧君道：「你認爲那秘密真在這莊院中？你認爲這件事他沒有說謊？」

蕭十一郎道：「每個人都有賭性，瘋子尤其喜歡賭，所以他一定會故意留下個破綻，賭我們找不找得到。」

沈璧君嘆道：「還有第三件事呢？」

蕭十一郎目光轉到窗外，道：「你看到亭子裡的那兩個人了麼？」

方才的那一局殘棋已終，兩個老人正在喝著酒，聊著天。那朱衣老人拉著綠袍老人的手，指著棋盤，顯然是在邀他再著一盤。

輸了棋的人，總是希望還有第二盤，直到他贏了時爲止。

蕭十一郎道：「我總覺得這兩個老頭子很特別。」

沈璧君道：「特別？」

蕭十一郎道：「若是我猜得不錯，這兩人一定也是在江湖中絕跡已久的武林高人，而且比雷雨和龍飛驥還要可怕得多。」

沈璧君道：「所以，你想先查明他們兩人究竟是誰？」

蕭十一郎嘆道：「我只希望他們不是我想像中的那兩個人，否則，就只他們這一關，我們也許都無法闖過。」

忍耐。

沈璧君從小就學會了忍耐。

因為在她那世界裡，大家都認為女人第一件應該學會的事，就是忍耐，女人若不能忍耐，就是罪惡。

所以沈璧君也覺得「忍耐」本就是女人的本份。

但後來，她忽然覺得有很多事簡直是無法忍耐的。

在這種地方，她簡直連一天都過不下去。

現在，卻已過了四五天了。

她並沒有死，也沒有發瘋。

她這才知道忍耐原來是有目的、有條件的，為了自己所愛的人，人們幾乎能忍受一切。

尤其是女人。

因為大多數女人本就不是為自己而活著的，而是為了她們心愛的人——為她的丈夫，為她的孩子。

這四五天來，沈璧君忽然覺得自己彷彿又長大了許多……

這宅院幾乎是正方形的，就和北京城裡「四合院」格式一樣。

一進大門，穿過院子，就是廳。

廳後還有個院子，這種院子通常都叫「天井」。

天井兩側，是兩排廂房。

後面一排屋子，被主人用來做自己和姬妾們的香閨臥房。

旁邊還有個小小的院落，是奴僕們的居處和廚房。

雷雨住在東面那面廂房裡，他和他的兩個「老婆」、四個丫鬟，一共佔據了四間臥房和一間小廳。

剩下的兩間，才是龍飛驥住的。

龍飛驥是個很奇怪的人，對女人沒有興趣，對酒也沒有興趣，就喜歡吃，而且吃得非常多。

他吃東西的時候，既不問吃的是雞是鴨?也不管好吃難吃，只是不停的將各種東西往肚子裡塞。

最奇怪的是，他吃得愈多，人反而愈瘦。

西面的那排屋子，有五間的門永遠是關著的，據說那兩位神秘的老人就住在這五間屋子裡。

但蕭十一郎從未看到他們進去，也從未看到他們出來過。

蕭十一郎和沈璧君就住在西廂剩下的那兩間屋子裡，一間是臥室，另一間就算是飯廳。

每天到了吃飯的時候，就有人將飯菜送來。

菜很精緻，而且還有酒。

酒很醇，也很多，多得足夠可以灌醉七八個人。

醉，可以逃避很多事。

在這裡，蕭十一郎幾乎很少看到一個完完全全清醒的人。

這幾天來，他已對這裡的一切情況都很熟悉。

主人的話不錯，你只要不走出這宅院的範圍，一切行動都絕對自由，無論你想到哪裡，無論你想幹什麼，都沒有人干涉。

但自從那天喝過接風的酒，蕭十一郎就再也沒有瞧見過主人，據說他平時本就很少露面。

一個人若要應付十幾個美麗的姬妾，一天的時間本就嫌太短了，哪裡還有空做別的事？

每天吃過早飯，蕭十一郎就在前前後後閒逛，像是對每樣東西都覺得很有趣，見了每個人都含笑招呼。

除了雷雨和龍飛驤外，他很少見到別的男人。

進進出出的女孩子們，對他那雙發亮的大眼睛也像是很有興趣，每當他含笑瞧著她們的時候，她們笑得就更甜了。

蕭十一郎一走，沈璧君就緊緊關起了門。

她並不怕寂寞。

她這一生，本就有大半是在寂寞中度過的。

現在，已是第五天了。

晚飯的菜是筍燒肉、香椿炒蛋、芙蓉雞片、爆三樣，一大盤燻腸和醬肚，一大碗小白菜氽丸子湯。

今天在廚房當値的，是北方的大師傅。

沈璧君心情略爲好了些，因爲她已知道蕭十一郎喜歡吃北方的口味，這幾樣菜正對他的胃口。

她準備陪他喝杯酒。

平時只要飯菜一送來，蕭十一郎幾乎也就跟著進門了，吃飯的時候，他的話總是很多。

無論他說什麼，沈璧君都很喜歡聽。

只有在這段時候，她才會暫時忘記恐懼和憂鬱，忘記這是個多麼可怕的地方，忘記他們的遭遇是多麼悲慘。

但今天，飯菜都已涼了，蕭十一郎卻還沒有回來。

其實，這種經驗她也已有過很多。

自從成婚的第二個月之後，她就常常等得飯菜都涼透，又回鍋熱過好幾次，連城璧還沒有回來。一個月中，幾乎有二十八天她是一個人吃飯的。

她本已很習慣了。

但今天，她的心特別亂，幾次拿起筷子，又放下，幾乎連眼睛都望穿了，還是瞧不見蕭十一郎的影子。

蕭十一郎從未讓她等過，今天是怎麼回事？

難道又有什麼可怕的事發生在他身上？

在這種地方，本就是什麼事都可能會發生的。

沈璧君忽然發覺自己對蕭十一郎的倚賴竟是如此重，思念竟是如此深，幾乎已連一時一刻都沒法子離開他。

芙蓉雞片已結了凍，連湯都涼透了。

沈璧君咬了咬牙，悄悄開了門，悄悄走出去。

這是她第一次走出這屋子。

迴廊上每隔七八步，就掛著個宮紗燈籠。她忽然發現有個人正倚在欄杆上，笑嘻嘻的瞧著她。

是雷雨。

沈璧君想退回去，已來不及了。

雷雨已在向她含笑招呼，這時候她再退回去，豈非太無禮？

燈光下，雷雨臉上的痳子看來更密、更深。

每粒痳子都像是在對著她笑，笑得那麼曖昧，那麼可惡。

沈璧君勉強點了點頭，想盡快從他身旁衝過去。

她一定要去找蕭十一郎。

雷雨突然攔住了她，笑道：「用過飯了麼？」

沈璧君道：「嗯。」

雷雨道：「今天是老高掌勺，據說他本是京城裡『鹿鳴春』的大師傅，手藝很不錯。」

沈璧君道：「哦。」

雷雨道：「這院子雖不太大，但若沒有人陪著，也會迷路，姑娘若一不小心，闖到莊主的屋裡去，那可不是好玩的。」

沈璧君板著臉，道：「誰是姑娘？」

雷雨道：「不是姑娘，是夫人？」

沈璧君道：「哼。」

雷雨笑嘻嘻道：「夫人可知道你的丈夫現在在什麼地方嗎？」

沈璧君的心一跳，道：「你知道？」

雷雨道：「我當然知道。」

沈璧君勉強使自己臉色好看些，道：「卻不知他在哪裡，我正要找他。」

雷雨悠然道：「以我看，還是莫要找的好，找了反而煩惱。」

沈璧君的心又一跳，道：「爲什麼？」

雷雨笑得更可惡，道：「你要我說真話？」

沈璧君道：「當然。」

雷雨道：「你知道，這裡有很多很美麗的小姑娘，都很年輕，又都很寂寞，你的丈夫又是個很不難看的男人。」

他瞇起了眼，笑道：「夫人雖然是天香國色，但山珍海味吃久了，也想換換口味的……」

沈璧君早已氣得發抖，忍不住大聲道：「不許你胡說！」

雷雨笑道：「你不信？要不要我帶你去瞧瞧？那個小姑娘雖然沒有你這麼漂亮，卻比你年輕，女人只要年輕，男人就有胃口。」

沈璧君氣得連嘴唇都已發抖。

雷雨道：「我勸你，什麼事還是看開些好，這裡的人，本就對這種事看得很淡，就好像吃白飯一樣，他能找別的女人，你爲什麼不能找別的男人？反正大家都是在找樂子，兩人扯平，心裡就會舒服些。」

他眼睛已瞇成一條線，伸出手就要去拉沈璧君，道：「來，用不著害臊，反正遲早總有一天，你也免不了要跟別人上……」

沈璧君沒有讓他說出下面那個字，突然一個耳光，摑在他臉上。

雷雨似未想到她的出手如此快，竟被打怔了。

沈璧君手藏在袖中，眼睛瞪著他，一步步向後退。

雷雨手捂著臉，突然獰笑道：「你這是敬酒不吃吃罰酒，到了這裡，你就算真的三貞九烈，也不由得你不依，你逃也逃不了的。」

他步步向前逼。

沈璧君大喝道：「站住，你再往前走一步，我金針就要你的命！」

雷雨怔了怔，道：「金針？」

沈璧君道：「你既然也在江湖中走動過，總該聽說過沈家的金針，見血封喉，百發百中，你有把握能避得開？」

雷雨腳步果然停了下來，道：「你是沈太君的什麼人？」

沈璧君道：「我就是她孫女……」
這句話未說完，她已退回房中，「砰」的關起了門！
門外久久沒有動靜，雷雨似乎已真的被沈家的金針嚇退了。
沈璧君靠在門上，不停的喘息著。
她的心在疼，疼得幾乎已忘記了驚恐和憤怒。
「……她比你年輕……女人只要年輕，男人就有胃口……你丈夫在找別的女人……要不要我帶你去瞧瞧……」
這些話，就像針一般在刺著她的心。
蕭十一郎雖然並不是她的丈夫，但也不知爲了什麼，就算她知道連城璧有了別的女人，她也不會像現在這麼痛苦。
「我不信，不信，絕不信……他絕不會做這種事的！」
可是，他爲什麼還不回來呢？
這裡一共有三十幾個少女，都很美麗，也都很會笑。
其中只有一個沒有對蕭十一郎笑過，甚至沒有正眼瞧過他。
這少女的名字叫「蘇燕」。
蕭十一郎現在就躺在蘇燕的床上。
蘇燕的頭，正枕著蕭十一郎寬闊的胸膛。

她闔著眼，睫毛很長，眼角是向上的，可見她張開眼的時候，一定很迷人——女人只要有雙迷人的眼睛，就已足夠征服男人了。

何況，她別的地方也很美。

雖然蓋著被，還是可以看出她的腿很美，胴體結實而有彈性，線條卻很柔和，既不太豐滿，也不太瘦弱。

屋子裡本來很靜，這時候突然發出了一陣銀鈴般的嬌笑聲。

女人的笑，也有很多種。大多數女人，只會用嘴笑，她們的笑，只不過是種聲音，有些人的笑聲甚至會令人起很多雞皮疙瘩。能用表情笑的女人，已經很少見了。

她們若會用眉毛笑，用眼睛笑，用鼻子笑，男人看到這種女人笑的時候，常常都會看得連眼珠子都像是要凸了出來。

還有種女人，全身都會笑。

她們笑的時候，不但有各種表情，而且會用胸膛向你笑，用腰肢向你笑，用腿向你笑。

男人若是遇著這種女人，除了拜倒裙下，乖乖的投降外，幾乎已沒有第二條路可走了。

蘇燕就是這種女人。

她的胸膛起伏，腰肢在扭動，腿在摩擦。

蕭十一郎並不是個木頭人，已有點受不了，忍不住問道：「你笑什麼？」

蘇燕道：「我在笑你。」

蕭十一郎道：「笑我？」

蘇燕道：「你呀，有了那麼樣一個漂亮的太太，還不老實。」

蕭十一郎也笑了，道：「有哪個男人是老實的？」

蘇燕吃吃笑道：「有人說，男人就像是茶壺，女人是茶杯，一個茶壺，總得配好幾個茶杯。」

蕭十一郎笑道：「比喻得妙極了，你這是聽誰說的？」

蘇燕道：「自然是男人說的，可是……」

她支起半個身子，盯著蕭十一郎道：「這裡的女孩子個個都很漂亮，你爲什麼會挑上我？」

蕭十一郎笑道：「一個人若要偷嘴吃，當然要挑最好吃的。」

蘇燕咬著嘴唇，道：「可是我連瞧都沒有瞧過你一眼，你怎麼知道我會上你的鈎？」

蕭十一郎道：「愈是假正經的女人，愈容易上鈎，這道理男人都很明白。」

他話未說完，蘇燕已撲到他身上，糾纏著不依道：「什麼，你說我假正經？你以爲我隨隨便便就會跟人家上床？老實告訴你，雷雨想勾我，已想得發瘋，可是我瞧見他那一臉大麻子就生氣。」

蕭十一郎忍住笑道：「麻子又有什麼不好？十個麻子九個俏，有的女人還特別喜歡麻子哩！何況，熄了燈，還不都是一樣。」

蘇燕「啪」的，輕輕給了他個耳刮子，笑罵道：「我本來以爲雷大麻子已經夠壞的了，誰知道你比他更不是東西。」

蕭十一郎道：「這裡的男人除了龍飛驥外，大概沒有一個好東西。」

蘇燕道：「一點也不錯。」

蕭十一郎道：「那兩個老頭子呢？除了下棋外，大概已沒有什麼別的興趣了吧？」

蘇燕撇了撇嘴，冷笑道：「那你就錯了，這兩個老不死，人老心卻不老，除了莊主留下來的之外，這裡的女孩子哪個沒有被他們欺負過？」

蕭十一郎道：「雷雨的老婆呢？」

蘇燕道：「那兩個騷狐狸，本就是自己送上門去的。」

蕭十一郎道：「雷雨難道甘心戴綠帽子？」

蘇燕道：「雷大麻子在別人面前雖然耀武揚威，但見了他們兩人，簡直連屁都不敢放一個。」

蕭十一郎霎著眼，道：「雷雨年輕力壯，又會武功，為什麼要怕那兩個糟老頭子？」

蘇燕突然不說話了。

蕭十一郎道：「這兩個老頭子武功難道比雷雨還高？」

蘇燕還是不說話。

蕭十一郎道：「你可知道他們姓什麼？叫什麼？」

蘇燕道：「不知道。」

蕭十一郎笑了笑，道：「他們是什麼時候來的？這你總該知道了吧？」

蘇燕道：「也不知道，我來的時候，他們已經在這裡了。」

蕭十一郎道：「你是什麼時候來的？」

蘇燕道：「有好幾年了。」

蕭十一郎道：「你怎麼會到這裡來的呢？」

蘇燕勉強笑了笑，道：「還不是跟你們一樣，糊裡糊塗的就來了。」

蕭十一郎道：「你年紀還輕，難道真要在這種鬼地方過一輩子？」

蘇燕嘆了口氣，道：「既已到了這裡，還不是只有認命了。」

她又伏到蕭十一郎身上，膩聲道：「大家開開心心的，爲什麼要談這種事呢？來……」

蕭十一郎剛伸手摟住了她，突又大聲叫起痛來。

蘇燕道：「你幹什麼？抽了筋？」

蕭十一郎喘息著，道：「不……不是，是我的傷……傷還沒有好。」

蘇燕紅著臉，咬著嘴唇，用手戳著他的鼻子，笑罵道：「挑來挑去，想不到卻挑了你這個短命的病鬼！」

沈璧君坐在飯桌旁，垂著頭，眼睛紅紅的，像是剛哭過。

桌上的飯菜，連動都沒有動。

蕭十一郎敲了半天門，門才開。

平時只要蕭十一郎回來，沈璧君面上就會露出春花般的笑。

但今天，她始終垂著頭，只輕輕問了句話：「你在外面吃過飯了？」

蕭十一郎道：「沒有，你呢？……你爲什麼不先吃？」

沈璧君道：「我……我還不餓。」

她垂著頭，盛了碗飯，輕輕放在蕭十一郎面前，道：「菜都涼了，你隨便吃點吧……這些菜，本來都是你愛吃的。」

蕭十一郎忽然覺得只要有她在，連這地方居然都充滿了家的溫暖。

沈璧君也盛了半碗飯，坐在旁邊慢慢的吃著。

也不知爲了什麼，蕭十一郎心裡突又覺得有些歉意，彷彿想找些話來說，卻又偏偏不知道該如何開口。

這也就像是個在外面做了虧心事的丈夫，回到家時，總會盡量溫柔些，做妻子的愈不說話，做丈夫的心裡反而愈抱歉。

蕭十一郎終於道：「這幾天我已將這院子前前後後都量過了。」

沈璧君道：「哦？」

蕭十一郎道：「我總覺得這地方絕不止二十八間屋子，本該至少有三十間的，只可惜我找來找去，也找不到多出來的那兩間屋子在哪裡？」

沈璧君沉默了半晌，輕輕道：「這裡的女孩子很多，女孩子的嘴總比較快些，你爲什麼不去問問她們呢？」

蕭十一郎終於明白她是在爲什麼生氣了。

原來她是在吃醋，爲他吃醋。

只要是男人，知道有女人爲他吃醋，總是非常愉快的。

蕭十一郎心裡也覺得甜絲絲的，他這一生，從來也沒有這種感覺，過了很久，他才決定要說老實話。

他苦笑著道：「我本來是想問的，只可惜什麼也沒有問出來。」

他忽又接著道：「但她們的口風愈緊，愈可證明她們必定有所隱瞞，證明這裡必定有什麼不可告人的秘密，我只要知道這點，也就夠了。」

沈璧君又沉默了半晌，才輕輕道：「你不準備再去問她們了？」

蕭十一郎凝注著她，緩緩道：「絕不會再去。」

沈璧君頭垂得更低，嘴角卻露出了微笑。

她本來並不想笑，但這笑卻是自心底發出的，怎麼能忍得住？

看到她的笑，蕭十一郎才覺得肚子餓了，很快的扒光了碗中的飯，道：「小姑娘已問過，明天我就該去問老頭子了。」

沈璧君嫣然道：「我想……明天你一定會比今天回來得早。」

這句話沒說完，她自己的臉也紅了起來。

女人醋吃得太兇，固然令人頭疼，但女人若是完全不吃醋，男人們的樂趣豈非也減少了很多？

第六天，晴天。

蕭十一郎走到前面的庭園中，才發現圍牆很高，幾乎有五六個人高，本來開著的那道角門，也已經關起，而且還上了鎖。

門是誰鎖起來的？爲了什麼？

在天公子眼中，這些人既已無異螻蟻，縱然逃出去，只要用兩根手指就能拈回來，爲什麼還要防範得如此嚴密？

蕭十一郎嘴角彷彿露出了一絲笑意。

老人不知何時又開始在八角亭中飲酒下棋了。

蕭十一郎慢慢的走過去，負手站在他們身旁，靜靜的瞧著。

老人專心於棋局，似乎根本沒有發現有個人走過來。

風吹木葉，流水嗚咽，天地間一片安詳靜寂。

老人們的神情也是那麼悠然自得。

但蕭十一郎一走進他們身旁，就突然感覺到一股淩厲逼人的殺氣，就彷彿走近了兩柄出鞘的利劍似的。

神兵利器，必有劍氣。

身懷絕技的武林高手，視人命如草芥，身上也必定會帶著種殺氣！

蕭十一郎隱隱感覺出，這兩人一生中必已殺人無算！

朱衣老人手裡拈著個棋子，正沉吟未決。綠袍老人左手支頰，右手舉杯，慢慢的啜著杯中酒，看他的神情，棋力顯然比那朱衣老人高出了許多。

這杯酒喝完了，朱衣老人的棋還未落子。

綠袍老者突然抬頭瞧了瞧蕭十一郎，將手中的酒杯遞過來，點了點石桌上一隻形式奇古的酒壺。

這意思誰都不會不明白，他是要蕭十一郎爲他斟酒。

「我憑什麼要替你倒酒？」

若是換了別人，縱不破口大罵，只怕也將掉頭不顧而去。

但蕭十一郎卻不動聲色，居然真的拿起了酒壺。

壺雖已拿起，酒卻未倒出。

蕭十一郎慢慢的將壺嘴對著酒杯。

他只要將酒壺再偏斜一分，酒就傾入杯中。

但他卻偏偏再也一動不動。

綠袍老人的手也停頓在空中，等著。

蕭十一郎不動，他也不動。

朱衣老人手裡拈著棋子，突然也不動了。

這三人就彷彿突然都被魔法定住，被魔法奪去了生命，變成了死的玩偶。

地上的影子漸漸縮短，日已當中。

一個多時辰已過去了。

三個人都沒有動，連指尖都沒有動。每個人的手都穩如磐石。

地上的影子又漸漸由短而長。

日已偏西。

蕭十一郎的手只要稍有顫抖，酒便傾出。

但三個時辰過去了，他的手還是磐石般動也不動。

綠袍老人的神情本來很安詳，目中本來還帶著一絲譏誚之意，但現在卻已漸漸有了變化，變得有些驚異，有些不耐。

他自然不知道蕭十一郎的苦處。

蕭十一郎只覺得手裡的酒壺愈來愈重，似已變得重逾千斤，手臂由痠而麻，由麻而疼，疼得宛如被千萬根針在刺著。

他頭皮也有如針刺，汗已濕透衣服。

但他還是咬緊牙關，忍耐著，盡力使自己心裡不去想這件事。

因爲他知道現在絕不能動。

他們全身雖然都沒有任何動作，但卻比用最鋒利的刀劍搏鬥還要險惡。

壺中的酒若流出，蕭十一郎的血只怕也要流出來。

這是一場內力、定力、體力，和忍耐的決鬥。

這是一場絕對靜止的決鬥。

所以這也是一場空前未有的決鬥。

這一場決鬥雖險惡，卻不激烈，雖緊張，卻不精采。

這一場決鬥由上午開始，直到黃昏，已延續了將近五個時辰，卻沒有任何一個人走過來瞧一眼。

生活在這裡的人，關心的只是自己，你無論在幹什麼，無論是死是活，都絕不會有人關心的。

廿二　最長的一日

暮色四合。

大廳中已亮起了燈火，走廊上的宮紗燈籠也已被點燃。

燈光自遠處照過來，照在綠袍老人的臉上。

他臉色蒼白，眼角的肌肉已在輕微的跳動。

但他的手還是穩如磐石。

蕭十一郎幾乎已氣餒，幾乎已崩潰。

他的信心已開始動搖，手也已將開始動搖。

他幾乎已無法再支持下去，這場決鬥只要再延續片刻——

但就在這時，只聽「嗤」的一聲！朱衣老人手裡拈著棋子突然射出，「噹」的一聲，酒壺的壺嘴如被刀削，落下，跌碎。

酒湧出，注入酒杯。

酒杯已滿，綠袍老人手縮回，慢慢的啜著杯中酒，再也沒有瞧蕭十一郎一眼。

蕭十一郎慢慢的放下酒壺，慢慢的走出八角亭，走上曲橋，猛抬頭，夜色蒼茫，燈光已滿院。

蕭十一郎站在橋頭，凝注著遠處的一盞紗燈，久久都未舉步。

他從來也未發覺，燈光竟是如此柔和，如此親切。

「能活著，畢竟不是件壞事。」

只有經歷過死亡恐懼的人，才知道生命之可貴。

「飯菜恐怕又涼了……」

蕭十一郎悄悄揉著手臂，大步走了回去。

今天，幾乎是他一生中最長的一天，但這一天並不是白過的。

他畢竟已有了收穫。

他身上每一根肌肉都在痠疼，但心情卻很振奮，他準備好好吃一餐，喝幾杯酒，好好睡一覺。

明天他還有很多很多事要做，每件事都可能決定他的一生。

門是開著的。

沈璧君一定又等得很著急了。

「只希望她莫要又認爲我是在和那些小姑娘們鬼混。」

蕭十一郎悄悄的推開門，他希望能看到沈璧君春花般的笑。

他永遠想不到推開門後看到的是什麼，會發生什麼事？

否則他只怕永遠也不會推開這扇門了！

桌上擺著五盤菜：蟹粉魚唇、八寶辣醬、清炒鱔糊、豆苗蝦腰、一大盤醉轉彎拚油爆蝦是下酒的，一隻砂鍋獅子頭是湯。

今天在廚房當值的，是位蘇州大司務。

菜，也都已涼了。

桌子旁坐著一個人，在等著。

但這人並不是沈璧君，而是那已有四五天未曾露面的主人。

屋子裡沒有燃燈。

宮燈的光，從窗櫺中照進來，使屋子裡流動著一種散碎而朦朧的光影，他靜靜的坐在光影中，看來彷彿也變得很虛玄、很詭秘、很難以捉摸，幾乎已不像是個有血有肉的活人，而像是個幽靈。

牆上，掛著幅畫，畫的是鍾馗捉鬼圖。他眼睛瞬也不瞬的盯在這幅畫上，似已瞧得出神。

蕭十一郎一走進來，心就沉了下去。他忽然有了種不祥的預感，就像是一匹狼，已嗅出了災禍的氣息，而且災禍已來到眼前，縱想避免，也已太遲了。

主人並沒有回頭。

蕭十一郎遲疑著，在對面坐了下來。

他決定什麼話都不說，等主人先開口。因爲他根本就不知道事情已發生了什麼變化，也猜不出別人將要怎麼樣對付他。

也不知過了多久，主人忽然長長嘆了口氣，道：「舊鬼未去，新鬼又生，既有各式各樣的人，就有各式各樣的鬼，本就永遠捉不盡的，鍾道士又何苦多事？」

蕭十一郎倒了杯酒，一飲而盡。

主人也倒了杯酒，舉杯在手，目光終於慢慢的轉過來，盯著他，又過了很久，忽然笑了笑，道：「你看來已很累了。」

蕭十一郎也笑了笑，道：「還好。」

主人悠然道：「和他們交手，無論用什麼法子交手，都艱苦得很。」

蕭十一郎道：「還好。」

主人目光閃動，道：「經此一戰，你想必已知道他們是誰了？」

蕭十一郎淡淡一笑，道：「也許我早就知道他們是誰了。」

主人道：「但你還是敢去和他們交手？」

蕭十一郎道：「嗯。」

主人仰面而笑，道：「好，有膽量，當敬一杯。」

蕭十一郎道：「請。」

主人飲盡了杯中酒，忽然沉下了臉，道：「除此之外，你還知道了什麼？」

蕭十一郎道：「知道得並不多，也不太少。」

主人冷冷道：「希望你知道得還不太多，一個人若是知道得太多，常常都會招來殺身之禍，那就還不如完全不知道的好了。」

蕭十一郎將空了的酒杯放在指尖慢慢的轉動著，忽然道：「她呢？」

主人道：「誰？」

蕭十一郎道：「內人。」

主人突又笑了笑，笑得很奇特，緩緩道：「你是問那位沈姑娘？」

蕭十一郎盯著那旋轉著的酒杯，瞳孔似乎突然收縮了起來，眼珠子就變得說不出的空洞。過了很久，他才慢慢的點了點頭。

主人的眼睛卻在盯著他，一字字問道：「她真是你的妻子？」

蕭十一郎沒有回答。

主人跟著又追問道：「你可知道她出了什麼事？你可知道她身子爲何會如此虛弱？」

蕭十一郎長長吸了口氣，道：「她出了什麼事？」

主人淡淡道：「她本來再過幾個月就會有個孩子的，現在卻沒有了。」

「噹」的，旋轉著的酒杯自指尖飛出，撞上牆壁，粉碎。

蕭十一郎眼睛還是盯著那根空空的手指——手指還是直挺挺的豎在那裡，顯得那麼笨拙、那麼無助、那麼可笑。

主人笑了笑，悠然道：「你若連這種事都不知道，又怎麼可能是她的丈夫？又怎配做她的丈夫！」

蕭十一郎眼睛終於自指尖移開，盯著他，道：「她在哪裡？」

主人拒絕回答這句話，卻緩緩道：「你有沒有注意到一件事？這裡最美麗的女人、最舒服的屋子，所有一切最好的東西，都是屬於我的。」

他盯著蕭十一郎，又道：「你可知道這是什麼緣故？」

蕭十一郎道：「什麼緣故？」

主人道：「這只因我最強！」

他又笑了笑，接著道：「我早就告訴過你，在這裡既不講道義，也沒有禮法，誰最有力量，誰最強，誰就能取得最好的。」

蕭十一郎道：「你的意思是——」

主人道：「你既已到了這裡，就得順從這裡的規矩。沈姑娘既非你的妻子，也不屬於任何人，那麼，誰最強，誰就得到她！」

他將空了的酒杯捏在手裡，緩緩接道：「所以現在她已屬於我，因爲我比任何人都強，也比你強！」

他的手纖細而柔弱，甚至比女人的手還要秀氣。

但說完了這句話，他再攤開手，酒杯已赫然變成了一堆粉末。

一堆比鹽還細的粉末！

蕭十一郎霍然站了起來，又緩緩坐了下去。

主人卻連瞧也沒有瞧他一眼，悠然道：「這就是你的好處，你比大多數年輕人都看得清楚，知道我的確比你強，你也比大多數年輕人都能忍耐，所以你才能活到現在。」

他笑了笑，接著道：「要找一個像你這樣的對手，並不容易，所以我也不想你死得太快，只要你夠聰明，也許還能活下去，活很久。」

蕭十一郎突然長長嘆了口氣，道：「我的毛病就是太聰明了，太聰明的人，是活不長的。」

主人道：「那倒未必，我豈非也已活得很長了麼？你若真夠聰明，就該少說些話，多喝些酒，那麼，就算你吃了虧，我也會對你有所補償。」

蕭十一郎道：「補償？」

主人微笑道：「蘇燕——她雖然沒有沈姑娘那麼美，但卻有很多沈姑娘比不上的好處，而且，她豈非正是你自己挑中的麼？你失去了一個，又得回一個，並沒有吃虧。只要你也和別人一樣，對什麼事都看得開些，你還是可以快快樂樂的在這裡過一輩子，也許比在外面還要活得愉快得多。」

蕭十一郎道：「我若不願耽在這裡呢？」

主人沉下了臉，道：「你不願也得願意，因為你根本別無選擇，你根本逃不出去！」

蕭十一郎忽然也笑了笑，道：「也許，我已找出了破解這魔法的關鍵！」

主人的臉色變了，但瞬即展顏笑道：「你找不到的，沒有人能找得到！」

蕭十一郎道：「我若找到了，你肯讓我將她帶走？」

主人道：「你要找多久？」

蕭十一郎道：「用不著多久，就是現在！」

主人道：「你若找不到呢？」

蕭十一郎斷然道：「我就在這裡耽到死，一輩子做你的奴隸！」

主人的笑容忽又變得很溫柔，柔聲道：「這賭注並不小，你還是再考慮考慮的好。」

蕭十一郎道：「賭注愈大，愈有刺激，否則還不如不賭的好，這就看你敢不敢跟我賭了。」

主人笑道：「再大的賭注，我也吃得下，輸得起，你難道還不放心麼？」

蕭十一郎道：「一言爲定？」

主人道：「話出如風！」

蕭十一郎道：「好！」

「好」字出口，他身子突然從牆上撞了過去。「轟」的一聲，灰石飛揚，九寸厚的牆已被他撞破了個桌面般大的洞！

蕭十一郎的人已撞入了隔壁的屋子！

這間屋子很大，卻沒有窗戶。屋裡簡直可說什麼都沒有，只有張很大的桌子，桌子上擺著棟玩偶的房屋，園中亭台樓閣，小橋流水，有個綠袍老人正在溪水邊浣足……

蕭十一郎喘息著，面上終於露出了笑容，笑道：「這就是破解你魔法的關鍵，是麼？」

主人的臉色蒼白，沒有說話。

蕭十一郎道：「你故意倣照你住的這地方，造了這麼樣一棟玩偶房屋，故意先讓我們瞧見，然後再將我們帶到這裡來，讓我們不由自主生出種錯覺，以爲自己也已被魔法縮小，也變成了玩偶……」

他接著又道：「這計劃雖然荒謬，卻當真是妙不可言，因爲無論誰也想不到世上竟有像你這種瘋狂的人，居然會做出這種荒唐的事來。」

主人也大笑起來，笑道：「的確沒有人能想得到，我已用這種法子捉弄過不知多少人了，那些人到最後不是發了瘋，就是自己割了頸子。」

蕭十一郎道：「所以你覺得這法子不但很有用，而且很有趣？」

主人笑道：「當然很有趣，你若也見過那些人突然發覺自己已被『縮小』了時的表情，見到他們拚命的喝酒，拚命的去找各種法子麻醉自己，直到發瘋為止，你也會覺得世上絕不會再有更有趣的事了。」

他大笑著接道：「那些人為了要活下去，再也不講什麼道義禮法，甚至連名譽地位都不要了，到最後為了一瓶酒，他們甚至可以出賣自己的妻子！」

蕭十一郎道：「你難道認為世上所有的人都和他們一樣？」

主人笑道：「你若見過那些人，你才會懂得，人，其實並不如自己想像中那麼聰明，有時簡直比狗還賤，比豬還笨。」

蕭十一郎冷冷道：「但你莫忘了，你自己也是個人！」

主人厲聲道：「誰說我是人？我既然能主宰人的生死和命運，我就是神！」

蕭十一郎嘆了口氣，道：「只有瘋子，才會將自己當做神。」

主人面上忽又露出了那種溫柔的笑容，柔聲道：「你也莫要得意，你現在還在我的掌握中，我還可以主宰你的生死命運。」

蕭十一郎道：「我也沒有忘記你答應過我的話。」

主人道：「也許我自己忘了呢？」

蕭十一郎笑了笑，道：「我相信你，你既然將自己當做神，就絕不會對人食言背信的，否則你豈非也和別人同樣卑賤？」

主人盯著他，喃喃道：「你的確很聰明，我一直小看了你！」

蕭十一郎道：「她呢？你現在總該放了她吧！」

主人道：「我還得問你幾句話。」

蕭十一郎道：「我本就在等著你問。」

主人道：「這秘密你是怎麼看破的？」

蕭十一郎笑道：「我們若真已到了玩偶的世界，怎會再見到陽光？但這裡，卻有陽光。」

主人嘆了口氣，道：「我本就發覺疏忽了這一點，但到了這裡的人，神智就已混亂，誰也不會注意到這點疏忽，連我自己都已漸漸忘了。」

蕭十一郎道：「大多數人都自以爲能看得很遠，對近在眼前的反而不去留心，你當然也很明白人心的這種弱點，所以才會將我安頓在這裡，你以爲我絕對想不到秘密的關鍵就在我自己住處的隔壁。」

主人道：「你是怎麼想到的？」

蕭十一郎道：「我只不過隱隱覺得這地方必定有兩間隱藏著的秘密屋子，並不能確定在哪裡，方才只不過是碰碰運氣而已。」

他笑了笑，接著道：「我的運氣還不錯。」

主人沉默了半晌，淡淡道：「一個人的運氣無論多麼好，總有一天會變壞的。」

長夜已將過去。

主人還坐在那間屋子裡，屋子裡還是沒燃燈。

黑暗中，慢慢的現出了一條纖小朦朧的人影。慢慢的走到他身後，輕輕的替他搥著背，柔聲道：「你看來也有些累了。」

語聲柔和而甜美，帶著種無法形容的吸引力。

主人既沒有說話，也沒有回頭。

窗紙漸漸發白，曙色照亮了那人影。

她身材不高，但曲線卻是那麼柔和，那麼勻稱，圓圓的臉，眼睛大而明亮，不笑的時候也帶著幾分笑意。

她笑得不但甜美，而且純真，無論誰看到她的笑容，都會將自己所有的憂鬱煩惱全都忘記。

小公子！

小公子怎會也到了這裡？

過了很久，主人才嘆了口氣，道：「你說的不錯，蕭十一郎的確不是個普通人，我不該小看他的。」

小公子道：「所以你就不該放他走！」

主人道：「我要讓人知道，我說出的話，就是金科玉律！」

小公子道：「可是……縱虎歸山……」

主人打斷了她的話，微笑道：「他們現在雖然走了，不出十天，就會回來。」

小公子道：「回來?你說他們還會回來？」

主人道：「一定會回來！」

小公子笑了，道：「你認爲蕭十一郎有毛病？」

主人道：「蕭十一郎雖未必，但沈璧君卻非回來不可。」

小公子道：「你有把握？」

主人道：「你幾時見我做過沒把握的事？」

小公子道：「她爲什麼要回來？」

主人道：「因爲我已將她的心留在這裡。」

小公子眨著眼，吃吃的笑了。

主人道：「你不信？」

小公子笑道：「我只不過想不通你用的是什麼法子？」

主人道：「一個男人若想留住女人的心，只有兩種法子。」

小公子道：「哪兩種？」

主人道：「第一種，是要她愛你，這當然是最好的法子，但卻比較困難。」

小公子道：「第二種呢？」

主人道：「第二種就是要她恨你，一個女人若是真的恨你，就會時時刻刻的想著你，忘也忘不了，甩也甩不開。」

他微笑著，接著道：「這法子就比較容易多了。」

小公子眼珠轉動著，道：「但女人若沒有真的愛過你，就絕不會恨你。」

主人笑道：「你錯了，愛也許只有一種，恨卻有很多種。」

小公子道：「哦？」

主人道：「若有人殺了你最親近的人，你恨不恨他？」

小公子說不出話了。

主人道：「我已想法子讓她知道，沈家莊是我毀了的，她祖母也是我殺了的！」

小公子道：「可是，這種恨……」

主人道：「這種恨也是恨，她恨我愈深，就愈會想盡各種法子回到我身邊來，因爲只有在我身邊，她才有機會殺我，才有機會報仇！」

小公子默然半晌，道：「既然如此，她爲什麼要走呢？」

主人道：「因爲她不願意連累蕭十一郎，她知道她若不走，蕭十一郎也不會走。」

小公子目光閃動著，道：「這麼說，你也知道她愛的是蕭十一郎？」

主人道：「女人若是愛上了一個男人，不是瞎子就能看得出。」

小公子咬著嘴唇，道：「你有把握能得到她？」

主人笑道：「只要她在我身邊，我就有把握。」

小公子道：「但你既然知道她愛的是別人，就算得到她，又有什麼意思？」

主人笑道：「只要我能得到她，就有法子能令她將別的男人全都忘記。」

小公子敲著背的手突然停了下來，頭垂得很低。

主人轉過身，拉住她的手，笑得很特別，道：「這法子別人不知道，你總該知道的。」

小公子「嚶嚀」一聲，倒入他懷裡……

廿三　嚇壞人的新娘子

蕭十一郎忽然覺得他和沈璧君之間的距離又變得遙遠了。

在那「玩偶山莊」中，他們不但人在一起，心也在一起。

在那裡，他們的確已忘了很多事，忘了很多顧慮。

但現在，一切事又不同了。

有些事你只要活著，就沒法子忘記。

路長而荒僻，顯然是條已被廢棄了的古道。

路旁的雜草已枯黃，木葉蕭蕭。

蕭十一郎沒有和沈璧君並肩而行，故意落後了兩步。

沈璧君也沒有停下來等他。

現在，危險已過去，傷口將癒，他們總算已逃出了魔掌，本該覺得很開心才是，但也不知爲什麼，他們的心情反而很沉重。

難道他們覺得又已到了分手的時候？

難道他們就不能不分手？

突然間車轔馬嘶，一輛大車急馳而來！

臉。

蕭十一郎想讓出道路，車馬竟已在他身旁停下。

馬是良駒，漆黑的車身，亮得像鏡子。甚至可以照得出他們黯淡的神情，疲倦而憔悴的臉。

車窗上垂著織錦的簾子。

簾子忽然被掀起，露出了兩張臉，竟是那兩個神秘的老人。

朱衣老人道：「上車吧。」

綠袍老人道：「我們送你一程。」

蕭十一郎遲疑著，道：「不敢勞動。」

朱衣老人道：「一定要送。」

綠袍老人道：「非送不可。」

蕭十一郎道：「爲什麼？」

朱衣老人道：「因爲你是第一個活著從那裡走出來的人。」

綠袍老人道：「也是第一個活著從我眼下走出來的人。」

兩人的面色都很冷漠，他們眼睛裡卻閃動著一種熾熱的光芒。

蕭十一郎第一次感覺到他們也是活生生的人。

他終於笑了笑，拉開了車門。

車廂裡的佈置也正如那山莊裡的屋子，華麗得近於誇張，但無論如何，一個已很疲倦的人坐上去，總是舒服的。

沈璧君卻像是呆子。

她直挺挺的坐著，眼睛瞪著窗外，全身都沒有放鬆。

蕭十一郎也有些不安，因爲老人們的眼睛都在瞬也不瞬的盯著她。

朱衣老人忽然道：「你這次走了，千萬莫要再回來！」

綠袍老人道：「無論爲了什麼，都千萬莫要再回來！」

蕭十一郎道：「爲什麼？」

朱衣老人目中竟似露出了一絲恐懼之色，道：「因爲他根本不是人，是鬼，比鬼還可怕的妖怪，無論誰遇著他，活著都不如死了的好！」

綠袍老人道：「我們說的『他』是誰，你當然也知道。」

蕭十一郎長長吐出口氣，道：「兩位是什麼人，我現在也知道了。」

朱衣老人道：「你當然會知道，因爲以你的武功，當今天下，已沒有第四個人是你敵手，我們正是其中兩個。」

綠袍老人道：「但我們兩人加起來，也不是他一個人的敵手！」

朱衣老人的嘴角在顫抖，道：「天下絕沒有任何人能接得住他三十招！」

綠袍老人道：「你也許只能接得住他十五招！」

沈璧君咬著嘴唇，幾次想開口，都忍住了。

蕭十一郎沉思著，緩緩道：「也許我也已猜出他是誰了。」

朱衣老人道：「你最好不要知道他是誰，只要知道他隨時能殺你，你卻永遠沒法子殺他。」

綠袍老人道：「世上根本就沒有人能殺得死他！」

蕭十一郎道：「兩位莫非已和他交過手？」

朱衣老人沉默了半晌，長嘆道：「否則我們又怎會耽在那裡，早上下棋，晚上也下棋……」

綠袍老人道：「你難道以爲我們真的那麼喜歡下棋？」

朱衣老人苦笑道：「老實說，現在我一摸到棋子，頭就大了，但除了下棋外，我們還能做什麼？」

綠袍老人黯然道：「二十年來，我們未交過一個朋友，也沒有一個人値得我們交的，只有你……但我們最多只能送你到路口，就得回去。」

蕭十一郎目光閃動，道：「兩位難道就不能不回去？」

老人對望了一眼，沉重的搖了搖頭。

朱衣老人嘴角帶著絲凄涼的笑意，嘆道：「我們已太老了，已沒有勇氣再逃了。」

綠袍老人笑得更淒涼，道：「以前，我們也曾經試過，但無論你怎麼逃，只要一停下來，就會發現他在那裡等著你！」

蕭十一郎沉吟著，良久良久，目中突然射出了劍鋒的鋒芒，盯著老人，緩緩道：「合我們三人之力，也許……」

朱衣老人很快的打斷了他的話，厲聲道：「不行！絕對不行！」

綠袍老人道：「這念頭你連想都不能想！」

蕭十一郎道：「爲什麼？」

朱衣老人道：「因爲你只要有了這念頭，就會想法子去殺他。」

綠袍老人道：「只要你想殺他，結果就一定要死在他手裡！」

蕭十一郎道：「可是……」

朱衣老人又打斷了他的話，怒道：「你以爲我們是爲了什麼要來送你的？怕你走不動？你以爲我們出來一次很容易？」

綠袍老人道：「我們來就是要你明白，你們這次能逃出來，全是運氣，所以此後你只要活著一天，就離他愈遠愈好！永遠不要再回來，更不要動殺他的念頭，否則你就算還能活著，也會覺得生不如死。」

朱衣老人長長嘆了口氣，道：「就和我們一樣，覺得生不如死。」

綠袍老人道：「若是別人落在他手中，必死無疑，但是你……他可能還會留著你，就像留著我們一樣，他無聊時，就會拿你作對手來消遣。」

朱衣老人道：「因爲他只有拿我們這種人作對手，才會多少覺得有點樂趣。」

綠袍老人道：「但我們卻不願你重蹈我們的覆轍，作他的玩物，否則你是死是活，和我們又有什麼關係？」

朱衣老人目光遙視著窗外的遠山，緩緩道：「我們已老了，已快死了，等我們死後，他別無對手可尋時，一定會覺得很寂寞……」

綠袍老人目中閃著光，道：「那就是我們對他的報復！因為除此之外，我們就再也找不出第二種報復的法子了！」

蕭十一郎靜靜的聽著，似已說不出話來。

車馬突然停下。

朱衣老人推開了車門，道：「走，快走吧，走得愈遠愈好。」

綠袍老人道：「你若敢再回來，就算他不殺你，我們也一定要你的命！」

車馬又已絕塵而去，蕭十一郎和沈璧君還站在路口發著怔。前面，已是大道。

沈璧君的臉色發白，突然道：「你想，這兩人會不會是『他』故意派來嚇我們的？」

蕭十一郎想也沒有想，斷然道：「絕不會！」

沈璧君道：「為什麼？」

蕭十一郎道：「這兩人也許會無緣無故的就殺死幾百個人，但卻絕不會說一句謊。」

沈璧君道：「為什麼？他們究竟是誰？」

蕭十一郎道：「二十年來，武林中只怕沒有比他們更有名，更可怕的人了，江湖中人只要聽到他們的名字……」

他還沒有說出他們的名字，遠處突然傳來了一陣鼓樂聲。

蕭十一郎抬起頭，就看到一行人馬，自路那邊蜿蜒而來。

對子馬和鼓樂手後面，還有頂花轎。

是新娘子坐的花轎。

新郎倌頭戴金花，身穿蟒袍，騎著匹毛色純白，全無雜色的高頭大馬，走在行列最前面。

世上所有的新郎倌，一定都是滿面喜氣，得意洋洋的——尤其是新娘子已坐在花轎裡的時候。

一個人自己心情不好的時候，也很怕看到別人開心得意的樣子。

蕭十一郎平時本不是如此自私小氣的人，但今天卻是例外，他也不知道是無意，還是有意，突然彎下腰去咳嗽起來。

沈璧君頭雖是抬著的，但眼睛裡卻什麼也瞧不見，看到別人的花轎，她就會想到自己坐在花轎裡的時候。

那時她心裡還充滿了美麗的幻想，幸福的憧憬。

但現在呢？

她只希望現在坐在花轎裡的這位新娘子，莫要遭遇到和她同樣的事，除了自己的丈夫外，莫要再愛上第二個男人。

新郎倌坐在馬上，頭抬得很高。

一個人在得意的時候，總喜歡看著別人的樣子，總希望別人也在看他，總覺得別人也應該能分享他的快樂。

但這新郎倌也是例外。他人雖坐在馬上，一顆心卻早已鑽入花轎裡，除了他的新娘子外，全世界所有的人他都沒有放在心上、瞧在眼裡。

因爲這新娘他得來實在太不容易。

爲了她，他也不知吃了多少苦，受了多少氣。

爲了她，他身上的肉也不知少了多少斤。

他本來幾乎已絕望，誰知她卻忽然點了頭。

「唉，女人的心。」

現在，受苦受難的日子總算已過去，她總算已是他的。

眼見花轎就要抬進門，新娘子就要進洞房了。

想到這裡，他百把斤重的身子忽然輕得好像要從馬背上飄了起來。

他抬頭看了看天，又低頭看了看地。

「唉，真是謝天謝地。」

八匹對子馬，十六個吹鼓手後面，就是那頂八人抬的花轎。

轎簾當然是垂著的。

別的新娘子一上了花轎，最刁蠻、最調皮的人也會變成呆子，動也不敢動，響也不敢響，甚至連放個屁都不敢，就算有天大的事，也得忍著。

但這新娘子，也是例外。

簾子居然被掀開了一線，新娘子居然躲在轎子裡向外偷看。

蕭十一郎剛抬起頭，就看到簾子後面那雙骨碌碌四面亂轉的眼睛。

他也忍不住覺得很好笑：「人還在花轎裡，已憋不住了，以後那還得了？」

這樣的新娘子已經很少見了，誰知更少見的事還在後頭哩。

轎簾突然掀起。

紅綢衣、紅繡鞋，滿頭鳳冠霞帔，穿戴得整整齊齊的新娘子，竟突然從花轎裡飛了出來。

蕭十一郎也不禁怔住。

他再也想不到這新娘子竟飛到他面前，從紅緞子衣袖裡伸出了手，「啪」的一聲，用力拍了拍他肩頭，銀鈴般嬌笑道：「你這小王八蛋，這些日子，你死到哪裡去了！」

蕭十一郎幾乎已被那一巴掌拍得跌倒，再一聽到這聲音，他就好像真的連站都站不住了。

吹鼓手、抬轎的、跟轎的，前前後後三四十個人，也全都怔住，瞪大了眼睛，張大了嘴，那神情就好像嘴裡剛被塞下個煮熟滾燙的雞蛋。

沈璧君也已怔住，這種事，她更是連做夢都沒有想到過。

新娘子笑著道：「我只不過擦了一斤多粉，你難道就認不出我是誰了？」

蕭十一郎嘆了口氣，苦笑道：「我就算認不出，也猜得到的……世上除了風四娘外，哪裡還找得出第二個這樣的新娘子？」

風四娘臉上的粉當然沒有一斤，但至少也有三兩。

這當然是喜娘們的傑作，據說有本事的喜娘不但能將黑姑娘「漂白」，還能將麻子姑娘臉上的每個洞都填平。所以世上每個新娘子都很漂亮，而且看來差不多都一樣。

但再多的粉也掩不住風四娘臉上那種灑脫而甜美的笑容，那種懶散而滿不在乎的神情。

風四娘畢竟是風四娘，畢竟和別的新娘子不同，就算有一百雙眼睛瞪著她，她還是那般模樣。

她還是格格的笑著，拍著蕭十一郎的肩膀，道：「你想不想得到新娘子就是我？想不想得到我也有嫁人的一天？」

蕭十一郎苦笑著，道：「實在想不到。」

風四娘雖然不在乎，他卻已有些受不了，壓低了聲音道：「但你既已做了新娘子，還是趕快上轎吧，你看，這麼多人都在等你。」

風四娘瞪眼道：「要他們等等有什麼關係？」

她提起繡裙，輕巧的轉了個身，又笑道：「你看，我穿了新娘子的衣服，漂不漂亮？」

蕭十一郎道：「漂亮，漂亮，漂亮極了，這麼漂亮的新娘子，簡直天下少有。」

風四娘指頭戳他鼻子，道：「所以我說你呀！……你實在是沒福氣。」

蕭十一郎摸著鼻子，苦笑道：「這種福氣我可當不起。」

風四娘瞪起眼，又笑了，眨著眼笑道：「你猜猜看，我嫁的是誰？」

蕭十一郎還未說話，新郎倌已匆匆趕了過來。

他這才看清這位新郎倌四四方方的臉，四四方方的嘴，神情雖然很焦急，但走起路來還是四平八穩，連帽子上插著的金花都沒有什麼顫動，整個人看起來就像是塊剛出爐的硬麵餅。

蕭十一郎笑了，抱拳道：「原來是楊兄，恭喜恭喜。」

楊開泰看見他就怔住了，怔了半晌，好容易才擠出一絲笑容，也抱了抱拳，勉強笑道：「好說好說，這次我們喜事辦得太匆忙，有很多好朋友帖子都沒有發到，下次……」

剛說出「下次」兩個字，風四娘就踩了他一腳，笑罵道：「下次？這種事還能有下次？我看你真是個呆脖子鵝。」

楊開泰也知道話說錯了，急得直擦汗，愈急話就愈說不出，只有在下面去拉風四娘的衣袖，吃吃道：「這……這種時候……你……你……你怎麼能跑出轎子來呢？」

風四娘瞪眼道：「爲什麼不能，看見老朋友，連招呼都不能打麼？」

楊開泰道：「可是……可是你現在已經是新娘子……」

風四娘道：「新娘子又怎樣，新娘子難道就不是人？」

楊開泰漲紅了臉，道：「你……你們評評理，天下哪有這樣的新娘子？」

風四娘道：「我就是這樣子，你要是看不順眼，換一個好了。」

楊開泰氣得直跺腳，喘著氣道：「不講理，不講理，簡直不講理……」

風四娘叫了起來，道：「好呀，你現在會說我不講理了，以前你爲什麼不說？」

楊開泰擦著汗，道：「以前……以前……」

風四娘冷笑道：「以前我還沒有嫁給你，所以我說的話都有道理，連放個屁都是香的，現在我既已上了花轎，就是你們姓楊的人了，所以你就可以作威作福了，是不是？是不是？」

楊開泰又有些軟了，嘆著氣，道：「我不是這意思，只不過……只不過……」

風四娘道：「只不過怎樣？」

楊開泰眼角偷偷往後面瞟了一眼，幾十雙眼睛都在瞪著他，他的臉紅得都快發黑了，悄悄道：「只不過你這樣子，叫別人瞧見會笑話的。」

他聲音愈低，風四娘喊得愈響，大聲道：「笑話就笑話，有什麼了不起，我就是不怕別人笑話！」

楊開泰臉色也不禁變了。他畢竟也是個人，還有口氣，畢竟不是泥巴做的，忍不住也大聲道：「可是……可是你這樣子，要我以後怎麼做人？」

風四娘怒道：「你覺得我丟了你們楊家的人，是不是？」

楊開泰閉著嘴，居然給她來了個默認。

風四娘冷笑道：「你既然認爲我不配做新娘子，這新娘子我就不做好了。」

她忽然取下頭上的鳳冠，重重的往地上一摔，大聲道：「你莫忘了，我雖然上了花轎，卻還沒有進你們楊家的門，做不做你們楊家的媳婦，還由不得你，還得看我高不高興。」

抬轎的、跟轎的、吹鼓手，看得幾乎連眼珠子都凸了出來。

他們其中有些人已抬了幾十年的花轎，已不知送過多少新娘子進人家的門，但這樣的事，他們非但沒見過，簡直連聽都沒聽說。

楊開泰更已快急瘋了，道：「你……你……你……」

平時他只要一急，就會變成結巴，現在哪裡還能說得出話來？

蕭十一郎本來還想勸勸，只可惜他對風四娘的脾氣太清楚了，知道她脾氣一發，就連天王老子也是勸不了的。

風四娘索性將身上的繡袍也脫了下來，往楊開泰頭上一摔，轉身拉住了蕭十一郎的手，道：「走，我們走，不做楊家的媳婦，看我死不死得了。」

「你不能走！」

楊開泰終於將這四個字叫了出來，趕過去拉風四娘的手。

風四娘立刻就重重的甩開了，大聲道：「誰說我不能走？只要我高興，誰管得了我？」

她指著楊開泰的鼻子，瞪著眼，道：「告訴你，你以後少碰我，否則莫怪我給你難看！」

楊開泰木頭人般怔在那裡，臉上的汗珠一顆顆滾了下來。

蕭十一郎看得實在有些不忍，正考慮著，想說幾句話來使這場面緩和些，但風四娘已用力拉著他，大步走了出去。

他掙也掙不脫，甩也甩不開，更不能翻臉，只有跟著往前走，苦著臉道：「求求你，放開我好不好，我又不是不會走路。」

風四娘瞪眼道：「我偏要拉著你，連我都不怕，你怕什麼？」

遇見風四娘，蕭十一郎也沒法子了，只有苦笑道：「可是……可是我還有個……有個朋友。」

風四娘這才想起方才的確有個人站在他旁邊的，這才回頭一笑，道：「這位姑娘，你也跟我們一起走吧！人家楊大少爺有錢有勢，我們犯不著呆在這裡受他們的氣。」

沈璧君遲疑著，終於跟了過去。

這只不過是因爲她實在也沒法子在這地方耽下去，實在不忍再看楊開泰的可憐樣子，否則她實在是不願跟他們走的。

她的臉色也未必比楊開泰好看多少。

風四娘既然已轉過身，索性又瞪了楊開泰一眼，道：「告訴你，這次你若敢還像以前那樣在後面盯著我，我若不把你這鐵公雞身上的雞毛一根根拔光，就算我沒本事。」

楊開泰突也跳了起來，大聲道：「你放心，就算天下女人都死光，我也不會再去找你這女妖怪！」

就算是個泥人，也有土性的。

楊開泰終於發了脾氣。

風四娘反倒怔住了，怔了半晌，才冷笑道：「好好好，這話是你說的，你最好不要忘記。」

現在，風四娘的臉色也變得很難看了。

走了很長的一段路，她都沒有說話，卻不時回頭去望一眼。

蕭十一郎淡淡道：「你用不著再瞧了，他絕不會再跟來的。」

風四娘的臉紅了紅，冷笑道：「你以爲我是在瞧他？」

蕭十一郎道：「你難道不是？」

風四娘道：「當然不是，我……我只不過是在瞧這位姑娘。」

話既已說了出來，她就真的瞧了沈璧君一眼。

沈璧君雖然垂著頭，但無論誰都可看出她也有一肚子氣。

風四娘拉著蕭十一郎的手鬆開了，勉強笑道：「這位姑娘，你貴姓呀？」

沈璧君道：「沈。」

她雖然總算說話了，但聲音卻是從鼻子裡發出來的，誰也聽不出她說的是個什麼字。

風四娘笑道：「這位姑娘看到我這副樣子，一定會覺得很奇怪。」

蕭十一郎嘆了口氣，道：「她若不奇怪，那才是怪事。」

風四娘道：「但姑娘你最好莫要見怪，他是我的老朋友了，又是我的小老弟，所以……我一看到他就想罵他兩句。」

這樣的解釋，實在還不如不解釋的好。

蕭十一郎只有苦笑。

沈璧君本來也應該笑一笑的，可是臉上卻連一點笑的意思也沒有。

風四娘直勾勾的瞧著她，眼睛比色狼看到漂亮女人時睜得還要大，突又將蕭十一郎拉了過去，悄悄道：「這位姑娘是不是你的……你的那個？」

蕭十一郎只好苦笑著搖頭。

風四娘眼波流動，吃吃笑著道：「這種事又沒有什麼好難爲情的，你又何必否認……她若不是，爲什麼會吃我的醋？」

她的嘴，簡直快咬著蕭十一郎的耳朵了。心裡真像是故意在向沈璧君示威——天下的女人，十個中只怕有九個有這種要命的脾氣。

沈璧君故意垂下頭，好像什麼都沒有瞧見。

風四娘說話的聲音本就不太小，現在又提高了些，道：「卻不知這是誰家的姑娘，你若真的喜歡，就趕緊求求我，我這老大姐說不定還可以替你們說個媒。」

蕭十一郎的心在收縮。

他已不敢去瞧沈璧君，卻又情難自禁。

沈璧君也正好抬起頭，但一接觸到他那充滿了痛苦的眼色，她目光就立刻轉開了，沉著臉，冷冷道：「你爲什麼不向你這位老大姐解釋解釋？」

風四娘瞟了蕭十一郎一眼，搶著道：「解釋什麼？」

沈璧君的神色居然很平靜，淡淡道：「我和他只不過是很普通的朋友，而且，我已是別人的妻子。」

風四娘也笑不出來了。

沈璧君慢慢的接著道：「我看你們兩位倒真是天生的一對，我和外子倒可以去替你們說媒，我想，無論這位……這位老大姐是誰家的姑娘，多少總得給我們夫妻一點面子。」

她說得很平靜，也很有禮。

但這些話每個字都像是一把刀，蕭十一郎的心已被割裂。

他似已因痛苦而麻痺，汗，正沁出，一粒粒流過他僵硬的臉。

風四娘也怔住了。

她想不出自己這一生中，有什麼時候比現在更難堪過。

沈璧君緩緩道：「外子姓連，連城璧，你想必也聽說過。」

風四娘似乎連呼吸都停頓了。她做夢也想不到，連城璧的妻子會和蕭十一郎走在一起。

沈璧君的神色更平靜，道：「只要你肯答應，我和外子立刻就可以……」

蕭十一郎忽然大喝道：「住口！」

他衝過去，緊緊抓住了沈璧君的手。

沈璧君冷冷的瞧著他，就彷彿從未見過他這個人似的。

她的聲音更冷淡，冷冷道：「請你放開我的手好麼？」

蕭十一郎的聲音已嘶啞，道：「你……你不能這樣對我！」

沈璧君竟冷笑了起來，道：「你是我的什麼人？憑什麼敢來拉住我的手？」

蕭十一郎彷彿突然被人抽了一鞭子，手鬆開，一步步向後退，銳利而明朗的眼睛突然變得說不出的空洞，呆滯……

風四娘的心也在刺痛。

她從未見過蕭十一郎這種失魂落魄的樣子。直到現在，她才了解蕭十一郎對沈璧君愛得有多麼深，痛苦有多麼深，她只恨不得能將方才說的那些話全都吞回去。

就算那些話每個字都已變成了石頭，她也甘心吞回去。

直退到路旁的樹下，蕭十一郎才有了聲音，聲音也是空洞的，反反覆覆的說著兩句話：

「我是什麼人？……我憑什麼？……」

沈璧君的目光一直在迴避著他，冷冷道：「不錯，你救過我，我本該感激你，但現在我對你總算已有了報答，我們可以說已兩不相欠。」

蕭十一郎茫然道：「是，我們已兩不相欠。」

沈璧君道：「你受的傷還沒有完全好，我本來應再多送你一程的，但現在，既然已有人陪著你，我也用不著再多事了。」

她說到這裡，她停了停，因爲她的聲音也已有些顫抖。

等她恢復平靜，才緩緩接著道：「你要知道，我是有丈夫的人，無論做什麼，總得特別謹慎些，若有什麼風言風語傳出去，大家都不好看。」

蕭十一郎道：「是……我明白。」

沈璧君道：「你明白就好了，無論如何，我們總算是朋友……」

說到這裡，她猝然轉過身。

風四娘突然脫口喚道：「沈姑娘……」

沈璧君的肩頭似在顫抖，過了很久，才淡淡道：「我現在已是連夫人。」

風四娘勉強笑了笑，道：「連夫人現在可是要去找連公子麼？」

沈璧君道：「我難道不該去找他？」

風四娘道：「但連夫人現在也許還不知道連公子的去向，不如讓我們送一程，也免得再有意外。」

沈璧君冷冷道：「這倒用不著兩位操心，就算我想找人護送，也不會麻煩到兩位。」

她冷冷接著道：「楊開泰楊公子本是外子的世交，而且，他還是位君子，我去找他，非但什麼事都比較方便得多，而且也不會有人說閒話。」

風四娘非但笑不出，連話都說不出了；她這一生很少有說不出話的時候，只有別人遇見她，才會變成啞巴，但現在，在沈璧君面前，她甚至連脾氣都不能發作。

她實未想到看來又文靜，又溫柔的女人，做事竟這樣厲害。

沈璧君緩緩道：「以後若是有機會，我和外子也許會請兩位到連家莊去坐坐，只不過，我想這種機會也不會太多。」

她開始向前走，始終也沒有回頭。

她像是永遠再也不會回頭！

廿四　此情可詩成追憶

風很冷，冷得人心都涼透。

樹上枯黃的殘葉，正一片片隨風飄落。

蕭十一郎就這樣，站在樹下，沒有聲音，沒有表情，更沒有動作。

也不知過了多久，風四娘終於長長嘆了口氣，苦笑道：「是我害了你……我這人爲什麼總是會做錯事，說錯話？」

蕭十一郎彷彿根本沒有聽到她在說什麼，但又過了很久，他突然道：「這根本不關你的事。」

風四娘道：「可是……」

蕭十一郎打斷了她的話，道：「該走的人，遲早總是要走的，這樣也許反倒好。」

風四娘沉吟著，道：「你的意思是說，長痛不如短痛？」

蕭十一郎道：「嗯。」

風四娘道：「這當然也是一句話，說這話的人也一定很聰明，可是人的情感，並不是這麼簡單的。」

她笑了笑，笑得很淒涼，慢慢的接著道：「有些問題，也並不是這麼容易就可以解決的。」

蕭十一郎闔起眼睛，垂首道：「不解決又如何？」

風四娘沉默了很久，黯然道：「也許你對，不解決也得解決，因爲這是誰都無可奈何的事。」

蕭十一郎也沉默了很久，霍然抬頭，道：「既已解決，我們又何必再提？」

他拉起風四娘的手，笑道：「走，今天我破例讓你請一次，我們喝酒去。」

他笑了，風四娘也笑了。

但兩人的笑容中，卻都帶著種說不出的沉痛，說不出的寂寞……

「此情可待成追憶，只是當時已惘然。」

這兩句詩，沈璧君早就讀過了，卻一直無法領略。直到現在，她才能了解，那其中所含蘊的寂寞和酸楚，真是濃得化也化不開。

無論誰遇到這樣的事，都只有心碎。

沈璧君的淚已流下，心在呼喚：「蕭十一郎，蕭十一郎，我並不是故意要這麼樣做的，更不想這麼樣對你，可是，你還年輕，還有你的前途，我不能再拖累你。」

「現在你當然會很難受，甚至很憤怒，但日子久了，你就會漸漸將我忘記。」

忘記，忘記，忘記……忘記真如此簡單？如此容易？

沈璧君的心在絞痛，她知道自己是永遠也無法忘記他的。

在她心底深處，又何嘗不希望他永遠莫要忘記她——她若知道他真的已忘記她時，她寧可去死，寧可將自己一分分剁碎，剁成泥，燒成灰。

路旁有林。

沈璧君突然奔入枯林，撲倒在樹下，放聲大哭了起來。

她只希望能哭暈過去，哭死。

因爲她已無法再忍受這種心碎的痛苦。

她本覺這麼樣做是對的，本以爲自己可以忍受，但卻未想到這痛苦是如此強烈，如此深邃。

也不知過了多久，她忽然感覺到有隻溫柔而堅定的手，在輕撫著她的頭髮。

「蕭十一郎？莫非是蕭十一郎回來了？」

蕭十一郎若是真的來了，她決定再也不顧一切，投入他懷抱中，永不分離，就算要她拋棄一切，要她逃到天涯海角，她也願意。

她回過頭。

她的心沉了下去。

樹林裡的光線很黯，黯淡的月色從林隙照下來，照著一個人的臉，一張英俊、秀氣、溫柔的臉。

來的人是連城璧。

他也憔悴多了，只有那雙眼睛，還是和以前同樣溫柔，同樣親切。

他默默的凝注著沈璧君，多少情意，盡在無言中。

沈璧君的喉頭已塞住，心也塞住了。

良久良久，連城璧終於道：「家裡的人都在等著，我們回去吧！」

他語聲還是那麼平靜，彷彿已將所有一切的事全都忘記，又彷彿這些事根本全沒有發生過似的。

但沈璧君又怎能忘得了呢？每件事、每一段快樂和痛苦，都已刻入她的骨髓，刻在她心上。

這全是她至死也忘不了的。

「春蠶至死絲方盡，蠟炬成灰淚始乾。」

沈璧君目光忽然變得很遙遠，心也回到遠方。

她記得在很久以前，在同樣一個秋天的黃昏，他們漫步到一個枯林裡，望著自枯枝間漏下的斜陽，感嘆著生命的短促，直到夜色已籠罩了大地，她還是沒有想到已是該回去的時候。

那時連城璧就曾對她說：「家裡的人都在等著，我們回去吧！」

同樣的一句話，幾乎連說話的語氣都是完全一模一樣。

那天，她立刻就跟著他回去了。

可是現在，所有的事都已改變了，她的人也變了，已逝去的時光，是永遠沒有人能挽回的。

沈璧君長長的嘆了口氣，幽幽道：「回去？回到哪裡去？」

連城璧笑得還是那麼溫柔，柔聲道：「回家，自然是回家。」

沈璧君淒然道：「家？我還有家？」

連城璧道：「你一直都有家的。」

沈璧君道：「但現在卻已不同了。」

連城璧道：「沒有不同，因為事情本就已過去，只要你回去，所有的事都不會改變。」

沈璧君沉默了很久，嘴角露出了一絲淒涼的微笑，緩緩道：「我現在才明白了。」

連城璧道：「你明白了什麼？」

沈璧君淡淡道：「你要的並不是我，只不過是要我回去。」

連城璧道：「你怎麼能說……」

沈璧君打斷了他的話，道：「因為連家的聲名是至高無上的，絕不能被任何事玷污，連家的媳婦絕不能做出敗壞門風的事。」

連城璧不說話了。

沈璧君緩緩道：「所以，我一定要回去，只要我回去，什麼事都可以原諒，可是……」

她聲音忽然激動起來，接著道：「你有沒有替我想過，我也是人，並不是你們連家的擺設。」

連城璧神情也很黯，嘆道：「難道你……你認為我做錯了什麼事？」

沈璧君的頭垂下，淚也又已流下，黯然道：「你沒有做錯，做錯了的是我，我對不起你。」

連城璧柔聲道：「每個人都會做錯事的，那些事我根本已忘了。」

沈璧君慢慢的搖了搖頭，道：「你可以忘，我卻不能。」

連城璧道：「爲什麼？」

沈璧君又沉默了很久，像是忽然下了很大的決心，一字字道：「因爲我的心已變了！」

連城璧也像是突然被人抽了一鞭子，連站都已站不穩。

沈璧君咬著嘴唇，緩緩接著道：「我知道說真話有時會傷人，但無論如何，總比說謊好。」

連城璧的手握得很緊，道：「你……你……你真的愛他？」

沈璧君的嘴唇已被咬出血，慢慢的點了點頭。

連城璧突然用手握住了她肩頭，厲聲道：「你說，我有哪點不如他？」

他的聲音也已嘶啞，連身子都已因激動而顫抖。

他一向認爲自己無論遇著什麼事都能保持鎮靜，因爲他知道唯有「鎮靜」才是解決事情的方法。

直到現在，他才知道自己錯了。

他畢竟也是個人，活人，他的血畢竟也是熱的。

沈璧君的肩頭似已被捏碎，卻勉強忍耐著，不讓淚再流下。

她咬著牙道：「他也許不如你，什麼地方都不如你，可是他能爲我犧牲一切，甚至不惜爲我去死，你……你能麼？」

連城璧怔住，手慢慢的鬆開，身子慢慢的往後退。

沈璧君的目光也在迴避著他，道：「你以前也說過，一個女人的心若變了，無論如何也無法挽回的，若有人想去挽回，所受的痛苦必定更大。」

連城璧一雙明亮的眼睛也變得空空洞洞，茫然凝視著她，喃喃道：「好，你很好……」

這句話他反反覆覆也不知說了多少遍，突然衝過來，重重的在她臉上摑了一耳光。

沈璧君動也不動，就像是已完全麻木，就像是已變成了個石頭人，只是冷冷的盯著他，冷冷道：「你可以打我，甚至殺了我，我也不怪你，但你卻永遠也無法令我回心轉意……」

連城璧突然轉過身，狂奔了出去。

直到這時，沈璧君的目光才開始去瞧他。

目送著他背影遠去、消失，她淚珠又一連串流了下來。

「我對不起你，對不起你，但我這麼樣做，也是不得已的，我絕不是你想像中那麼狠心的女人。」

「我這麼樣做，也是為了不忍連累你。」

「我只有以死來報答你，報答你們……」

她只恨不得能將自己的心撕裂，人也撕裂，撕成兩半。

她不能。

除了死，她已沒有第二種法子解決，已沒有選擇的餘地！

夜已臨。

沈璧君的淚似已流盡。

她忽然站了起來，整了整衣衫，向前走。

她的路只有一條。這條路是直達「玩偶山莊」的！

她似乎已瞧見了那張惡毒的笑臉，正在微笑著對她說：「我早就知道你會回來，因爲你根本就沒有第二條路走！」

酒，喝得並不快。

蕭十一郎心口就彷彿被什麼東西塞住了，連酒都流不下去。

風四娘又何嘗沒有心事？她的心事也許比他更難說出口。

而且，這是個很小的攤子，賣的酒又酸、又苦、又辣。

風四娘根本就喝不下去。

她並不小氣，但新娘子身上，又怎麼會帶錢呢？這小小的市鎮裡，也根本就找不到她典押珠寶的地方。

蕭十一郎更永遠都是在「囊空如洗」的邊緣。

風四娘突然笑了，道：「我們兩人好像永遠都只有在攤子上喝酒的命。」

蕭十一郎茫然道：「攤子也很好。」

他的人雖在這裡，心卻還是停留在遠方。

他和沈璧君在一起，雖然永遠是活在災難或不幸中，卻也有過歡樂的時候，甜蜜的時候。只不過，現在所有的歡樂和甜蜜也都已變成了痛苦，想起了這些事，他只有痛苦得更深。

風四娘很快的將一杯酒倒了下去，苦著臉道：「有人說，無論多壞的酒，只要你喝快些，喝到後來，也不覺得了，但這酒卻好像是例外。」

蕭十一郎淡淡道：「在我看來，只有能令人醉的酒，才是好酒。」

他只想能快點喝醉，頭腦卻偏偏很清醒。

因為「痛苦」本就能令人保持清醒，就算你已喝得爛醉如泥，但心裡的痛苦還是無法減輕。

風四娘凝住著他，她已用了很多方法來將他的心思轉移，想些別的事，不再去想沈璧君。現在她已知道這是辦不到的。

無論她再說什麼，他心裡想的還是只有一個人。

風四娘終於嘆息了一聲，道：「我想，她這麼樣對你，一定有她的苦衷，一定還有別的原因，我看她絕不像如此狠心的女人。」

蕭十一郎緩緩道：「世上本就沒有真正狠心的女人，只有變心的女人。」

這語聲竟是那麼遙遠，彷彿根本不是從他嘴裡說出來的。

風四娘道：「我看，她也不會是那種女人，只不過……」

蕭十一郎突然打斷了她的話，道：「你可知道現在還活著的人之中，武功最高的是誰？」

風四娘自然不知道他為何會忽然問出這句話來，沉吟了半晌，才回答道：「據我所知，是逍遙侯。」

蕭十一郎道：「我知道你是認得他的。」

風四娘道：「嗯。」

蕭十一郎道：「他是個怎麼樣的人？」

風四娘道：「我沒有見過他。」

蕭十一郎也怔住了，道：「你不但認得他，據我所知，他還送過你兩柄很好的劍。」

風四娘道：「但我卻沒有見過他的人。」

蕭十一郎苦笑道：「你又把我弄糊塗了。」

風四娘也笑了笑，道：「我每次去見他的時候，都是隔著簾子和他談話。有一次，我忍不住衝進簾子想去瞧瞧他的真面目。」

蕭十一郎道：「你沒有瞧見？」

風四娘嘆了口氣，道：「我自己認爲動作已經夠快了，誰知我一衝進簾子，他人影已不見。」

蕭十一郎冷冷道：「原來他並不是你的朋友，根本不願見你。」

風四娘卻笑了笑，而且好像很得意，道：「正因爲他是我的朋友，所以才不願見我。」

蕭十一郎道：「這是什麼話？」

風四娘道：「因爲這世上只有兩種人能見得到他的真面目。」

蕭十一郎道：「哪兩種？」

風四娘道：「一種是他要殺的人……他要殺的人，就必定活不長了。」

蕭十一郎默然半晌，道：「還有一種呢？」

風四娘道：「還有一種是女人——他看上的女人。只要他看上的女人，就沒有一個能逃脫他的掌握，遲早總要被他搭上手。」

蕭十一郎臉色變了變，倒了杯酒在喉嚨裡，冷笑道：「如此說來，他並沒有看上你。」

風四娘臉色也變了，火氣似乎已將發作，但瞬即又嫣然笑道：「就算他看不上我好了，反正今天你無論說什麼，我都不生氣。」

她不讓蕭十一郎說話，接著又道：「江湖中有關他的傳說也很多，有人說，他又瞎又麻又醜，是以不敢見人，也有人說他長得和楚霸王很像，是條腰大十圍，滿臉鬍子的大漢。」

蕭十一郎道：「從來沒有人說過他很好看？」

風四娘笑道：「他若是真的很好看，又怎會不敢見人？」

蕭十一郎悠悠道：「那也許是因爲他生得很矮小，生怕別人瞧不起他。」

風四娘的眼睛睜大了，盯著蕭十一郎道：「難道你見過他？」

蕭十一郎沒有回答這句話，卻反問道：「你是不是又想到關外走一趟？」

風四娘道：「嗯。」

蕭十一郎道：「這次你在關外有沒有見到他？」

風四娘道：「沒有，聽說他已入關來了。」

蕭十一郎沉吟著，道：「他武功真的深不可測？」

風四娘嘆了口氣，道：「不說別的，只說那份輕功，已沒有人能比得上。」

蕭十一郎突然笑了笑，道：「難道連我也不是他的敵手？」

風四娘凝注著他，緩緩道：「這就很難說了！」

蕭十一郎道：「有什麼難說的？」

風四娘道：「你武功也許不如他，可是我總覺得你有股勁，別人永遠學不會，也永遠比不上的勁。」

她笑了笑，接著道：「也許那只是因爲你會拚命，但一個人若是真的敢拚命，別人就要對你畏懼三分。」

蕭十一郎目光凝注遠方，喃喃道：「你錯了，我以前並沒有真的拚過命。」

風四娘嫣然道：「我並沒有要你真的去拚命，只不過說你有這股勁。」

蕭十一郎笑道：「你又錯了，若是真到了時候，我也會真的去拚命的。」

他雖然在笑，但目中卻連一絲笑意都沒有。

風四娘面色突又變了，盯著蕭十一郎的臉，探問著道：「你突然問起我這些事，爲的是什麼？」

蕭十一郎淡淡道：「沒有什麼。」

他表面看來雖然很平靜，但眉目間已露出了殺氣。

這並沒有逃過風四娘的眼睛。

她立刻又追問道：「你是不是想去找他拚命？」

風四娘目光似乎也不肯離開他的臉，一字字道：「那只因你想死！」

她很快的接著道：「也許你認爲只有『死』才能解決你的痛苦，是麼？」

蕭十一郎面上的肌肉突然抽緊。

他終於已無法再控制自己，霍然長身而起，道：「我的酒已喝夠了，多謝。」

風四娘立刻拉住他的手，大聲道：「你絕不能走！」

蕭十一郎冷冷道：「我要走的時候，絕沒有人能留得住我。」

突聽一人道：「但我一定要留住你。」

語聲很斯文，也很平靜，卻帶著說不出的冷漠之意。

話聲中，一個人慢慢的自黑暗中走了出來，蒼白的臉，明亮的眼睛，步履很安詳，態度很斯文，看來就像是個書生。只不過他腰畔卻懸著柄劍，長劍！

劍鞘是漆黑色的，在昏燈下閃著令人心都會發冷的寒光。

風四娘失聲道：「是連公子麼？」

連城璧緩緩道：「不錯，正是在下，這世上也許只有在下一人能留得住蕭十一郎。」

蕭十一郎的臉色也變了，忍不住道：「你真要留下我？」

連城璧淡淡一笑，道：「那只不過是因爲在下的心情不太好，很想留閣下陪我喝杯酒。」

他瞳孔似已收縮，盯著蕭十一郎，緩緩道：「在下今日有這種心情，全出於閣下所賜，就算要勉強留閣下喝杯酒，閣下也不該拒絕的，是麼？」

蕭十一郎也在凝視著他，良久良久，終於慢慢的坐下。

風四娘這才鬆了口氣，嫣然道：「連公子，請坐吧。」

燈光似乎更暗了。

連城璧的臉，在這種燈光下看來，簡直就跟死人一樣。

他目光到現在爲止，還沒有離開過蕭十一郎的眼睛。他似乎想從蕭十一郎的眼睛裡，看出他心裡究竟在想什麼。

但蕭十一郎目光卻是空洞洞的，什麼也看不出來。

賣酒的本來一直在盯著他們——尤其特別留意風四娘，他賣了一輩子的酒，像風四娘這樣的女客人，還是第一次見到。

他並不是君子，只希望這三人趕快都喝醉，最好醉得不省人事，那麼，他至少就可以偷偷的摸摸風四娘的手——能摸到別的地方自然更好。

但現在……

他發覺自從這斯斯文文的少年人來了之後，他們兩人就彷彿有了一種說不出的難受滋味。

他並不知道這就是殺氣，他只知道自己一走過去，手心就會冒汗，連心跳都像是要停止。

風四娘在斟著酒，帶著笑道：「這酒實在不好，不知連公子喝不喝得下去？」

連城璧舉起杯，淡淡道：「只要是能令人喝醉的酒，就是好酒，請。」

這句話幾乎和蕭十一郎方才說的完全一模一樣。

風四娘做夢也想不到連城璧會和蕭十一郎說出同樣的一句話，因爲他們本是極端不同的兩個人。

這也許是因爲他們在基本上是相同的，只是後天的環境將他們造成了完全不相同的兩個人。

也或許是因爲他們在想著同一個人，有著同樣的感情。

風四娘心裡也有很多感慨，忽然想起了楊開泰。

她本來從未覺得自己對不起他，因爲她從未愛過他，他既然要自作多情，無論受什麼樣的罪都是自作自受，怨不得別人。

但現在，她忽然了解到他的悲哀，忽然了解到一個人的愛被拒絕、被輕蔑是多麼痛苦。

她心裡忽然覺得有點酸酸的，悶悶的，慢慢的舉起杯，很快的喝了下去。

連城璧的酒杯又已加滿，又舉杯向蕭十一郎，道：「我也敬你一杯，請。」

他似乎也在拚命想將自己灌醉，似乎也有無可奈何，無法忘記的痛苦，似乎只有以酒來將自己麻木。

他又是爲了什麼？

風四娘忍不住試探問道：「連公子也許還不知道，她……」

她正不知該怎麼說，連城璧已打斷了她的話，淡淡道：「我什麼都知道。」

風四娘道：「你知道？知道有人在找你？」

連城璧笑了笑，笑得很苦澀，道：「她用不著找我，因爲我一直在跟著她。」

風四娘道：「你已見過她？」

連城璧目光轉向遠方的黑暗，緩緩道：「我已見過了。」

風四娘顯然很詫異，道：「那麼她呢？」

連城璧黯然道：「走了，走了……該走的，遲早總是要走的……」

這句話竟又和蕭十一郎所說的完全一樣。

風四娘更詫異：「難道她也離開了他？」

「她明明要回去，爲何又要離開？」

「她既然已決心要離開他，爲什麼又要對蕭十一郎那麼絕情，那麼狠心？」

風四娘自己也是女人，卻還是無法了解女人的心。

有時甚至連她自己都無法了解自己。

但蕭十一郎卻似已忽然了解了，整個人都似忽然冷透——由他的心，他的胃，直冷到腳底。

但他的一雙眼睛卻火焰般燃燒起來。

他知道她更痛苦，更矛盾，已無法躲避，更無法解決。

她只有死。

死，本就是種解脫。

可是，她絕不會白白的死，她的死，一定有代價，因爲她本不是個平凡的女人，在臨死前，一定會將羞侮和仇恨用血洗清。

蕭十一郎的拳緊握，因爲他已明白了她的用心，他只恨自己方才爲什麼沒有想到，爲什麼沒有攔住她。

他恨不得立刻追去，用自己的命，換回她的一條命。

可是現在還不能，這件事他必須單獨去做。

他不能再欠別人的。

連城璧目光已自遠方轉回，正凝注著他，緩緩道：「我一直認爲你是個可憐的人，但現在，我才知道你實在比我幸運得多。」

蕭十一郎道：「幸運？」

連城璧又笑了笑，道：「因爲我現在才知道我從來也沒有完全得到過她。」

他笑得很酸楚，卻又帶著種說不出的譏誚之意，也不知是對生命的譏誚，是對別人的譏誚，還是對自己的？

蕭十一郎沉默了半晌，一字字道：「我只知道她從來也沒有做過對不起你的事。」

連城璧瞪著他，忽然仰天大笑了起來，大笑著道：「什麼對不起？什麼對得起？這世上本就沒有『絕對』的事，人們又何苦定要去追尋？」

蕭十一郎厲聲道：「你不信？」

連城璧驟然頓住了笑聲，凝注杯中的酒，喃喃道：「現在我什麼都不信，唯一相信的，就是酒，因爲酒比什麼都可靠得多，至少它能讓我醉。」

他很快的乾一杯，擊案高歌道：「風四娘，十一郎，將進酒，杯莫停，今須一飲三百杯，但願長醉不復醒，古來聖賢皆寂寞，唯有飲者留其名……」

一個人酒若喝不下去時，若有人找你拚酒，立刻就會喝得快了。

連城璧已伏倒在桌上，手裡還是緊握著酒杯，喃喃道：「喝呀，喝呀，你們不敢喝了麼？」

風四娘也已醉態可掬，大聲道：「好，喝，今天無論你喝多少，我都陪你。」

她喝得愈醉，愈覺得連城璧可憐。

一個冷靜堅強的人突然消沉淪落，本就最令人同情。因爲改變得愈突然，別人的感受也就愈激烈。

直到這時，風四娘才知道連城璧也是個有情感的人。

蕭十一郎似也醉了。

本已將醉時，也正是醉得最快的時候。

連城璧喃喃道：「蕭十一郎，我本該殺了你的……」

他忽然站起，拔劍，瞪著蕭十一郎。

可是他連站都站不穩了，用力一掄劍，就跌倒了。

風四娘趕過去，想扶他，自己竟也跌倒，大聲道：「他是我的朋友，你不能殺他。」

連城璧格格笑道：「我本該殺了他的，可是他已經醉了，他還是不行，不行……」

兩人你一句，我一句，像是說得很起勁，但除了他們自己外，誰也聽不懂他們說的是什麼。

然後，他們突然不說話了。

過了半晌，蕭十一郎竟慢慢的站了起來。黯淡的燈光下，他俯首凝視著連城璧，良久良久。

他神情看來就像是一匹負了傷的野獸，滿身都帶著劍傷和痛苦，而且自知死期已不遠了。

連城璧突又在醉中呼喊：「你對不起我，你對不起我……」

蕭十一郎咬著牙，喃喃道：「你放心，我一定會把她找回來的，我只希望你能好好待她，只希望你們活得能比以前更幸福……」

廿五 夕陽無限好

蕭十一郎又闖入了「玩偶山莊」。

他第一眼看到的就是小公子那純真無邪，溫柔甜美的笑容。

小公子斜倚在一株松木的高枝，彷彿正在等著他，柔聲笑道：「我就知道你也會回來的，只要來到這裡的人，從來就沒有一個能走得了。」

蕭十一郎神色居然很冷靜，只是面色蒼白得可怕，冷冷道：「她呢？」

小公子眨著眼，道：「你還說誰，連沈璧君？」

她故意將「連」字說得特別重。

蕭十一郎面上還是全無表情，道：「是。」

小公子嫣然道：「她比你回來得還早，現在只怕已睡了。」

蕭十一郎瞪著她，眼角似已潰裂。

小公子也不敢再瞧他的眼睛了，眼波流動，道：「你要不要我帶你去找她？」

蕭十一郎道：「要！」

小公子吃吃笑道：「我可以幫你這次忙，但你要用什麼來謝我呢？」

蕭十一郎道：「你說。」

小公子眼珠子又一轉，道：「只要你跪下來，向我磕個頭，我就帶你去。」

蕭十一郎什麼話也沒有說，就突然跪了下來，磕了個頭——他目中甚至連痛苦委屈之色都沒有。

因爲現在已再沒有別的事能使他動心了。

八角亭裡，老人們還在下著棋。

兩人都沒有回頭，世上彷彿也沒有什麼事能令他們動心了。

小公子一躍而下，輕撫著蕭十一郎的頭髮，吃吃笑道：「好乖的小孩子，跟阿姨走吧。」

屋子裡很靜。

逍遙侯躺在一張大而舒服的床上，目中帶著點說不出是什麼味道的笑意，凝注著沈璧君。

沈璧君就坐在他對面的椅子上，緊張得一直想嘔吐。

被他這種眼光瞧著，她只覺自己彷彿已是完全赤裸著的，她只恨不得能將這雙眼睛挖出來，嚼碎，吞下去！

也不知過了多久，逍遙侯突然問道：「你決定了沒有？」

沈璧君長長吸入了口氣，咬著嘴唇，搖了搖頭。

逍遙侯微笑著道：「你還是快些決定的好，因爲你遲早要這麼樣做的，只有聽我的話，你才有機會，否則你就白來了。」

沈璧君身子顫抖著。

逍遙侯又道：「我知道你要殺我，可是你若不肯接近我，就簡直連半分機會也沒有——你也知道我絕不讓穿著衣裳的女人接近我。」

沈璧君咬著牙，顫聲道：「你若已知道我要殺你，我還是沒有機會。」

逍遙侯笑得更邪，瞇著眼道：「你莫忘記，我也是男人，男人總有心動的時候，男人只要心一動，女人就可乘虛而入……」

他眼睛似已瞇成了一條線，悠然接著道：「問題只是，你有沒有本事能令我心動。」

沈璧君身子顫抖得更劇烈，嗄聲道：「你……你簡直不是人！」

逍遙侯大笑道：「我幾時說過我是人？要殺人容易，要殺我，那就要花些代價了。」

沈璧君瞪著他，狠狠的瞪著他，良久良久，突然咬了咬牙，站起來，用力撕開了衣襟，脫下了衣服。

她脫得並不快，因爲她的人、她的手，還是在不停的發抖。

上面的衣衫除下，她無瑕的胴體就已有大半呈現在逍遙侯眼前。

他眼中帶著滿意的表情，微笑著道：「很好，果然未令我失望，我就算死在你這種美人的手下，也滿值得了。」

沈璧君嘴唇已又被咬出了血，更襯得她膚色如玉。

她的胸膛更白，更晶瑩，她的腿……

突然間，門被撞開。

蕭十一郎出現在門口。

蕭十一郎的心已將爆炸。

沈璧君的人都似已完全僵硬，麻木，呆呆的瞧著他，動也不動，然後突然間就倒下，倒在地上。

逍遙侯卻似乎並不覺得意外，只是嘆了口氣，喃喃道：「拆散人的好事，至少要短陽壽三十年的，你難道不怕？」

蕭十一郎緊握拳，道：「我若要死，你也得陪著。」

逍遙侯道：「哦？你是在挑戰？」

蕭十一郎道：「是。」

逍遙侯笑了，道：「死的法子很多，你選的這一種並不聰明。」

蕭十一郎冷冷道：「你先出去！」

逍遙侯瞪了他半晌，又笑了，道：「世上還沒有人敢向我挑戰的，只有你是例外，所以……我也爲你破例一次，對一個快要死的人，我總是特別客氣的。」

他本來是斜臥著的，此刻身子突然平平飛起，就像一朵雲似的飛了出去——就憑這一手輕功，就足以將人的膽嚇碎。

蕭十一郎卻似乎根本沒有瞧見，緩緩走向沈璧君，俯首凝注著她，目中終於露出了痛苦之色。

他的心在嘶喊：「你何苦這麼樣做，何苦這麼樣委屈自己？」

但他嘴裡卻只是淡淡道：「你該回去了，有人在等你。」

沈璧君閉著眼，眼淚泉水般從眼角向外流。

蕭十一郎沉聲道：「你不該只想著自己，有時也該想想別人的痛苦，他的痛苦也許比任何人都要深得多。」

沈璧君突然大聲道：「我知道他的痛苦，但那只不過是因爲他的自尊受了傷害，並不是爲了我。」

蕭十一郎道：「那只是你的想法。」

沈璧君道：「你呢？你……」

蕭十一郎打斷她的話，冷冷道：「我無論怎麼樣都與你無關，我和你本就全無關係。」

沈璧君忽然張開了眼睛，帶著淚凝注著他。

蕭十一郎雖然在拚命控制著自己，可是被這雙眼睛瞧著，他的人已將崩潰，心已將粉碎……

他幾乎已忍不住要伸手去擁抱她，她也幾乎要撲入他懷裡。

相愛著的人，只要能活著，活在一起，就已足夠，別的事又何必在乎——就算死在一起，也是快樂的。

那至少也比分離的痛苦容易忍受得多。

但就在這時，風四娘突然衝進來了。

她看來比任何人都激動，大聲道：「我早就知道你在這裡，你以爲我真的醉了麼？」

蕭十一郎的臉沉了下去，道：「你怎會來了的？」

其實他也用不著問，因爲他已瞧見小公子正躲在門後偷偷的笑。

蕭十一郎立刻又問道：「他呢？」

風四娘道：「他現在比你安全得多，可是你……你爲什麼要做這種傻事？」

蕭十一郎根本拒絕聽她說的話，默然半晌，緩緩道：「你來了也好，你既來了，就帶她回去吧。」

風四娘眼圈又紅了，道：「我陪你。」

蕭十一郎道：「我一直認爲你很了解我，但你卻很令我失望。」

風四娘道：「我當然了解你。」

蕭十一郎一字字道：「你若真的了解我，就應該快帶她回去。」

他沒有再多說一句話，一個字。

風四娘凝注著他，良久良久，終於嘆了口氣，黯然道：「你爲什麼總不肯替人留下第二條路走？」

蕭十一郎目光又已遙遠，道：「因爲我自己走的也只有一條路！」

死路！

一個人到了迫不得已，無可奈何時，就只有自己走上死路。

沈璧君要衝出去，卻被風四娘抱住。

「他若要去，就沒有人能攔住他，否則他做出的事一定會更可怕。」

這話雖是風四娘說的，沈璧君也很了解。

她哭得幾乎連心跳都停止。

突聽一人銀鈴般笑道：「好個傷心的人兒呀，連我的心都快被你哭碎了，只不過，其實你根本用不著為他難受的，因為你一定死得比他更快。」

風四娘瞪起了眼，道：「你敢動她？」

小公子媚笑道：「我為什麼不敢？」

風四娘忽然也笑了，道：「你真是個小妖精，連我見了都心動，只可惜你遇上了我這個老妖精，你那些花樣，在我面前就好像是小孩子玩的把戲。」

小公子張大了眼睛，像是很吃驚，道：「哦，真的麼？」

風四娘道：「你不妨試試。」

小公子又笑了，道：「現在我的確也很想試試，只可惜我已經試過了。」

這次輪到風四娘吃驚了，動容道：「你試過了？」

小公子悠然道：「我不但試過了，而且很有效。」

風四娘突又笑了，道：「你嚇人的本事也不錯，只可惜在我面前也沒有效。」

小公子笑道：「在你面前也許沒有效，因為你的臉皮太厚，但在你手上卻很有效，因你的手一直比小姑娘還嫩。」

風四娘忍不住抬起手來瞧了瞧，臉色立刻變了。

小公子道：「方才我拉著你的手進來，你幾乎一點也沒有留意，因為那時你的心已全都放在蕭十一郎一個人身上了。」

她媚笑著又道：「現在我才知道，喜歡他的人可真不少，能爲自己的心上人而死，死得也算不冤枉了。」

風四娘居然又笑了，道：「小丫頭，你懂得的倒真不少。」

她話未說完，已出手。

江湖中人一向認爲風四娘的出手比蕭十一郎更可怕，因爲她出手更毒、更辣，而且總是在笑得最甜的時候出手，要你做夢也想不到。

小公子卻想到了，因爲她出手也一樣。

這本該是場很精采的決鬥，只可惜風四娘的手已被小公子的毒針刺入，已變得麻木不靈了。所以這一戰很快就結束。

小公子瞧著已動不了的風四娘，嫣然道：「我不殺你，因爲你太老了，已不值得我動手。」

她目光轉向沈璧君，道：「可是你不同了……你簡直比我還要令人著迷，我怎麼能不殺你？」

沈璧君似已完全被悲痛麻木，根本未將死活放在心上。

小公子柔聲道：「現在蕭十一郎已走入絕路，已無法來救你，你自己也不敢跟我交手的，你難道一點也不在乎？」

沈璧君不動，不聽，也不響。

小公子眨著眼，道：「噢，我知道了，你一定還等著人來救你……是不是在等那醉貓，你現在想不想見見他？」

撲鼻。

她拍了拍手，就有兩個少女吃吃的笑著，扶著一個人走進來，遠遠就可以嗅到一陣陣酒氣

連城璧竟也被她架來了。

瞧見連城璧，沈璧君才驚醒過來，她從未想到連城璧也會喝得這麼醉，醉得這麼慘，令她更悲痛、更難受。

小公子走過去，輕拍著連城璧的肩頭，柔聲道：「現在，我就要殺你的老婆了，我知道你心裡也一定很難受，只可惜你只有瞧著，也許連瞧都瞧不清楚。」

連城璧突然彎下腰，嘔吐起來，吐得小公子一身都是臭酒。

少女們嬌呼著，捂著鼻子閃開。

小公子皺起眉，冷笑道：「我知道你是想找死，可是我偏偏……」

突然間，劍光一閃。

一柄短劍已刺入了她的心口。

好快的劍，好快的出手。

風四娘也怔住了。

她現在才想起，「袖中劍」本就是連家的救命殺手，可是她從未見過，也沒有別人見過，甚至連沈璧君都未見過。

見過的人，都已入了墳墓。

就只爲了練這一著，他已不知練過幾十萬次、幾百萬次，他甚至在夢中都可隨便使出這一著。

可是他從沒有機會使出這一著。

小公子已倒下瞪著他，好像還不相信這件事是真的。

她從未想到自己也和別人一樣，也死得如此簡單。

然後，她嘴角突然露出一絲甜笑，瞧著連城璧，柔聲道：「我真該謝謝你，原來『死』竟是件這麼容易的事，早知如此，我又何必辛辛苦苦的活著呢？你說是麼？」

她喘息著，目光轉向風四娘，緩緩道：「你的解藥就在我懷裡，你若還想活下去，就來拿吧，可是我勸你，活著絕沒有死這麼舒服，你想想，活著的人哪一個沒有痛苦，沒有煩惱……」

路，蜿蜒通向前方。

一個紅衣老人，和一個綠袍老者並肩站在那裡，遙視著路的盡頭，神情都很沉重，似乎全未留意身後又有三個人來了。

直到這時，連城璧似乎還未完全清醒。

也許他根本不願清醒，不敢清醒，因爲清醒就得面對現實。

現實永遠是殘酷的。

沈璧君走在最後面，一直垂著頭，似乎不願抬頭，不敢抬頭，因爲只要一抬頭，也就會面對一些她不敢面對的事。

他們都在逃避，但又能逃避多久呢？

風四娘慢慢的走到老人們身旁，過了很久，才緩緩道：「他們就是從這條路走的？」

紅衣老人道：「嗯。」

風四娘道：「你在等他們回來？」

綠袍老者道：「嗯。」

風四娘長長呼了口氣，吶吶道：「你想……誰會回來？」

她本不敢問，卻又忍不住要問。

紅衣老人沉吟著，緩緩道：「至少他是很難回來了。」

風四娘的心已下沉，她自然知道他說的「他」是誰。

綠袍老人突也道：「也許，他們兩個人都不會再走回來。」

紅衣老人慢慢的點了點頭，道：「但願如此。」

風四娘突然大聲道：「你們以為他一定不是逍遙侯的對手？你們錯了，他武功也許要差一籌，可是他有勇氣，他有股勁，很多人以寡敵眾，以弱勝強，就因為有這股勁。」

紅衣老人、綠袍老者同時瞧了她一眼，只瞧了一眼，就扭過頭，目光還是遙注著路的盡頭，神情還是同樣沉重。

風四娘還想說下去，喉頭卻已被塞住。

沈璧君的頭突然抬起，走向連城璧，走到他面前，一字字道：「我也要走。」

連城璧茫然道：「你也要走了麼？」

沈璧君看來竟然很鎮定，緩緩道：「無論他是死是活，我都要去陪著他。」

連城璧道：「我明白。」

沈璧君說得很慢，道：「可是，我還是不會做對不起你的事，我一定會讓你覺得滿意……」

她猝然轉身，狂奔而去。

無論誰都可以想到，她這一去，就再也不會回來了。

黃昏，夕陽無限好。

全走了，每個人都走了，因爲再「等」下去也是多餘的。

這本是條死路。

走上這條路的人，就不會再回頭的。

只有風四娘，還是在癡癡的向路的盡處凝望。

「蕭十一郎一定會回來的，一定……」

連城璧是最後走的，走時他已完全清醒。

風四娘只望他能振作，蕭十一郎能活下去，她不忍眼見著他們被這「情」字毀了一生！

她有這信心。

可是她自己呢？

「我永遠不會被情所折磨，永遠不會爲情而苦，因爲我從來沒有愛過人，也沒有人真的愛過我。」

這話她自己能相信麼？

夕陽照著她的眼睛，她眼中怎會有淚光閃動？

「蕭十一郎，蕭十一郎，求求你不要死，我只要知道你還活著，就已滿足，別的事全不要緊。」

夕陽更絢麗。

風吹過，烏鴉驚起。

風四娘回過頭，就瞧見了楊開泰。

他靜靜的站在那裡，還是站得那麼直、那麼穩。

這人就像是永遠不會變的。

他靜靜的瞧著風四娘，緩緩道：「我還是跟著你來了，就算你打死我，我也還是要跟著你。」

平凡的言詞，沒有修飾，也不動聽。

但其中又藏著多少真情？

風四娘只覺心已熱了，忍不住撲過去，撲入他懷裡，道：「我希望你跟著我，永遠跟著我，我絕不會再讓你傷心。」

楊開泰緊緊摟住了她，道：「就算你令我傷心也無妨，因爲若是離開你，我只有更痛苦，更傷心。」

風四娘不停的說道：「我知道你，我知道……」

她忽然發覺，被愛的確要比愛人幸福得多。
可是，她的眼淚爲什麼又流了下來呢？

全書完。相關情節請續看《火併蕭十一郎》

劍・花・煙雨江南

【編者推薦】

蕭十一郎的原型：

《劍．花．煙雨江南》中的小雷

著名文史評論家、古龍精品集主編
陳曉林

在古龍的創作成果中，《蕭十一郎》是非常特殊的一部。因爲，《蕭十一郎》本是當初古龍應香港邵氏影業公司之邀而撰寫的電影劇本，而當電影開拍時，古龍又依照劇本的情節重新鋪陳，寫成了這部奇峰突起、元氣淋漓的武俠經典之作。

無論中外，在小說文本和影視作品的互動關係上，通常都是先有精采的文本，然後被影視製作機構買下改編權，將其中主要情節搬上大銀幕或小螢幕；當然，也有因影視作品轟動一時，爲了擴大市場效應，故由專人再據以寫成小說者，但那樣的小說往往徒具形式，缺乏靈氣。

而《蕭十一郎》卻是例外，電影固然膾炙人口，在當年的港台及海外市場捲起千堆雪；小說尤其沁人心脾，豁人耳目，被公認爲古龍的成熟期傑作。所以，古龍在與友人談及《蕭十一郎》時，常會高興得舉杯浮一大白。他後來續寫《火併蕭十一郎》，亦仍是翻空出奇，彩筆紛披，其布局之詭譎、轉折之驚悚、寫情之深刻，在在令人有目不暇給之感。

但蕭十一郎這個常被俗世庸眾誤解、敵視，被名門大派敵視、打壓，但內心其實善良、熱情的年輕人，古龍並非信手拈來即抒寫成如此這般的故事情節；而是經過一長段時間的醞釀、沈澱與試煉，才凝塑出這樣的「孤狼浪子」典型。古龍生前即曾向筆者提及，他的早期作品《劍・花・煙雨江南》的主角小雷，便是蕭十一郎的原型。（雖然《劍・花・煙雨江南》正式出版日期在《蕭十一郎》之後，但撰稿時間卻遠遠在前）。

確實，小雷那寧折不撓的個性、深情無悔的堅持，那對世態炎涼的透悟、對權威世家的藐視，均與蕭十一郎如出一轍。甚至，他在愛侶失蹤、忽忽若狂時又遇強悍的敵人圍攻，竟不惜以血肉之軀迎向利刃的那股蠻勁，亦與蕭十一郎爲沈璧君而遭受名門大派勢力圍殲的愴烈場面，足可前後對映。

所以，這次出版古龍精品集《蕭十一郎》時，特將可視作其前身和原型的《劍・花・煙雨江南》收錄：一方面是讓讀者與研究者得以清晰地觀察古龍作品中浪子典型及俠義理念的演進軌跡；另一方面，則因若不作此安排，《劍・花・煙雨江南》這部值得賞味的小品將不再有出版的機會，這對喜愛收藏古龍作品的讀者而言，將是遺珠之憾。

當然，古龍作品中孤狼浪子的形象一直在深化，《多情劍客無情劍》中的阿飛，何嘗不是蕭十一郎這個「孤狼浪子」典型之再現？

一 人面桃花

一

纖纖垂著頭，跨過門檻，走上紅氈，烏黑的髮髻上，橫插著根金釵，釵頭的珠鳳紋風不動，她的腳步永遠那麼輕盈，又那麼穩重。

她們是八個人同時走進來的，但大廳中所有的目光，卻全都集在她一個人身上。

她知道，可是她的姿態卻和她平時獨自走在無人處時，完全沒什麼不同。

纖纖的美麗和莊重，都同樣被人讚賞和羨慕。案上紅燭高燃，將一個全金壽字映得更燦爛輝煌，就像雷奇峰雷八太爺這一生一樣。

現在，他正面帶著微笑，看著他妻子最寵愛的丫鬟向他拜壽。八個人同時在他的面前盈盈拜倒，但他的微笑卻彷彿只爲纖纖一個人發出的。他也是男人。

六十歲男人的眼光，和十六歲男人的眼光也沒有什麼不同。

纖纖知道，卻並沒有以微笑回報。很少有人看見她笑過。

她一向很了解自己的身分，一個像她這樣的女孩子，既不能有歡樂，也不能有痛苦，因爲連她的生命都是屬於別人的。

所以她無論是要笑，還是要流淚，都是留至夜半無人時。

纖纖垂著頭，跨出門檻，走上長廊。廊外正下著春雨，是江南的春雨。

春雨令人愁，尤其是十七八歲還未出嫁的少女，在這種季節裡，總是會覺得有種無法描述，不能向人訴說的憂鬱惆悵。

纖纖是個十七八歲的女孩子，還未出嫁。可是她無論在什麼時候，什麼地方，都同樣沉靜莊重。轉過長廊，就聽不到人聲，院子裡的春花在雨中顯得分外鮮艷。女孩子們開始活躍，開始笑了。

她們雖然是丫頭，卻不想拋卻青春的歡樂，於是她們捲起了衣袖，露出嫩藕般的臂，去摘欄杆外的鮮花，去摘她們的青春和歡樂。

只有纖纖，連看都沒有向欄杆外看一眼，還是垂著頭，默默的向前走。

女孩子們看著她苗條的背影，有的在冷笑，有的在撇嘴：「她不是人，是塊木頭。」

「你們看看她的胸，豈非也平得像塊木頭一樣，還說她是個美人哩，我若是男人，就絕不要她。」

「這樣的女人，抱在懷裡，也一定好像抱著塊木頭一樣。」

於是女孩子們都吃吃的笑了，就像是一群快樂的蜜蜂。

二

纖纖垂著頭，輕輕推開了門。她自己有間小小的屋子，很舒服，很乾淨，這才是她自己的天地。在這裡，從沒有人打擾過她。

她輕輕插上門閂，慢慢的轉過身子，靠在門上，看著對面的窗戶。她蒼白的美麗的臉上，突然起了陣紅暈。就在這一瞬間，她的人竟似已完全變了。

她很快的脫下外面曳地的衫裙，裡面的衣衫薄而輕便。

她拔了髮髻上的金釵，讓一頭黑髮長長的披散在肩上，面對妝台上的菱花鏡眨了眨眼，忽又探手入懷，解下了一條很長的白綾。然後，她平板的胸膛就忽然奇蹟般的膨脹了起來。

她這才鬆了口氣，對著鏡子，扮了個鬼臉，她又轉身推開窗子，跪在床上，向窗外望了望，看到四下無人，就輕輕一推，跳出了窗子。

暮春三月，草長鶯飛。綠油油的草地，在春雨中看來，柔軟得很像是情人的頭髮。

纖纖一隻手挽著滿頭長髮，一隻手提著鞋子，赤著腳，在綠草上跑著。

雨絲打濕了她的頭髮，她不在乎。她的腳纖美而秀氣，春草刺著她的腳底，癢酥酥的，麻酥酥的。她也不在乎。

現在，她就像是一隻剛飛出籠子的黃鶯兒，什麼都已不在乎了，一心只想著去找她春天的伴侶。溪水清澈，雨絲落在上面，激起了一圈圈漣漪，又正如春天少女們的心。

她沿著清澈的溪奔上去，山坡上一片桃花林。

花林深處，一個穿著緋色春衫的少年，腿勾著樹枝，倒掛在樹枝上，正想用嘴去咬起地上的一朵桃花。

他就是這麼樣一個人，隨時隨地都在動，永遠都不能安靜一下子。

他的臉輪廓明朗，眼睛裡好像是帶著份孩子般的天真和調皮。

纖纖笑了，笑得那麼甜，那麼美。他已從樹上跳下來，嘴裡啣著朵桃花，雙手插著腰，站在那裡，看著她。只要一看見他，她就忍不住會從心裡頭笑出來。

她放開頭髮，拋了鞋子，張開雙臂飛奔了過去，緊緊擁抱住他，然後，就發出了幸福的嘆息：「小雷……小雷……」

每次她擁抱他時，都彷彿在擁抱著一團火，她自己彷彿也變成了一團火。

他們彼此燃燒著，彼此都想要將對方融化。

但這次，她擁抱住的身子，卻是冰冷而僵硬的，完全沒有反應。

今天是他父親的六十大壽，他原本應該留在家裡的。

他本就喜歡朋友，喜歡熱鬧，但他卻寧可在這裡淋雨等她。

想到這裡，她心裡的熱情又湧起，反而將他抱得更緊，咬著他的耳朵，低訴著自己的相思。

只要一天不見，她的相思就已濃得化不開。

她柔軟的胸膛，緊貼著他的胸膛，以前每當這個時候，他的熱情就會像怒濤般捲起。

但今天，他忽然推開了她。她怔住，火熱的面頰也冷了下來，直到他在樹下臥倒時，才看到他衣襟上的血。血跡在緋色的衣服上，本來不容易被發現——只有最細心的人才會發現，只有情人才會如此細心。

纖纖的臉色變了：「你又在外面打了架……」

小雷搖搖頭。

纖纖咬著嘴唇：「你休想騙我，你衣服上還有血。」

小雷笑了笑：「你記不記得你的血也曾染在我的衣服上？」他笑得又冷淡，又尖銳，就像是一把刀，刺入了她的心。

她整個人都似已突然僵硬，眼睛直勾勾的瞪著他：「你……你剛才難道有過別的女人？」

小雷還是淡淡的笑著：「我難道不能有別的女人？」

纖纖的身子開始顫抖，眼淚已流下來，比春雨更冷：「可是，你難道竟然忘了，我已經有了你的孩子？」

小雷突然跳起來，一掌摑在她臉上，冷笑著：「我怎麼知道那是誰的孩子？我只知道你是個丫頭。」他笑得就像是頭野獸。

她瞪著他，一步步向後退，她忽然發現自己對著的是個陌生人。一個比畜牲還下流卑鄙的陌生人。她眼淚忽然乾了，血也乾了，整個人彷彿只剩下一具空空的軀殼。

小雷又懶洋洋的躺了下來：「我看你最好還是快走吧！走遠些！我還約了別的人。」

纖纖的手緊握，指甲已刺入肉裡，但是她卻全無所覺，只是瞪著他，一個字一個字的說：「我會走的！你放心，以後我永遠不會再見到你！可是我發誓，總有一天要你後悔的。」她突然轉身，飛奔了出去。

小雷沒有抬頭，也沒有看她，臉上卻有兩行水珠慢慢的流下來，也不知那究竟是春雨？還是眼淚？

三

大廳裡仍然燈火輝煌，雨已停了。小雷慢慢的穿過院子，跨過門檻，走入了大廳。倚在最近的一根柱子上，冷冷的看著已酒酣耳熱的賀客。

終於有人發現了他：「大少爺回來了，大家快敬酒。」

小雷冷冷的笑了笑：「你們還要喝？是不是一定要喝回本錢才肯走？」

每個人都怔住，就好像忽然被人迎面摑了一耳光。也不知是誰首先站起來，頭也不回的走了出去。

小雷臉上全無表情，冷冷的道：「雷升，開大門，送客。」

沒有人再能留得下去了。剛到後面去休息的雷老太爺，聞訊匆匆趕了出來，臉色已發青。

小雷立刻迎了過去，一把將他父親拉入了屏風後。

老太爺跺著腳，氣得語聲都已發抖：「你是不是想把我的人丟光？」

小雷搖搖頭：「不是。」

老太爺更憤怒：「你瘋了？」

小雷又搖搖頭：「沒有。」

老太爺一把揪住他兒子的衣服：「你爲什麼要做這種令我見不得人的事？」

從屏風間看出去，大廳裡的賓客已將散盡。

又過了很久，小雷才一字字的說道：「因爲今天晚上，誰也不能留在這裡，每個人都非走不可。」

「爲什麼？」

「因爲他們已來了。」

雷奇峰臉色突又改變：「你說的是誰？」

小雷沒有再說什麼，但卻從懷裡取出了一隻手。一隻齊腕被砍下來的手，血已乾枯。

乾枯了的手背上，刺著一隻蜜蜂。一隻有人面的蜜蜂。

皮膚已乾枯，所以這人面蜜蜂的臉也扭曲變形，看來更有說不出的詭秘獰惡。

雷奇峰的臉竟也扭曲變形，整個人彷彿突然失去重心，連站都已站不住。

小雷扶住了他的父親，他的手還是很穩定。

他的聲音也同樣穩定：「該來的，遲早總是要來的。」

雷奇峰終於慢慢的點了點頭，黯然道：「不錯，既然要來，就不如還是早點來的好。」

他說的是真心話。因爲他已深深體會到，等著人來報復時，那種說不出的恐懼和痛苦。

「十三年，整整十三年了，這次他們既然敢來，想必已一定很有把握！」

「所以除了我們姓雷的之外，無論誰都不能留在這裡，江湖中誰都知道，只要是他們到過的地方，一向寸草不留。」

父親忽然緊緊握住兒子的手：「你也得趕快走，他們要找的是我。」

小雷卻笑了。那已不再是野獸的笑，而是已接近於神的笑。

笑容中充滿了自信、決心，和勇氣，一種不惜犧牲一切的笑，不惜忍受一切屈辱和痛苦。

做父親的當然很了解兒子，所以他手握得更緊。

「你至少也該爲雷家留個後。」

「雷家已有了後。」

「在哪裡？」

「在纖纖那裡。」

父親驚訝、歡喜，然後又不禁嘆息：「可是她……她的人呢？」

「我已叫她走了。」

「她肯走？」

小雷點了點頭。直到這時，他目中才開始露出痛苦之色。

就因爲他知道她絕不肯走，所以才不惜用最殘忍的手段傷她的心，令她心碎，令她心死。

他自己的心也同樣碎了。他傷害她，甚至比傷害自己更痛苦。

雷奇峰看著他兒子的眼睛，已看出他的痛苦和悲傷：「你……你怎麼能就這樣叫她一個人走？」

「我已經叫金川在暗中保護她。」

金川是他的朋友，他甚至可以將生命交託給他的那種朋友。現在他已將生命交託給他！

他相信，只要他不死，就一定還有和纖纖相見的時候。雷奇峰長長的嘆息一聲，不再說什麼，他也已明瞭他兒子的決心和犧牲。他知道這種決心是絕沒有人能改變的。

所有的僕人都已被召集在大廳裡，每個人都已分到一筆足夠養家活口的銀子：「你們趕快走，連夜離開這地方，誰也不許再留下來。」

雷奇峰並沒有說出爲什麼要他們走的原因，但無論誰都已經看出，雷家一定發生了很大的變故。雷家待他們並不薄，所以有些比較忠誠的，已決心留下，和雷家共存亡。

至於一些不忠誠的，也不好意思走得太快。雷夫人含著眼淚，看著他們。

一向賢慧端莊的雷夫人，現在竟已換了身勁裝，手裡提著柄雁翎刀。

她的臉色蒼白，一字字道：「你們若還有人留在這裡，我就立刻死在你們面前。」

她說的話斬釘截鐵，絕沒有更改的餘地，也絕沒有人懷疑。

雷升咬了咬牙，跪在地上，「咚，咚，咚」的叩了三個頭，霍然轉身，一句話都不再說，大步走了出去。只不過他轉過身，就已淚落如雨。

他是雷家最好的傭人，也只有他知道，雷家人說出的每句話，都一定會做到的。

所以他不能不走，也不敢不走。門外一片黑暗，夜色沉重得就像他們的心情一樣。

大家都轉過頭，看著他——只要他一走，大家就全都可以走了。

雷夫人看著這最忠誠的老僕，慢慢的走入黑暗中，心裡也不禁一陣酸楚。

就在這時，忽然間寒光一閃。雷升的人突然從黑暗中飛了回來，「噗」的仰面跌在地上。

鮮血火花般飛濺四散。他身子一跌下來，就已斷成五截。

鮮紅的血，在青灰色的磚石上慢慢的流動，流到一個人的腳下。

這人就像是突然中了一箭，整個人跳起來，狂呼著奔出去。

寒光又一閃，他的人又立刻飛了回來，仰面跌到，一個人也已斷了五截。

鮮紅的血，又開始在青磚上流動。

大廳裡靜得甚至可以聽到血液在地上流動的聲音，一種令人魂飛魄裂的聲音。

雷奇峰雙拳緊握，似已將衝出去，和黑暗中那殺人的惡魔決一死戰。但小雷卻拉住了他的父親。

他的手還是很穩定，緩緩道：「九幽一窩蜂到的地方，一向寸草不留，何況人！」

黑暗中突然有人笑了。笑聲如鬼哭，若不是來自九幽地獄中的惡鬼，怎會有如此淒厲可怖的笑聲？

笑聲中，門外已出現了個人，褐黃色的衣服上，繡著黑色的花紋，右腕上纏著白綾，吊在脖子上，白綾上血跡殷殷，一隻手已被齊腕砍斷。沒有人能看見他的臉。

他臉上戴著個青銅面具，面具並不可怕，可怕的是從面具中露出的那雙眼睛。

一雙充滿了怨毒和仇恨的眼睛。他慢慢的走進來，眼睛始終盯在小雷臉上。

僕人都已進入了屋角，縮成了一團，只剩下雷家三個人還留在大廳中央，顯得說不出的孤立無助。

這褐衣人穿過大廳，走到小雷的面前，眼睛還是盯著他的臉，過了很久，才慢慢的將斷手舉起：「是你？」

小雷點點頭。

褐衣人也慢慢點了點頭：「很好，還我的手來。」

他的聲音單調而冷淡，但他的眼睛裡，卻似有種自地獄中帶來的毒火。

小雷看一看他的眼睛，忽然笑了笑：「這隻手反正已不能再殺人，你要，就拿去。」他的手一揚，斷手就已到了褐衣人手裡。

褐衣人用自己的左手，捧著自己右手，垂著頭，凝視著。然後他忽然一口咬在自己的斷手上。

每個人都可以聽到牙齒咬斷骨頭的聲音。

有的人已開始嘔吐，有的人已暈過去，就連雷夫人都垂下頭，去看自己手裡的刀。

雁翎刀如一泓秋水，刀尖卻在顫抖。

只有小雷，還是靜靜的在看著，看著這褐衣人將自己的斷手一口口吞下去。

然後，他才抬起頭，盯著小雷，一字字說：「這隻手已沒有人能再拿走了。」

小雷點點頭：「的確沒有了。」

褐衣人也點了點頭：「很好。」

他居然沒有再說別的話，就轉過身，慢慢的走了出去。他走得很慢，但卻沒有人敢阻攔他。

他走得很慢，但每一腳都似踏在別人的關節上。

有的人已倒下去，倒在自己剛才嘔吐的地方，關節似已癱瘓，再也站不起來。

雷奇峰看著這褐衣人走出去，也沒有出手阻攔。

十三年的等待，已使他學會了忍耐。十三年的忍耐，也已使他學會了如何等待。

現在他雖已看到了毒蛇，卻還沒有看到蛇的七寸。所以他必須還要等。

他若要出手，那一擊必須打中毒蛇的要害，絕不能再容毒蛇反噬。

就在這時，只聽到「奪，奪，奪，奪」四聲響，對面高牆上，忽然有四條長索飛入了大廳，索頭的彎刀，「奪」的，釘入了大廳的橫樑。

接著，就有四個人從長索上滑了過來，四個死人。

四個已死了很久的人，屍體已完全枯槁僵硬，但卻還是被藥物保存得很完整，滿頭披散的長髮，也仍然黑亮如漆。

沒有人能看到他們的臉——幸好沒有人能看到他們的臉。

無論多可怕的面具，也絕不會有他們的臉可怕。他們已死了十三年。

死在十三年前，一個月黑風高的晚上。雷奇峰認得他們，他雖然也沒有看過他們的臉，但還是認得出他們。

九幽一窩蜂的裝束和面具看來雖似完全相同，但每個人的面具上，卻有點特別的標誌。

雷奇峰一眼就認出了他們的標誌。因爲十三年前，他曾經親手摘下這四個人的面具，仔細觀察了很久。這四個人就是死在他手下的。其中有一個正是九幽一窩蜂的蜂后。蜂后的面具上，有一朵小小的桃花。

四

人面桃花蜂，江湖第一兇。

雷奇峰看到了這桃花面具，看到了這面具上的桃花，胃部立刻收縮，幾乎也忍不住要嘔吐。

江湖中有很多人都知道他殺了她，但卻沒有人知道他曾經付出多麼慘痛的犧牲和代價。

直到十三年後，他只要一想起那天晚上的事，還是忍不住要嘔吐。

那天晚上，他們去圍剿這一窩蜂，去的人一共有十一個。

十一位武林高手，能活下來的，也就只有他一個。

那一戰的悲壯慘烈，直到多年後，他還是連想都不敢去想。

幸好現在這人面桃花蜂，已只不過是具屍體而已。

屍體無論保存得多麼的完整，也絕不能再殺人了。

雷奇峰拍了拍他兒子的肩，心裡覺得很慶幸。因爲這少年人的運氣比他好，總算沒有在她活著的時候看到過她。

在人面桃花蜂活著的時候，看見她的少年人都得死！而且是種很特別的死法。

你只要聽到她的一笑，已足以令你永墮地獄，萬劫不復。

死人當然是不會笑的。

雷奇峰剛鬆了口氣，然後全身的血液就突然冰冷凍結。

他突然聽到有人在笑。笑聲甜美嬌媚，如春天的花，花中的蜜。人面桃花蜂又笑了。

沒有人能形容這種笑。那絕不是死人的笑聲，更不是從地獄中發出的笑聲——假如那真是地獄中才能聽到的笑聲，也一定有很多人願意到地獄中去找尋。

雷奇峰厲聲暴喝：「你是什麼人？」

那笑聲更甜：「你不認得我？我卻忘不了你，也忘不了十三年前在楓林中的那一夜。」

「你不是她，你騙不了我。十三年前，她已死了。」

「不錯，十三年前，我已經死了，所以現在我才要你還我的命來！」

她的笑聲如仙子，另外三具屍體的聲音卻如鬼哭：「還我的命來，還我的命來……」

有風吹過。僵硬的屍體在風中搖盪。

小雷突然一跨步，橫身擋在他父親前面。

他的聲音還是很鎮定：「抱歉，手可以還，命卻沒法子還的。」

人面桃花蜂甜笑著，一字字道：「那末就用你們一家老小九十七條命來還！」

雷夫人的目光還是凝注著刀尖，忽然冷冷的道：「命可以還你，只不過……」

人面桃花蜂道：「不過怎麼樣？」

雷夫人道：「我還要問你一句話。」

人面桃花蜂道：「你問。」

雷夫人道：「十三年前的那天晚上，你們在楓林裡究竟做了什麼事？」

人面桃花蜂媚笑道：「那當然是見不得人的事，聰明的妻子就算知道，也會裝糊塗的，你又何必多問？」

雷夫人霍然轉身，面對著她的丈夫，臉色已蒼白如紙：「原來你一直在瞞著我，一直在騙我，原來你根本沒有殺死她。」

雷奇峰漲紅了臉，道：「你相信她，還是相信我？」

雷夫人道：「我只想聽真話。」

雷奇峰急得跺腳，道：「我們三十幾年夫妻，到現在你還吃醋。」

雷夫人板著臉，冷冷道：「八十年的夫妻也一樣會吃醋的。」

雷奇峰著急道：「就算你要吃醋，現在也不是時候。」

雷夫人厲聲道：「我不管現在是什麼時候，你若還不肯說老實話，我先跟你拚命。」

女人吃起醋來時，的確是什麼都不管的，無論多通達明理的女人，一旦吃起醋來，也會變得不可理喻。

雷奇峰嘆了口氣，苦笑道：「好，我告訴你，那天晚上……」

說到這裡，他忽然向他的妻子眨了眨眼睛。這對患難相共，生死相守的夫妻，立刻同時出手。

兩柄刀立刻同時向人面桃花蜂刺了過去。

雁翎刀本是刀類中較輕巧的一種，但在雷家夫妻的手中使出，威力已大不相同。

雷奇峰世代相傳的「奔雷刀法」，不但迅急雲變，而且強霸威猛。

兩柄刀如驚虹交剪。他們的人心意相通，他們的刀也已配合得天衣無縫。

人面桃花蜂的身子吊在長索上，看來似乎根本無法閃避，但就在這時，長索一陣顫動，長索上吊著的四個人，立刻箭一般倒退回去。

一眨眼間，四個人都已沒入門外的黑暗中。

雷夫人輕叱一聲：「追！」

雷奇峰父子同時開口：「追不得！」

「不必追。」

燭影搖紅，燈花閃動，長索上吊著的四個人，忽然又流星般滑了進來。

這四人腦後顯然吊著滑輪，當真是悠忽來去，快如鬼魅。

雷夫人冷笑，揮刀。這一刀走勢更急，長虹般的刀光一閃，已迎上了人面桃花蜂。

這一次人面桃花蜂居然沒有退。

「波」的一聲，刀鋒砍在她身上，如擊敗革，她的人竟赫然裂開，一裂為二。

一股桃紅色的煙霧立刻旗花般噴了出來，雷夫人發覺中計時，人已仰面跌倒。

這人面桃花蜂非但不是活人，也不是死人。人在長索上滑回去時，已在黑暗中掉了包。

雷奇峰的刀也已堪堪砍在另一具屍體上，發現這變化，立刻硬生生頓住刀鋒。

誰知這人既不是死的，也不是假的。雷奇峰刀鋒一挫，手腕已被這人扣住，半邊身子立刻麻木。小雷一個箭步竄出，但另兩個人身子在長索上一盪，四條腿連環向他踢出。

他身形半轉，避開了來勢較快的兩條腿，反掌斜切另兩條足踝。

「波」的一聲，足踝已被拍碎，又有一股桃紅色的煙霧噴出。

這兩個人竟也有一真一假，假人的腳，是藉著真人的懸盪之力踢出來的。

小雷凌空一個翻身，掠空三丈。

他雖然及時避開了這一陣毒煙，但他的父親已落入別人的掌握中。

笑聲如鬼哭。雷奇峰臉色慘白，手裡的刀已跌落，眼睛盯著這人面具上的一隻鬼眼。

鬼眼蜂陰惻惻笑道：「還我的命來吧。」

他身子一縮，似乎想拉著雷奇峰退回去，誰知就在這時，本已暈倒在地上的三個青衣家奴，突然一揮手，數十點寒星暴射而出。

鬼眼蜂的身子立刻被打成了蜂窩，連一聲慘呼都未及發出。

雷奇峰一甩腕，恰巧接住了小雷拋過來的刀，反手一刀。

鮮血飛濺，兩條腿憑空掉了下來。兩條有血有肉的腿。

沒有腿的人慘呼著，自長索上滑了回去，鮮血一連串灑在地上，也正像是一瓣瓣凋落了的桃花。

小雷已衝回來，跪倒在他母親身旁。雷夫人的臉色如金紙。

雷奇峰沉聲問道：「怎麼樣？」

小雷緊咬著牙，額上的青筋一根根凸出。那三個青衣家奴已翻身躍起，一排橫擋在他父子的身前，三個人的衣襟都已掀起，露出了腰間皮帶上的紫革囊。

三隻手按在革囊上，手指瘦削，長而有力，指甲卻修得很短。暗器名家的手，大都是這樣子的。

黑暗中又響起了那銷魂的笑聲：「滿天花雨，平家三兄弟，幾時做了別人奴才的？倒真是叫人想不到的事。」

平家三兄弟陰沉沉的臉上，全無表情。

要發暗器，應得要有一雙穩定的手，要有穩定的手，就得先磨練出鐵一般的神經。

人面桃花蜂的笑聲不停：「雷奇峰，你真是個老狐狸，居然神不知，鬼不覺的，將平家三兄弟買回來藏在家裡，我佩服你！」

她的笑聲雖甜美，雷奇峰卻根本沒有聽。對他來說，世上絕沒有任何聲音能比得上他妻子的呼吸。雷夫人的呼吸如游絲。小雷抬起頭，看著他的父親。

雷奇峰也跪了下來，跪在他妻子身旁，俯下身，輕輕耳語：「人面桃花蜂十三年前已死了，這次來的是假的。」

雷夫人的臉僵硬如石，目光卻溫柔如水。

她看著他，他不但是她的丈夫，也是她同患難共生死的朋友。她一直相信他，就像相信自己一樣。現在，她知道自己已必須離他而去，可是她眼色中並沒有恐懼。

也許有些悲哀，卻絕沒有恐懼。死並不可怕。

一個女人，只要能得到個對她一生忠實的丈夫，死又算得了什麼呢？

雷奇峰輕輕握起她的手，她的目光卻已轉向她的兒子。

她喉嚨裡忽然有了聲音——一種偉大的力量使得她又能發出聲音。

那應該是愛的力量，母親的愛：「你不能死——你要找到纖纖，她很好……她一定會替我養個好孫子。」

小雷垂下頭，伏在他母親胸膛上：「我一定會找到她的，一定會帶著我們的孩子回來看您。」

雷夫人溫柔的目光中，露出一絲微笑，彷彿想抬起手，來擁抱她的兒子。但並沒有抬起手。永遠沒有。

母親的胸膛已冰冷。小雷還是跪在那裡，動也不動的跪在那裡。母親的胸膛冰冷時，兒子的心也已冷透。

平家三兄弟目中似也有熱淚將奪眶而出，但卻沒有回頭。他們不能回頭。

長索上又有四個人慢慢的滑了進來，誰也不知道這次來的四個人是真？是假？是死？是活？

平家兄弟空有見血封喉的暗器，竟偏偏不能出手。大廳裡的毒煙已夠濃。

小雷忽然拾起他母親的刀，凌空翻身，掠起四丈，刀光一閃，四根飛索齊斷。

四個人一連串跌下來，「砰」的，跌在地上，動也不動。四個假人。

平家兄弟的暗器若出手，大廳的毒煙就會濃得令人無法呼吸。

這一窩蜂的花粉雖香，卻是嗅不得的——蜜蜂的花粉雖毒，但最毒的還是刺。

四個人跌在地上，還是沒有動，屋子裡的燈火卻突然一起熄滅。

黑暗中立刻響起了一片慘呼。誰也沒有聽過這麼多人同時發出的慘呼，那已不是人類的呼聲，而是野獸的吶喊。

垂死野獸的吶喊。一種聞之足以令人嘔吐、抽筋的吶喊，連續不絕。

比這種聲音更可怕的聲音，也許只有一種——那就是所有的聲音突又完全停止。

就像是一刀劃斷琴弦的突然停止，刀砍在肉上的聲音，骨頭碎裂的聲音，咽喉扼斷的聲音。

這些聲音誰都沒有聽見，因爲所有的聲音都無法聽見，因爲所有的聲音都已被慘呼聲淹沒。慘呼聲停止時，所有的聲音也全都停止。誰也不知道這些可怕的聲音，是怎麼會突然同時停止的。

誰也不知道這裡怎麼會突然變得如此黑暗，如此靜寂？爲什麼連呼吸呻吟聲都沒有？

也不知過了多久，黑暗中才亮起一盞燈。

慘碧色的燈光，冉冉自門外飄了起來，提著燈的，是個身材很苗條的褐衣人。

燈光剛照出大廳裡的景象，燈籠已自手中跌落，在地上燃燒起來。提燈的人已開始嘔吐。

無論誰看到這大廳中的景象，都無法忍住不嘔吐。這大廳裡已沒有一個活人。

五

燃燒著的火光，照著平家三兄弟的臉，他們臉上帶著種很奇特的表情，像是死也不信自己也會死在別人的暗器下。

暗器是蜜蜂的毒針，蜜蜂是來自地獄的，現在又已回入地獄。

雷奇峰倒下時，手裡還緊握著他的雁翎刀，刀鋒已捲。

他就倒在他妻子身旁，顯見他至死也沒有離開過他妻子半步。

小雷也已倒在血泊中。血是黑色的，是毒血。

最後自飛索上滑下來的四個人，此刻已不在他們剛才跌落的位置上。

他們並不是假人，現在卻也已變成死人。還有多少死人？

誰也不忍去看，誰也無法看見——燃燒的燈籠已又熄滅。

但這時窗外卻又有火在燃燒，燒著的窗戶，燒著了樓宇。

「寸草不留」！只有無情的火，才能使一個地方真的寸草不留。

又過了很久，閃動的火光中，又出現了條人影。

纖美苗條的人影，臉上的面具，有一朵桃花——人面桃花卻被火光映得發紅。

她靜靜的站在門口，冷冷的看著這一片屍山，一片血海。她沒有嘔吐。

難道她不是人？難道她真是自地獄中復活，來討債的惡鬼？現在這地方也漸漸灼熱如地獄。悲慘如地獄。她居然走入了這地獄。

她慢慢的走進來，腳上的鞋子已被血泊染紅，手裡的刀在閃著光。

她的眼睛在搜索，然後就瞬也不瞬的停留在雷奇峰頭上。這是她仇人的頭顱，她要提著這頭顱回去，回去祭她的母親。

仇恨！仇恨在一個人心裡燃燒時，比燒山的烈火更兇猛，更可怕。

蒼天既然已在人間留下愛，爲什麼又要播下仇恨的種子？

她一步步向雷奇峰走過去，世上似已沒有任何人能阻攔她。但也許還有一個人。

只有這一個人！血泊中突然有個人站起來，擋住了她的去路，看著她。

這人的臉上似也帶著層面具，不是青銅面具，是血的面具。

鮮血不但掩住了他的面，他的表情，也掩住了他的情感，他的思想。

他就像是個死人似的，站在那裡看著她，雖然看不見她的臉，卻能看見她面具上的桃花。

她的瞳孔已收縮，過了很久，才發出那銷魂蝕骨的笑：「你居然還沒有死？」

他果然沒有死，他不能死。

「你的父母全都死了，你活著還有什麼意思？不如也死了吧！」

她知道他是什麼人，卻不知道他是個怎麼樣的人。很少有人能知道他是個怎麼樣的人，很少人能真的了解他。鮮血正沿著他的臉慢慢流下。他臉上沒有淚，只有血。

可是他身子裡已沒有血，他的血已全都流了出來，現在他血管裡流動著的，或許也只不過是一般和她同樣自地獄中帶來的力量。仇恨的力量。

火勢更大，大廳的樑已被燃燒起來。

功。

她輕輕嘆了口氣，道：「你既然不肯死，就去吧，我找的本不是你。」

她找的確實不是他，但這句話還沒有說完，她已出手。她手裡的刀就像蜜蜂的毒刺一樣。

他沒有動，沒有閃避，直到刀鋒刺入了他的肋骨，肋骨夾住了刀鋒，他才突然出手。

「格」的一響，他肋骨斷時，她的手腕也同時被捏斷，這不是武功，世上絕沒有這樣的武功。

這已是野獸的搏鬥，甚至比野獸更殘酷可怕。因爲野獸的搏鬥是爲了生存競爭，他卻已完全不將生死放在心上。有時人類豈非本就比野獸還殘酷？

直到這時，她目中才露出一絲恐懼之色，忽然大聲問：「你是不是要殺我？」

小雷的回答，短得就像是他肋骨間的刀：「是！」

「爲什麼？爲你父母復仇？你能爲父母復仇，我爲什麼不能？我若做錯了，你豈非也同樣錯？」她的話也尖銳得像刀。

小雷的手緊握，握著她碎裂的手腕，她全身都已因痛苦和恐懼而顫抖。

可是她還能勉強忍耐支持，她久已習慣忍耐痛苦和恐懼：「何況，我並沒有殺人，我的手還沒有染上任何人的血，我母親卻是死在你父親手上的，我親眼看到他的刀，割斷了我母親的咽喉。」

「你親眼看到？」

她點點頭，目中又充滿怨毒和仇恨：「你想不想看看我的臉？」

她忽然一手扯下了臉上的面具，露出了她的臉。

這本該是一張絕頂美麗的臉，本足以令天下男人神魂顛倒。

但現在，這張臉上卻有了條醜惡的刀疤，從眼角劃過了嘴角。就像是有人在一幅絕代名畫上，用禿筆劃下了一條墨跡。

任何人看到她這張臉，都不禁會為她悲傷惋惜。這一刀不但毀了她的容貌，也毀了她的生命。

她指著臉上的刀疤，咬著牙，冷笑道：「你知不知道這是誰留給我的？……也是你的父親，那時我只不過才五歲，有誰想得到『神刀大俠』竟會對一個五歲的孩子，下這種毒手？」

小雷看著她的臉，緊握著的手突然放鬆。他忽然也有了種想要嘔吐的感覺。

她逼視著他，一字字道：「現在你是不是還想殺我？是不是還想替你的父母報仇？」

小雷霍然扭過頭，不忍再看她的臉，他整個人都似已將崩潰。

她卻還在看著他，冷冷道：「我說這些話，只不過想告訴你，雷奇峰並不是神，並沒有你想像中那麼偉大神聖，他要殺我的母親，也只不過是為了……」

小雷突然厲聲大喝：「滾出去，快滾，從此莫要讓我再見到你。」

她又笑了，嘴角的刀疤，使她的笑彷彿帶著種說不出的譏諷之意：「你既然不敢再聽，我也不必再說下去，因為再說下去，我也會覺得噁心。」

她慢慢的轉過身，慢慢的走出去，再也不回頭來看一眼。小雷也沒有看她，更沒有阻攔。

他只是失魂落魄般站在那裡，整個人的思想和血液都似已被抽空。

火仍在燃燒，樑木已被燒斷。一塊燃燒著的焦木落下來，打在他身上。

他沒有閃避，所以他倒了下去。

無論多猛烈的火，總有熄滅的時候。雄偉瑰麗的山莊，已被燒成了一片焦土。所有的生命、屍骨、血腥，也都被這一把火燒得乾乾淨淨。只有一件事，是砍也砍不斷，燒也燒不光的。那就是人類的感情。

恩、仇、愛、恨……只要世上有人類存在一天，就必定有這些感情存在。憤怒、悲傷、勇氣，也都是因爲這些情感而生出來的。現在，火雖已熄滅，他們的故事卻正要開始。

六

朝陽，艷陽。

艷陽下的桃花紅如火。桃花依舊，花下的人呢？

二 纖纖

得她受盡了折磨。

纖纖垂著頭，看著自己的腳。纖秀柔美的腳上，血跡斑斑，刺人的荊棘，尖銳的石塊，使

但無論多麼重的創傷，也遠遠比不上她心裡的創傷痛苦。

她一路狂奔到這裡，忘了是晝是夜，也忘了分辨路途。可是，她縱然忘記一切，也還是忘不了小雷的。她的心縱已碎成一千片，一萬片，每片心上，還是都有個小雷的影子。

那可愛又可恨的影子。恨比愛更深。

「他爲什麼要這樣子對我？爲什麼忽然變得如此無情？」她不知道，她想知道，想把他的心挖出來看個明白，問個明白。

可是她無能爲力，無可奈何。昔日的海誓山盟，似水柔情，如今已變成心上的創傷。

昔日的花前蜜語，月下擁抱，如今已只剩下回憶的痛苦。

她寧可犧牲一切，來換取昔日的甜蜜歡樂，哪怕是一時一刻也好。

但逝去的已永不再回。她就算用頭去撞牆，就算將自己整個人撞得粉碎，也無可奈何。

這才是真正的悲哀，真正的痛苦。

這種痛苦可以一直深入到你的血液裡，你的骨髓裡。

春天，春晨的風還是很涼。

她身上只穿了件很單薄的衣服，赤著足，這套單薄的衣服，已是她所擁有的一切。

其餘的她已全部留下，留下給他。現在，也許只有死，才是她唯一的解脫，但她還不想死。

「……總有一天，我會讓你後悔的。」熱愛已變爲深仇，愛得既然那麼深，恨得就更深。

所以她要活下去，要報復。但要怎麼樣才能活下去呢？天地茫茫，有什麼地方是她的容身之處？她不想流淚，但眼淚卻已一連串流下。

然後，她就聽到有人在低喚她的名字：「纖纖。」

「纖纖，纖纖……」在花前，在月下，在擁抱中，小雷總是這麼樣一遍又一遍的呼喚著她。

難道他又已回心轉意？難道他又來找回她？她的心忽然密鼓般跳動起來。

在這一刹那間，她已忘卻了所有的悲傷，所有的恨，只要他回來，她立刻可以原諒他所有的過失，立刻會投入他的懷抱裡。

可是她失望了。她看見的不是小雷，是金川。

金川是才子，也是俠少。金川是個斯斯文文，彬彬有禮的年輕人。

他頭髮永遠都梳得又光滑，又整齊，他衣著永遠都穿得又乾淨，又合身。

他和小雷幾乎是完全不同的兩個人。但他卻是小雷最好的朋友。

纖纖當然認得他，她和小雷之間秘密的愛情，也只有他知道。

「難道是小雷要他來找我的？」她的心又在跳，忍不住問道：「你怎麼會到這裡來的？」

金川的微笑如少女：「來找你。」

「找我？你怎麼知道我在這裡？」

「我一路都在保護著你。」

纖纖的心跳更快，只希望他告訴她，是小雷要他這麼做的。但是他並沒有再說下去。

纖纖咬著嘴唇，終於忍不住又問：「你有沒有看見他？」

金川在搖頭。

「你知不知道我們……我們已經分手？」

金川還是在搖頭。纖纖的心沉下，頭也垂下，過了很久，才抬起頭，忽然發現金川在看著她的腳。她足踝纖秀，柔美如玉，血跡和傷痕，只有使這雙腳看來更楚楚動人。

任何男人看到這雙腳，總忍不住會多看兩眼的——女人的腳，好像總和某種神秘的事，有某種神秘的聯繫。

她立刻想用衣襟蓋住自己的腳，但就在這時，她眼睛裡忽然閃動一絲惡毒的光芒：「……我一定要讓他後悔，一定要報復。」

只有這種因熱愛而轉變成的恨，才能令最善良的女人變得蛇蠍般惡毒。

金川的聲音也溫柔如少女：「你不回家？」

纖纖又垂下頭，聲音淒楚：「我沒有家。」

「那末……你想到哪裡去？」

纖纖的頭垂得更低，她懂得憐憫和情愛也常常是分不開的。她懂得要怎麼樣才能令男人同情憐憫。

金川果然已將同情之色擺在臉上，長長嘆息了一聲，柔聲道：「無論以後怎麼樣，我至少得先陪你換件衣裳，吃頓飯去。」

有件事男人千萬不可忘記：女人的報復，是絕對不擇手段的。

二

艷陽下的桃花如火。小雷睜開眼，就看見一樹火一般的桃花。

有個人斜倚在桃花下。一個纖長苗條的白衣人，烏雲高髻，臉上蒙著層雪白的面紗。

滿林紅花，襯著她一身白衣如雪。莫非這也不是凡人，是桃花仙子？

小雷掙扎著，想坐起。他身上衣衫已被朝露濕透，但全身卻灼熱得如同在火燄中一樣。

他掙扎著想坐起，但痛苦卻使得他全身痙攣，幾乎又暈過去。

白衣如雪的少女，一雙秋水般的明眸正在輕紗後看著他：「你的傷很重，最好是安安靜靜的躺著，不要動。」她的聲音柔和而冷淡，聽來彷彿很遙遠。

小雷閉上眼睛，昨夜發生的事，立刻又全都回到他眼前。

刀光，血影，火……

他記得的最後一件事，是一團燃燒著的火燄迎頭向他擊下，他全身都似已被燃燒起來，似已沉淪入萬劫不復的地獄。

但現在，春風吻著綠草，花香中帶著流水清冽的芬芳。

花樹間鳥語啁啾，如情人的蜜語。

小雷再次睜開眼：「我……我怎麼會到這裡來的？是你救了我？」

雪衣少女點了點頭。

「你是誰？」

雪衣少女輕輕轉了個身，輕盈得就彷彿是在遠山飄動的雲彩。

她摘了朵桃花，斜插在鬢腳，鮮紅的桃花，雪白的面紗。人面在輕紗中，又如鮮花在霧裡。

「人面桃花！」小雷忍不住失聲輕呼：「原來是你！」

雪衣少女笑了，笑聲如春風，如春風中的銀鈴：「我知道你遲早總會認出我的。」

小雷的身子突然僵硬，道：「你……你爲什麼要救我？」

雪衣少女笑道：「殺人犯法，救人難道也犯法？」

她又輕輕轉了個身，露出一直藏在衣袖裡的一隻手。一隻纏著白綾的手。這隻手是被小雷捏碎的。

小雷居然笑了：「你是不是要我還你這隻手？你可以拿去！」

雪衣少女淡淡道：「你本來只欠我一隻手，現在又欠我一條命。」

小雷道：「你也可以拿去。」他說話的態度輕鬆自然，就好像叫人拿走件破衣裳一樣。

雪衣少女看著他，看了很久，忽然問了句很奇怪的話：「你真是雷奇峰的兒子？」
小雷道：「嗯。」
雪衣少女道：「你知不知道你父親已死了？」
小雷道：「知道。」
雪衣少女道：「你知不知道你的家已被燒得寸草不留？」
小雷道：「知道。」
雪衣少女嘆了口氣，道：「但你的樣子看來爲什麼一點也不像呢？」
小雷道：「要什麼樣子才像？要我搥胸頓足，痛哭流涕？」
雪衣少女又看了他很久，道：「現在你什麼都沒有了，已只剩下一條命。」
小雷道：「哦？」
雪衣少女道：「你知不知道無論誰都只有一條命的？」
小雷道：「知道。」
雪衣少女道：「你知不知道現在我隨時都可以要你的命？」
小雷道：「知道。」
雪衣少女又嘆了口氣，道：「但你的樣子看起來還是一點也不像知道。」
小雷道：「我本來就是這樣子。」
雪衣少女道：「無論遇著什麼事，你永遠都是這樣子？」
小雷道：「假如你不喜歡看我這樣子，你可以不必看。」

雪衣少女道：「你究竟是不是個人？」

小雷道：「好像是的。」

雪衣少女盯著他，忽又嘆息了一聲，竟轉身走了。

小雷道：「等一等。」

雪衣少女道：「等什麼？你難道要我留下來陪著你？」

小雷道：「我既然欠你的，你爲什麼不拿走？」

雪衣少女笑了笑，道：「像你這種人的性命，連你自己都不看重，我要它又有什麼用？」

小雷道：「可是……」

雪衣少女打斷了他的話，道：「可是等到我高興的時候，我還是會來要的，你等著吧。」她居然真的頭也不回的走了。

小雷看著她纖秀苗條的身影，消失在桃花深處。他還是躺在那裡，動也沒有動。但這時他臉上流的已不是血，是淚。

一陣風吹過，桃花一瓣瓣落在他身上，臉上。他還是沒有動。他的淚卻似已流乾了。

「現在你什麼都沒有了，已只剩下一條命。」這少女的確已奪去了他生命中所有的一切，卻救了他的命。

她爲什麼要這樣做？是不是要他活著痛苦？

「像你這種人的性命，連你自己都不看重，我要它又有什麼用？」他本來的確已未將自己的生死放在心上。

這少女不但奪去了他所有的一切，也破壞了他心目中最神聖的偶像。他父親本是他的偶像。

站在他父親的血泊中，聽著她說出了往事的秘密，那時他的確只希望能以死來作解脫。

但現在，他情緒雖未平靜，卻已不如剛才那麼激動。他忽然發覺自己還不能死。

「你一定要去找到纖纖，她是個好孩子，一定會爲我們雷家留下個好種。」

「纖纖，纖纖……」他在心裡呼喚著，這名字是他唯一的希望……也是他全部的希望。

三

流水清澈。流水上飄浮著一瓣瓣桃花。

小雷咬著牙，滾下了綠草如茵的斜坡，滾入了流水中。

冰涼的水，不但使他身上的灼熱痛苦減輕，也使他的頭腦清醒。

他沉浸在水中，希望自己能夠什麼都不想。他不能。

前塵往事，千頭萬緒，忽然一起湧上了他心頭，壓得他心都幾乎碎了。

他就像逃避某種噬人的惡獸一樣，自水中逃了出來。

肉體上的痛苦無論多麼深，他都可以忍受。他沿著流水狂奔，穿過花林，遠山青翠如洗。

山腳下有個小小的山村，村中有個小小的酒家，那裡有如遠山般青翠的新醅酒。

他曾經帶著纖纖，在深夜中去敲那酒家的門，等他的至友金川。

然後他們三個人就會像酒鬼般開懷暢飲，像孩子般盡情歡樂。那的確是他最快樂的時候。

兩心相印的情人，肝膽相照的好友，芬芳清冽的美酒……人生得此，夫復何求？

「帶纖纖到那裡等我，無論要等多久，都要等到我去爲止，她就算要走，你也得用盡千方百計留下她。」這是他昨夜交代給金川的話。

他並沒有再三叮嚀，也沒有說出這樣做是爲了什麼？金川也沒有問。他們彼此信任，就好像信任自己一樣。

遠山，好遠的山。小雷只希望能找到一輛車，一匹馬。沒有車，沒有馬。

他臉上流著血，流著汗，全身的骨骼都似已將因痛苦而崩散。

但無論多遙遠，多艱苦的道路，只要你肯走，就有走到的時候。

柳綠如藍。他終於已可望見柳林深處挑出了一角青簾酒旗。

夕陽絢麗，照在新製的青簾酒旗上。用青竹圍成的欄杆，也被夕陽照得像晶碧一樣。

欄杆圍著三五間明軒，從支起的窗子裡看進去，酒客並不多。

這裡並不是必經的要道，也不是繁榮的村鎮。到這裡來的酒客，都是慕名而來。

杏花翁酷的酒，雖不能說遠近馳名，但的確足以醉人。

白髮蒼蒼的杏花翁，正悠閒的斜倚酒櫃旁，用一根馬尾拂塵，趕著自柳樹中飛來的青蠅。

櫃上擺著五六樣下酒的小菜，用碧紗籠罩著，看來不但可口，而且悅目。

悠閒的主人，悠閒的酒客，這裡本是個清雅悠閒的地方。

但小雷衝進來的時候，主人和酒客都不禁聳然失色。

看到別人的眼色，他才知道自己的樣子多麼可怕，多麼狼狽。

可是他不在乎。別人無論怎麼樣看他，他都全不在乎。

他在乎的是：「爲什麼金川和纖纖都不在這裡？他們到哪裡去了？」

他衝到酒櫃旁，杏花翁本想趕過來扶住他，但看見他的灼熱目光，又縮回手，失聲問：「你怎麼會變成這樣子？究竟出了什麼事？」

小雷當然沒有回答，他要問的事更多：「你還記不記得以前跟我半夜來敲門的那兩個朋友？」

杏花翁苦笑：「我怎麼會忘記。」

「今天他們來過沒有？」

「上午來過。」

「現在他們的人呢？」

「走了。」

小雷一把握住杏花翁的手，連聲音都已有些變了：「是不是有人來逼他們走的？」

「沒有，他們只喝了一兩碗粥，連酒都沒有喝，就走了。」

「他們爲什麼要走？爲什麼不等我？」

杏花翁看著他，顯然覺得他這句話問得太奇怪——這少年爲什麼總好像有點瘋瘋癲癲的樣子：「他們沒有說，我怎麼知道他們爲何要走？」

小雷的手放鬆，人後退，嗄聲問：「他們幾時走的？」

「走了很久，只耽了一下子就走了。」

「從哪條路走的？」

杏花翁想了想，茫然搖了搖頭。

小雷立刻追問：「他們有沒有留話給我？」

這次杏花翁的回答很肯定：「沒有。」

欄杆外的柳絲在風中輕輕拂動，晚霞在天，夕陽更燦爛。山村裡，屋頂上，炊煙已升起。遠處隱隱傳來犬吠兒啼，還有一陣陣妻子呼喚丈夫的聲音。

這原本是個和平寧靜的地方，這本是個和平寧靜的世界。但小雷心裡，卻彷彿有千軍萬馬在廝殺血戰。

他已倒在一張青竹椅上，面前擺著杏花翁剛爲他倒來的一杯酒：「先喝兩杯再說，也許他們還會回來的。」

小雷聽不見，他只能聽見他自己心裡在問自己的話：「他們爲什麼不等我？金川爲什麼不留下她？他答應過我的。」

他相信金川，金川從未對他失信。綠酒清洌芬芳，他一飲而盡，卻是苦的。等待比酒更苦。夕陽下山，夜色籠罩大地，春夜的新月已昇起在柳樹梢頭。

他們沒有來，小雷卻已幾乎爛醉如泥。只可惜醉並不是解脫，並不能解決任何事，任何問題。

杏花翁看著他，目中似乎帶著些憐憫同情之色，他這雙飽歷滄桑世故的眼睛，似已隱約看出了這是怎麼回事。

「女人，女人是禍水，少年人爲什麼總是不明白這道理？爲什麼總是要爲女人煩惱痛苦呢？」他嘆息著，走過去，在小雷對面坐下，忽然問道：「你那位朋友，是不是姓金？」

小雷點點頭。

杏花翁道：「聽說他是位由遠地來的人，到這裡來隱居學劍讀書的，就住在那邊觀音庵後面的小花圃裡？」

小雷又點點頭。

杏花翁道：「他們也許已經回去了，你爲什麼不到那裡去找？」

小雷怔了半晌，像是突然清醒，立刻就衝了出去。

杏花翁看著他蹣跚的背影，喃喃的嘆息著：「兩個男人，一個美女……唉，這樣子怎麼會沒有麻煩呢？」

小花圃裡的花並不多，但卻都開得很鮮艷。金川是才子，不但會作詩撫琴，還會種花，種花也是種學問。

竹籬是虛掩著的，茅屋的門卻上了鎖，就表示裡面絕不會有人。

但這一點小雷的思慮已考慮不到了，他用力撞開門，整個人衝了進去，他來過這地方。

這是個精緻而乾淨的書房，就像金川的人一樣，叫人看著都舒服。

屋角有床，窗前有桌，桌上有琴棋書畫，牆上還懸著柄古劍。

但現在，這些東西都沒有了，只剩下一盞孤燈。一盞沒有火的孤燈。

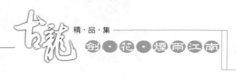

小雷衝進去，坐下，坐在床上，看著這四壁蕭然的屋子。

月光從窗外照進來，照著桌上的孤燈，照著燈前孤獨的人。

「金川走了，帶著纖纖走了。」他實在不敢相信這件事，更不願相信這件事。

但他卻不能不信。淚光比月光更清冷，他有淚，卻未流下。一個人真正悲痛時，是不會流淚的。他本來有個溫暖舒服的家，有慈祥的父母，甜蜜的情人，忠實的朋友。

但現在，他還有什麼？一條命，他現在已只有一條命。這條命是不是還値得活下去呢？

明月滿窗。他慢慢的躺在他朋友的床上——一個出賣了他的朋友，一張又冷又硬的床。

春風滿窗，孤燈未燃，也許燈裡的油已乾了。

這是個什麼樣的春天？這是個什麼樣的明月？這是個什麼樣的人生？

四

門是虛掩著的，有風吹過的時候，門忽然「呀」的開了。

門外出現了條人影。一個纖長苗條的人影，白衣如雪。

小雷沒有坐起來，也沒有回頭去看她一眼，但卻已知道她來了。因爲她已走過來，走到他床前，看著他。

月光照著她綽約的風姿，照著她面上的輕紗，她的眼波在輕紗中看來，明媚如春夜的月光。

窗外柳枝輕拂，拂上窗紙，溫柔得如同少女在輕撫情人的臉。

天地間一片和平寧靜，也不知有多少人的心在這種春夜中溶化，也不知有多少少女的心，在情人的懷抱中溶化。

「纖纖，纖纖，你在哪裡呢？你的人在哪裡？心在哪裡？」

他並不怪她。她受的創痛實在太深，無論做出什麼事，都應該值得原諒。

痛苦的是，她也許永遠也不會知道，他為什麼要如此傷害她。永遠也不會知道，他這麼樣對她，只不過因爲太愛她。

只要纖纖能知道這一點，無論多深的痛苦，他都可忍受。甚至連被朋友出賣的痛苦都可忍受。

雪衣少女已在他床邊坐下，手裡在輕撫著一朵剛摘下的桃花。她看著的卻不是桃花，是他。

她忽然問：「像你這樣的男人，當然會有個情人，她是誰？」

小雷閉起了眼睛，也閉起了嘴。

她笑了笑，道：「我雖然不知道她是誰，卻知道你本已約好了她在杏花村相會。」

「你還知道什麼？」

「我還知道，她並沒在那裡等你，因爲你還有個好朋友。」她嫣然接著道：「現在你的情人和好朋友已一齊走了，你永遠不會知道他們到了哪裡。」

小雷霍然張開眼：「你知道？」

「我也不知道，就算知道，也不會告訴你。」

小雷慢慢的點了點頭，緩緩道：「當然，你當然不會告訴我。」

雪衣少女道：「現在你還剩下什麼呢？」

小雷道：「一條命。」

雪衣少女道：「莫忘記連這條命也是我的，何況，你的命最多已只不過剩下半條而已。」

小雷道：「哦？」

雪衣少女道：「你的肋骨斷了兩根，身上受的刀傷火傷也不知有多少，能活到現在，已經是奇蹟。」

小雷道：「哦！」

雪衣少女的聲音更溫柔，道：「我若是你，就算有一萬個人跪下來求我，我也不會再活下去。」

小雷道：「你不是我，我也不是你。」

雪衣少女道：「你還想活下去？」

小雷道：「嗯。」

雪衣少女道：「活下去還有什麼意思？」

小雷道：「沒有意思。」

雪衣少女道：「既然沒意思，活下去幹什麼呢？」

小雷道：「什麼都不幹！」

雪衣少女道：「那麼，你爲什麼一定還要活下去？」

小雷道：「因為我還活著——一個人只要還活著，就得活下去。」他的聲音還是很平靜，平靜得令人毛骨悚然，平靜得可怕。

雪衣少女看著他，輕輕嘆了口氣，道：「有句話我還想問你一次。」

小雷道：「你問。」

雪衣少女道：「你究竟是不是個人？是不是個活人？」

小雷道：「現在已不是。」

雪衣少女道：「那麼你是什麼？」

小雷張大了眼睛，看著屋頂，一字字道：「什麼都不是。」

「什麼都不是？」

「嗯。」

「這又是什麼意思？」

「這意思就是說，你隨便說我是什麼都可以。」

「我若說你是畜牲？」

「那末我就是畜牲。」

他突然一把拉住她的手，拉得很用力。她倒了下去，倒在他懷裡。

五

春寒料峭，晚上的風更冷。她的身子卻是光滑，柔軟，溫暖的。

明月穿過窗戶，照著床角的白衣，白衣如雪，春雪。春天如此美麗，月色如此美麗，能不醉的人有幾個呢？也許只有一個。

小雷忽然站起來，站在床頭，看著她緞子般發著光的軀體。

他現在本不該站起來，更不該走。可是他突然轉過身，大步走了出去。

她驚愕，迷惘，不信：「你現在就走？」

「是的。」

「為什麼？」

小雷沒有回頭，一字字道：「因為我想起你臉上的刀疤就噁心。」

她溫暖柔軟的身子，突然冰冷僵硬。他已大步走出門，走入月光裡。卻還是可以聽到她的詛咒：「你果然不是人，是個畜牲！」

小雷嘴角露出一絲殘酷的微笑，淡淡道：「我本來就是。」

六

風吹在胸膛上的傷口，就像是刀割一樣，但小雷還是挺著胸。

他居然還能活著，居然還能挺起胸來走路，的確是奇蹟。是什麼力量造成這奇蹟的？是愛？還是仇恨？是悲哀？還是憤怒？這些種力量的確都已大得足以造成奇蹟。

觀音庵裡還有燈光亮著，佛殿裡通常都點著盞常明燈。

他走過去，走入觀音庵前的紫竹林。他從不信神佛，直到現在為止，從不信天上地下的任何神祇。

但現在，他卻需要一種神祇來支持，他怕自己會倒下去。人在孤獨無助時，總是會去尋找某種精神寄託的。否則有很多人早已倒了下去。

院子裡也有片紫竹林，隱約可以看見佛殿裡氤氳縹緲的煙火。他穿過院子，走上佛殿。

觀音大士的莊嚴寶像，的確可以令人的心和平安詳寧靜。

他在佛殿前跪了下來，除了對他的父母外，這是他平生第一次下跪。

他跪下時，淚也已流下。因爲只有他自己知道，他所祈求的，他這一生永遠無法得到。

雖然他祈求的既不是財富，也不是幸運，只不過是自己內心的寧靜而已。

雖然這也正是神佛唯一能賜給世人的。可是他卻已永遠無法得到。

觀音大士垂眉斂目，彷彿也正在凝視著他——這地方絕不止這一雙眼睛在凝視著他。

他背脊上忽然開始覺得有種很奇特的寒意，這並不是他第一次有這種感覺。

他第一次有這種感覺，是在他七歲的時候。

那時正有條毒蛇，從他身後的草叢中慢慢的爬出來，慢慢的滑向他。

他並沒有看見這條蛇，也沒有聽見任何聲音，但卻忽然覺得有種說不出的恐懼，恐懼得幾乎忍不住要放聲大叫大哭。

可是他卻勉強忍耐住，雖然他已嚇得全身冰涼，卻還是咬緊牙，直到這條蛇纏上他的腿，他才用盡全身力氣，一把捏住了蛇的七寸。

從那次以後，他又有過很多次同樣危險的經歷，每次危險來到時，他都會有這種同樣的感覺。

所以他直到現在還活著。

來的不是一條蛇，是三個人，其中一個灰衣人卻比蛇更可怕。

他們的職業就是殺人，在黑暗中殺人，用你所能想到的各種方法殺人。

無論他們在哪裡出現，都只有一種目的。現在他們怎會在這裡出現的呢？

三雙眼睛冷冷的看著他，那種眼色簡直好像已將他當做個死人。

小雷盡量放鬆了四肢，忽然笑了笑，道：「三位是特地來殺我的？」

灰衣人很快的交換了個眼色，其中一人道：「不一定。」

小雷皺了皺眉：「不一定？」

灰衣人道：「我們只要你回去。」

小雷道：「回去？回到哪裡去？」

灰衣人道：「回到你剛才走出來的那間屋子。」

小雷道：「去幹什麼？」

灰衣人道：「去等一個人。」

小雷道：「等誰？」

灰衣人道：「一個付錢的人。」

小雷道：「他付了錢給你們？」

灰衣人道：「嗯。」

小雷道：「我等他來幹什麼？」

灰衣人道：「來殺你！」

小雷眨眨眼，道：「他要親手來殺我？」

灰衣人道：「否則你現在已經是個死人。」

小雷又笑了，道：「可是我爲什麼要等著別人來殺我呢？」

灰衣人道：「因爲我們要你等。」

小雷道：「你一向都如此有把握？」

灰衣人道：「一向如此，尤其是對付你這種人。」

小雷道：「你知道我是哪種人？」

灰衣人道：「比我更差一等的那種人。」

小雷道：「哦？」

灰衣人目光更冷酷，一字字道：「我至少不會出賣朋友，至少不會帶著朋友交託給我的八十萬銀子偷偷溜走。」

小雷突然大笑，就好像忽然聽到一件世上最滑稽的事。這件事的確滑稽，但他卻不願解釋。

他受人冤枉已不止一次。他從不願在他看不起的人面前解釋任何事。

灰衣人盯著他，冷冷道：「你現在總該已明白，是誰要來找你了。」

小雷搖搖頭。

灰衣人道：「你回不回去？」

小雷搖搖頭。

灰衣人厲聲道：「你要我們抬你回去？」

小雷還是在搖頭。可是這一次他搖頭的時候，他的人已突然自地上彈起，就像是一根剛脫離弓弦的箭，向這說話最多的灰衣人射了出去。

無論誰說話時，注意力都難免分散。所以話說得最多的人，在別人眼中也通常是最好的箭靶子。

這人的劍就在手裡。

也不知是不是因爲他將舌頭磨得太利，所以劍反而鈍了。小雷的人已衝過來，他的劍才剛剛拿起。劍光展動時，小雷已衝入劍光裡。

他並沒有揮拳，胸膛上的刀口，已使得他根本沒有揮拳的力氣。

但他的人就像是一柄鐵錘，重重撞上了這人的胸膛。劍光一閃，長劍脫手飛出。

他身子卻向另一個方向飛了出去，人在空中時，鮮血已自嘴裡噴泉般濺出。等他的人跌落在地時，這一蓬噴泉的血雨，就恰巧灑在他自己身上，灑滿了他已被撞得扭曲變形的胸膛。

小雷胸膛上也添了一片鮮血，他的刀傷也已因用力而崩裂。但他的腰，還是挺得筆直。

兩柄劍已架上了他的脖子，森寒的冷光，刺激得他皮膚一陣陣悚慄。

這兩人掠近時，小雷本已算準有足夠的時間和力量閃避、反擊。

可是這一股力量已隨著傷口的鮮血流了出來。現在他脖子上也已開始流血。

中。

他甚至可以感覺到劍鋒劃過他脖子，那種令人麻木的刺痛。

但他的腰，還是挺得筆直——他寧死也不彎腰的。

血泊中的那灰衣人，呼吸已停止。

身後的灰衣人卻發出了聲音，聲音冷酷，只說了兩個字：「回去。」

小雷本不該搖頭的，因爲他已無法搖頭，他只要一搖頭，脖子兩旁的劍鋒就會割入他血肉

另一個灰衣人在冷笑：「這次看他是搖頭，還是點頭？」

小雷忽又笑了。他笑的時候，就已在搖頭，搖頭的時候，鮮血已沿著劍鋒滴落。

他微笑著，道：「我一向高興到哪裡去，就到哪裡去。」

灰衣人冷笑道：「但這次你的腿只怕已由不得你。」

小雷立刻覺得腿彎一陣刺痛，人已單足跪下。

另一柄劍卻還是壓在他脖子上：「你回不回去？」

小雷的回答簡單而乾脆：「不回去！」

灰衣人咬著牙：「這人是不是想死？」

「好像是的，死在我們手裡，總比死在龍四手上好。」

「我偏不讓他死得太容易，偏要他回去。」

說完，劍鋒沿著小雷背脊往下劃，他整個人都已開始痙攣彎曲。

他的頭已幾乎被壓到地上：「你回不回去？」

小雷突然張開口，咬了一嘴帶著砂石的泥土，用力咬著，再用力吐出：「不回去！」

他的答覆還是只有這三個字，沒有人能更改。

那灰衣人就算將他千刀萬剮，只要他還能開口，他的答覆還是這三個字。

灰衣人緊握著劍柄的手上，已凸出了青筋，青筋在顫抖。

劍尖也在顫抖。

鮮血不停的沿著顫抖的劍尖滴落，劍尖一顫，就是一陣深入骨髓的刺痛。

灰衣人看著他彎曲流血的背脊，冷酷的目光已熾熱。

另一人突然道：「鬆鬆手，莫忘記別人要的是活口。」

灰衣人冷笑道：「你放心，一時半刻，還死不了的。」

另一人道：「再這樣下去，要活只怕也很難了。」

灰衣人猝笑道：「我就是要他……」話未說完，突然住口。

遠處已響起一陣急遽的馬蹄聲。

蹄聲緊密，來的是兩匹馬，一匹馬在六丈外，就已開始慢了下來。

另一匹馬的來勢卻更急，到了牆外，兀自不停。

突然間，只聽一聲虎嘯般的馬嘶，一匹全身烏黑油亮的健馬，如天龍行空，竟從八尺高的短牆頭，騰雲般一躍而入。

馬上金光閃動。

健馬又一聲長嘶，衝出三步，人立而起。

馬上一位滿頭白髮的老人，紋風不動的坐在雕鞍上，腰幹筆直，閃動的金光已消失，化做了他手裡一桿丈四長槍。

長槍「奪」的一聲，釘在地上，槍桿入土四尺。

這匹矯若遊龍的健馬，竟似也被這一槍釘在地上。

槍頭的紅纓，迎風飛散，襯著這老人銀絲般的雪白鬚髮，就像是神話中的天兵神將，乘雲飛降。

灰衣人也不禁爲之聳然動容，一人鬆了口氣，道：「總算來了。」

「來了」兩字出口，牆外又有條人影一掠而入，人在空中，已低叱道：「人在哪裡？」

灰衣人劍光又一緊，道：「就在這裡！」

白髮老人看著小雷身上的鮮血，厲聲道：「是死是活？」

灰衣人道：「你要活的，我們就給你活的。」

他長劍一揚，飛起一足，將小雷整個人都踢得飛了起來。

自牆外掠入的這人，不但身法快，說話快，出手也快。

他正是江湖中以動作迅速，行事激烈聞名的鏢客歐陽急。

此刻他不等小雷身子跌落，就已竄過去，一把揪住了他，只看了一眼，臉色就已大變，失聲道：「糟了！錯了！」

白髮老人也已動容，「什麼事錯了？」

歐陽急跺腳道：「人錯了。」

灰衣人搶著道：「沒有錯，這人就是從後面那屋子裡出來的，那裡已沒有別的男人。」

歐陽急將小雷用力從地上揪起，厲聲喝問：「你是什麼人？怎會在小金的屋子裡？他的人呢？」

小雷冷冷的看著他，滿是鮮血的臉上，全無表情。

歐陽急更急：「你說不說？」

小雷看著他，忽然笑了：「是你們找錯了人？還是我？」

歐陽急怔住，他雖然又急又怒，但這句話卻實在回答不出。

小雷嘴角的肌肉已因痛苦而不停的抽搐，血也在不停的流，但卻還是在微笑著：「若是你們錯了，就該對我客氣些，怎可如此無禮？」

歐陽急看著他，手已漸漸放鬆，突又大喝：「無論如何，你總是他的朋友。」

小雷嘆息了一聲：「我是，你難道不是？」

歐陽急又一怔，手掌已鬆落，不由自主倒退了兩步。

灰衣人的手卻已伸到他面前，冷冷的看著他：「拿來！」

「拿什麼？」

「一萬兩。」

「一萬兩？找錯了人還要一萬兩？」

灰衣人冷笑著，淡淡道：「是你們錯了，不是我，你要的只不過是那屋子裡的人，要活的，我交給你的既沒死，也沒錯。」

歐陽急道：「可是……」

白髮老人突然打斷了他的話，厲聲道：「給他。」

歐陽急急得臉通紅，道：「小金既未找著，這一萬兩怎麼能……」

白髮老人沉聲道：「給他！」

歐陽急跺了跺腳，自腰帶上解下個份量看來很沉重的革囊。

灰衣人用一根手指勾住，慢慢的接了過來，眼角瞟著小雷：「這人是不是你們要找的那個？」

「不是。」

灰衣人點了點頭，道：「既然不是，這人我們也要帶走。」

「爲什麼？」

灰衣人嘴角露出獰笑：「他殺了我們的人，就得死在我劍下。」

白髮老人忽然道：「他還要活下去。」

灰衣人霍然抬頭，道：「誰說的？」

白髮老人道：「我說的。」

灰衣人又慢慢的點頭，緩緩道：「槍如閃電，馬如飛龍，龍剛龍四爺說的話，在江湖中的確是一言九鼎。」

龍四爺道：「哼！」

灰衣人淡淡道：「但是他既已殺了我們的人，就還是非死不可。」

龍四爺沉下了臉，道：「這話又是誰說的？」

灰衣人道：「老爺子說的，閣下若不讓我們將這人帶走，在老爺子面前只怕無法交代。」

龍四爺道：「要怎麼樣才能交代？」

灰衣人沉吟著，道：「只怕要……」

他長劍一展，身子突然橫空掠起：「要你的命！」

龍四爺眼看著劍光如驚虹般飛來，還是紋風不動，穩坐雕鞍。

他右手握槍，片刻突然向後一扳，突又鬆手，這桿槍就騰蛇般向前彈了出去。

雪亮的槍尖，血般的紅纓，恰巧迎上了橫空掠來的灰衣人。

灰衣人挫腰，揮劍，只聽「嗆」的一聲，火星飛濺。

劍已脫手飛出，灰衣人虎口崩裂，半邊身子都已震得發麻，仰面跌在地上，一時間竟站不起來。

這桿騰蛇般的長槍，從槍尖到槍桿，竟赫然全都是百煉精鋼打成的。

槍尖仍在不停的顫動，嗡嗡作響，紅纓飛散如血絲。

龍四爺沉聲道：「現在你回去是否已可交代？」

灰衣人咬著牙，看著自己虎口上迸出的鮮血，似已說不出話來。

長劍自半空中落下，劍光閃動，回照得他臉上陣青陣白。

他長長嘆了口氣，突然翻身，一伸手，恰巧抄住了落下來的長劍。

這次他並沒有再向龍四爺出手，劍光一閃，竟向小雷刺了過去。

小雷的人似已軟癱崩潰，哪裡還能閃避？

就在這時，只聽一聲霹靂般的大喝，龍四爺的槍化做閃電。

霹靂一響，閃電飛擊。

雪亮的槍尖，已穿透了灰衣人右肩的琵琶骨，他的人也接著被挑起。

槍頭的紅纓一震，他的人已被甩了出去，遠遠落在牆外的紫竹林裡。

「奪」的一聲，長槍又插入地下，入土四尺。

龍四爺隻手握槍，還是紋風不動的坐在雕鞍上，瞪著另一個灰衣人，道：「現在你回去是否已能交代？」

這人面如死灰，什麼話都不再說，扭頭就走。

歐陽急一轉身，似乎想追出去。

龍四爺卻擺了擺手：「讓他去。」

歐陽急又急了：「怎麼能讓他走？」

龍四爺一手捋髯，緩緩道：「該殺的非殺不可，不該殺的就非放不可，生死事大，這其間一絲也差錯不得。」

歐陽急跺了跺腳，嘆道：「但此人一走，麻煩只怕就要來了。」

龍四爺突然仰天而笑，道：「你我兄弟，幾時怕過麻煩的？」

笑聲如洪鐘，但在小雷耳中聽來，卻彷彿很遙遠，很模糊。

他彷彿聽到龍四爺在吩咐歐陽急：「將這位朋友也帶回去，他也沒有錯，也萬萬死不得。」

然後他就感覺到有人在扶他。

他想甩脫這人的手，想自己站起來。

——要站就自己站起來，否則就寧可在地上躺著。

他想大聲告訴他們，他這一生，從沒有讓任何人扶過他一把。

只可惜現在他的四肢和舌頭，都已不受他自己控制了。

甚至連他的眼睛也一樣。

他想睜開眼來，但黑暗卻已籠罩了他。

無邊無際的黑暗中，彷彿只有一點光，光中彷彿有一個人的影子。

「纖纖，纖纖……」

他想撲過去，可是連這最後的一點光也消失了。

他掙扎，吶喊，可是這最後的一點光已消失不見。只剩下無邊無際的黑暗。

誰也不知道光明要等到何時才能再現。

七

「這人倒是條硬漢。」

「可是他心裡卻好像有很深的痛苦。」

「硬漢的痛苦，本就總是比別人多些，只不過平時他一定藏得很深，所以別人很難看得見而已。」

這就是他所能聽見的最後幾句話。最後一句是龍四爺說的，聽來還是那麼模糊，那麼遙遠。可是他心裡卻忽然泛起一陣溫暖，一陣感激。

他知道自己畢竟還沒有完全被遺棄，世界畢竟還有人了解他。所以他也確信，無論黑暗多麼深，多麼久，光明遲早是會來的。只要人心中還有溫暖和感激存在，光明就一定會來的。

三　美人如玉

一

纖纖垂著頭，聽著自己的心跳聲音。

金川的心也在跳，跳得比她還快。

她知道他心跳得爲什麼如此快，也知道他心裡在想著什麼。

這裡是個很僻靜的小客棧，雖然小，卻很精緻，很乾淨。

從窗口看出去，可以看到遠山的青綠，也可以聞到風中的花香。

尤其是在黃昏時，青山在紅霞裡，碧天在青山外，你坐在窗口，等著夜色漸漸降臨，等著星星漸漸昇起。

那時你才會明白，這世界是多麼美麗。

一個孤獨的男人，將一個孤獨的女子帶到這裡來，他心裡是在打什麼主意呢？

「這地方很靜，你可以好好休息。」

「我就留在這裡，也好隨時照顧你。」

金川說的話，永遠是溫柔而體貼的。

纖纖垂著頭，聽著，眼波中充滿了感激，可是心裡卻覺得很好笑。

她已不再是個孩子了。

男人心裡在想著什麼，她也許比大多數女人都清楚得多。

夜已來臨，燈已燃起。

金川在燈下看著書，彷彿已看得入神。

但纖纖卻可以打賭，書上寫的是什麼，他也許連一個字都沒有看進去。

他故意裝成一本正經的樣子，只不過是想藉故留在這屋裡不走而已，只要還能留在她身旁，遲早總會有機會來的。

她既沒有揭穿他，也沒有要趕他走的意思。

因為她現在正需要他，正想利用他，利用他對小雷報復，利用他作生存的工具。

「唉，一個孤單的女孩子，要想在這世上活下去，是多麼不容易。」

纖纖垂著頭，又開始繼續補手上的衣裳。

這衣裳不是她的，是他的。

這衣裳本來並沒有破，她在為他收拾行裝時，故意偷偷撕破了一點。

一個女人若要表示她對一個男人的情意，還有什麼事能比為他補衣裳更簡單、更容易的呢？

金川正在用眼角偷偷的瞟著她。

她知道。她本就在想替他找個機會，給他點勇氣，現在機會好像已來了。

燈光照著她的臉，她臉上泛起了紅暈。

她故意要讓他知道，她已發覺他在偷看她，所以她的臉才會紅。

不但臉紅，心也亂了，所以一個不小心，針尖就扎在手上。

金川果然立刻拋下書本，趕了過來，顯得又著急，又關心。

就因為太著急，太關心，所以才忍不住一把握住了她的手道：「你看你，怎麼這樣子不小心，疼不疼？」

纖纖搖了搖頭，臉更紅了，紅得就像是指尖的這滴血。

金川咬著嘴唇，彷彿恨不得也將自己的嘴唇咬出血來：「怎麼會不疼？血都流出來了。」

「一點點血，沒關係的。」

她輕輕掙扎，像是想掙脫他的手，但掙扎得並不太用力。

金川的手卻握得更用力：「你為我受了傷，我……我怎麼能安心？」

他忽然垂下頭，輕吮她指尖的血珠。

她整個人都似已軟了，低低的喘息，輕輕的呻吟，忽然間，兩粒晶瑩的淚珠沿著面頰流落，落在手背上。

金川愕然抬頭：「你……你在流淚？為什麼？」

纖纖卻垂下頭：「我……我在想……」

「想什麼？」

「我在想，我就算為他被砍斷一隻手，他也不會放在心上的。」

金川黯然嘆息，彷彿想找話替「他」解釋，卻又找不出。

纖纖也在咬著嘴唇，淚又流下：「你知不知道，他只要有你對我這麼樣一半好，我就算爲他砍斷兩隻手，也是心甘情願的。」

「我知道……我知道……」金川的眼淚似乎也將流了下來，突然提高聲音：「可是，你知不知道，你對我只要有對他一半好，我……我就情願……情願爲你死。」

他似已再也無法控制自己，突然在她面前跪下，緊緊擁抱住她的雙膝。

她身子立刻顫抖起來，喘息道：「不要……求求你，不要這樣子……」

金川卻抱得更緊，連聲音都已因激動而嘶啞：「爲什麼？難道你還在想著他？……我們爲什麼不能把他忘記？爲什麼要爲他痛苦一輩子？」

她本來是想推開他的，但忽然間，她已伏在他身上，輕輕的啜泣。

金川輕撫著她的秀髮，聲音比吹亂她髮絲的春風更溫柔：「只要你願意，我們還是可以快快樂樂的活下去，把以前所有的痛苦全都忘記。」

纖纖闔起眼瞼：「我願意……我願意……我們一定要好好的活下去。」

她似也情不自禁，以雙臂擁抱住他。

金川的眼睛裡發出了光，捧起了她的臉，吻去了她眼瞼上的淚珠：「我發誓，這一輩子都要好好的對待你，永遠不讓你再掉一滴眼淚。」

纖纖的臉火一般發燙。

金川的嘴開始移動，慢慢的，尋找她的嘴唇。

她的嘴唇更燙，可是她的人卻忽然站了起來，用力推開他。

金川幾乎跌倒，勉強站穩，吃驚的看著她：「你……你又改變了主意？」

纖纖垂下頭：「我沒有，可是今天……今天晚上不行。」

「爲什麼？」

「我們以後還要在一起過一輩子，我……我不願讓你把我看成個隨隨便便的女人。」她的淚似又將流下：「你若是真的……真的對我好，就應該明白我的意思。」

金川看著她，過了很久，終於點了點頭，勉強笑道：「我當然明白你的意思。」

「你不怪我？」

「你這本就是爲了我們以後著想，我怎麼會怪你。」

纖纖展顏而笑，嫣然道：「只要你明白我的心，我的人……我遲早總是你的。」

她似又情不自禁，俯下身，親了親他的頭髮，但立刻又控制住自己，柔聲道：「我要睡了，你回房去好不好？明天早上，我一早就去找你。」

金川慢慢的點點頭，捧起她的手，輕輕拍了拍，然後就悄悄的走出去，悄悄的帶上了門。

他並沒有勉強她。

因爲他知道，你若要完全得到一個女人，有時是需要忍耐的。

否則你就算能勉強她，得到她的人，也會失去她的心。

今天的收穫雖然不太大，但已足夠了，只要照這樣子發展下去，她遲早總是他的。

星光燦爛，夜涼如水。

他第一次發覺春天的晚上竟是如此美麗。

他笑了，潔白的牙齒，在夜色中閃著光，就像是狼一樣。
纖纖垂著頭，看著他走出去，看著他掩起門。
她知道這男人已一步步走進了她的網——當他以爲她已被捕獲時，他自己就在她的網裡。
這就是男人的心。
你只要懂得男人的心理，就會發覺他們並不是很難對付的。
她心裡想笑，胃裡卻想嘔吐。
因爲她實在看不起他，看不起這種出賣朋友的男人。
可是她要活下去。
要好好的活下去，活給小雷看。
她確信自己有這種能力，「總有一天，我會讓他後悔的。」她也笑了。
她笑的時候，眼淚也同時流了下來。
一個女人要想在這世上單獨奮鬥，可真不容易。

二

「這人倒是條硬漢。」
但又有誰知道，一個人要做硬漢，就得付出什麼樣的代價呢？
小雷張開眼，陽光滿窗。
黑暗終於消逝，光明已來臨。

龍四爺的滿頭白髮，在陽光下看來亮如銀絲。

雖然他眼角的皺紋已很深，看來已顯得有些憔悴，有些疲倦。

可是當他坐在陽光下的時候，他整個人看來還是充滿了生氣，充滿了活力，就像是永遠不會老的。

他的眼睛也不老，正在凝視著小雷，忽然道：「現在你能不能說話？」

小雷道：「能。」

龍四爺道：「你姓雷？」

小雷道：「是。」

龍四爺道：「你知不知道金川本來叫什麼名字？」

小雷道：「不知道。」

龍四爺道：「但你卻是他的朋友？」

小雷道：「是。」

龍四爺道：「你連他本來是個什麼樣的人都不知道，卻將他當做朋友？」

小雷道：「是。」

龍四爺道：「爲什麼？」

小雷道：「我交的是他這個人，並不是他的身分，也不是他的名字。」

龍四爺道：「也不管他以前做過什麼事？」

小雷道：「以前的事已過去了。」

龍四爺道：「現在呢？他還是你的朋友？」

小雷道：「是。」

龍四爺道：「就算他對不起你，你還是將他當做朋友？」

小雷道：「是。」

龍四爺道：「爲什麼？」

小雷道：「因爲他是我的朋友。」

龍四爺道：「所以他無論做了什麼事，你都原諒他？」

小雷道：「也許他也有他不得已的苦衷——每個人都有他不得已的苦衷。」

龍四爺道：「就算他出賣了你，騙走了你最心愛的東西，你也不在乎？」

他問的話，就像他的槍，鋒利、尖銳，絕不留情。

小雷的瞳孔在收縮，心也在收縮，過了很久，才一字字道：「你問我的這些話，我本來連一句都不必回答你的。」

龍四爺點了點頭，道：「我知道。」

小雷道：「我回答你這些話，既不是因爲怕你，也不是因爲感激你救了我的命。」

龍四爺道：「你爲的是什麼？」

小雷道：「那只不過因爲我覺得你總算還是個人。」

龍四爺目光閃動，道：「現在你是不是已不願再回答我的話了？」

小雷道：「你問的實在太多了。」

龍四爺道：「你可知道我爲什麼要問你這麼多？」

小雷道：「不知道。」

龍四爺忽然長長嘆息了一聲，道：「我也同樣被他出賣過。」

小雷道：「哦？」

龍四爺道：「所以我能了解，被一個自己最信任的朋友出賣，是何等痛苦。」

小雷道：「哦？」

龍四爺道：「我問你這些話，只因我想知道，你是不是也同樣的痛苦？」

他凝視著小雷，長長嘆息，道：「現在我才知道，我不如你，也不如他——他能交到你這樣一個朋友，實在是他的運氣。」小雷也在凝視著他，窗外陽光還是同樣燦爛。

但龍四爺看來卻似已蒼老了些，眼角的皺紋也深了很多。

桌上有酒，龍四爺舉杯一飲而盡，嘆息著又道：「我一向自命心胸不窄，今日見了你，才知道我還是沒有容人之量，竟始終未曾想到，他或許也有他不得已的苦衷。」

小雷道：「現在呢？」

龍四爺道：「現在我已知道，只要你能原諒別人，自己的心胸也會變得開朗起來，所有的煩惱、痛苦，立刻全都會一掃而空。」

小雷目光閃動，道：「你是不是覺得你以前錯了？」

龍四爺道：「是。」

小雷道：「你並沒有錯。」龍四爺默然。

小雷慢慢的接著道：「被朋友出賣，本就是種不可忘懷的痛苦，只不過有人寧可將之埋藏在心裡，死也不願意說出來而已。」

龍四爺吃驚的看著他，久久都說不出話來。

小雷接著道：「一個人能在別人面前承認自己的錯誤和痛苦，都不是件容易的事，那不但要胸襟開闊，還得要有過人的勇氣。」

龍四爺又沉默了很久，忽然道：「這些話你本來也不必說的。」

小雷慢慢的點了點頭，嘆道：「我本來的確不必。」

龍四爺道：「若非有過人的胸襟和勇氣，這些話也說不出。」

小雷淡淡道：「你看錯了我。」

龍四爺霍然長身而起，大笑道：「我看錯了你？我怎麼會看錯你……我龍剛若能交到你這樣的朋友，死亦無憾。」

小雷冷冷道：「我們不是朋友。」

龍四爺道：「現在也許還不是，但以後……」

小雷打斷了他的話，冷冷道：「沒有以後。」

龍四爺道：「為什麼？」

小雷道：「只因為有些人根本就沒有以後的。」

龍四爺突然大步走過來，用力握住他的臂，道：「兄弟，你還年輕，為什麼要如此自暴自棄？」

小雷道：「我也不是你的兄弟。」他的臉忽又變得全無表情，掙扎著，似乎立刻就要走了。

龍四爺卻按住了他的肩，勉強笑道：「就算你不是我的兄弟，也不妨在這裡多留些時候。」

小雷道：「既然要走，又何必留？」

龍四爺道：「我……我還有些話要告訴你。」

小雷沉吟著，終於又躺了下去，淡淡道：「好，你說，我聽。」

龍四爺也在沉吟著，彷彿想找個話題，讓小雷可以聽下去。過了很久，他才緩緩道：「金川本不是他的真名，他真名叫金玉湖，是我金三哥的獨生子，金三哥故去之後，我……」

小雷突又打斷了他的話，道：「你們的關係，我全都知道。」

龍四爺道：「哦？」

小雷道：「你是中原四大鏢局的總鏢頭，他和歐陽急本是你的左右手，有一次，他保了一批價值八十萬的紅貨從京城到姑蘇，半途上不但將鏢丟了，跟著他的人，也全都遭了毒手，他自覺無顏見你，才會隱居到這裡。」龍四爺在聽著。

小雷道：「但你卻以爲這批紅貨是被他吞沒了，以爲他出賣了你，所以揚言天下，絕不放過他。」

龍四爺苦笑。

小雷道：「這次想必是歐陽急在無意中發現了他，急著回去向你報訊，又生怕被他溜走，所以才不惜花一萬兩銀子的代價，找到三個人來看住他的那間屋子，誰知道臨時又有意外，這三人來的時候，他早就走了。」

他的聲音很平靜，就像是在敘說一件和他無關係的事，但在說到「意外」兩字時，他目中還是忍不住流露出痛苦之色。

龍四爺目光閃動，道：「這件事是他告訴你的？」

小雷道：「是。」

龍四爺嘆道：「他肯將這種秘密告訴你，也難怪你將他當做朋友了。」

他不讓小雷說話，搶著又道：「如此說來，那三個人來找你的時候，你已經知道他們找錯了人？」

小雷道：「是。」

龍四爺道：「你爲何不向他們解釋？」

小雷冷笑道：「他們還不配。」

龍四爺道：「要什麼樣的人才配？」

小雷冷冷道：「也許有些人天生就是騾子脾氣，寧可被人錯怪一萬次，也不願解釋一句。」

突聽一人大聲道：「那麼這人就不是騾子，是頭笨驢。」這句話還未說完，歐陽急已衝了進來。他來的時候，總像是一陣急風，說出來的話，又像是一陣驟雨，就算真有十個人想打斷他的話，也插不進一句嘴。

「他明明也出賣了你，你爲什麼還要相信他？」

「跟著他的人既然全都死了，他怎麼還會好好的活著？」

「龍四爺一向將他當做自己親生的兒子，他就算真的出了差錯，也應該回來說明，怎麼可以一走了之？」

「你知不知道龍四爺這一頭頭髮是怎麼變白的？爲了賠這八十萬的鏢銀，鏢局裡上上下下的人就算都急得上吊，也還是賠不出去。」他一連說了七八句，才總算喘了口氣。

小雷冷冷的看著他，直到他說完了，才冷冷道：「你怎知他出賣了我？你看見了麼？」

歐陽急又怔住。

小雷道：「就算你親眼看見，也未必就是真的，就算他這次真的出賣了我，也不能證明他吞沒了那八十萬兩鏢銀。」

歐陽急怔了半晌，忽也長長嘆了口氣，喃喃道：「看來有些人果然是天生的騾子脾氣……」

三

「這裡是什麼地方？」

「客棧。」

「你故事裡的人，爲什麼好像總是離不開客棧？」

「因爲他們本就是流浪的人。」

「他們沒有家？」

「有的沒有家，有的家已毀了，有的卻是有家歸不得。」

你若也浪跡在天涯，你也同樣離不開酒樓、客棧、荒村、野店、尼庵、古刹……更離不開恩怨的糾纏，離不開空虛和寂寞。

客棧的院子裡，到處都停滿了鏢車，銀鞘已卸下，堆置在東面三間防守嚴密的廂房裡，三十三位經驗豐富的鏢師和趟子手，分成三班，不分晝夜的輪流守著。

大門外斜插著柄四色彩緞鏢旗，上面繡著條五爪金龍。鏢旗迎風招展，神龍似欲騰雲飛去。

這正是昔日威鎮黑白兩道的風雲金龍旗，然而風大、雲二、金三，都已相繼故去，只剩下龍四還留在江湖裡。

龍四也老了。老去的英雄，雄風縱不減當年，但緬懷前塵，追念往事，又怎能不感慨萬千？

深夜。東面的廂房門窗嚴閉，燈火朦朧，除了偶爾傳出的刀環相擊聲外，就再也聽不到別的聲音。雖然是春夜，但這院子裡卻充滿了肅殺之意。

又有誰知道這些終日在刀頭上舐血，大碗裡喝酒的江湖豪傑們，過的日子是何等緊張，何等艱苦？一年中他們幾乎很難得有一天，能放鬆自己，伴著妻子安安穩穩睡一覺的。

所以他們大多數都沒有家，也不能有家。聰明的女人，誰肯冒著隨時隨刻做寡婦的危險，嫁給他們呢？

但江湖中的生活有時也的確是多采多姿，令人難以忘懷。所以還是有很多人，寧願犧牲這一生的安定和幸福，來換取那一瞬間的光采。

西面的廂房，有間屋子的窗戶仍然開著，龍四爺和歐陽急正在窗下對坐飲酒。兩個人酒都已喝了很多，心裡彷彿都有著很多感慨。

歐陽急望著堆置在院子裡的鏢車，忽然道：「我們在這裡已耽誤了整整四天。」

龍四爺道：「嗯，四天。」

歐陽急道：「再這樣耽下去，弟兄們只怕都要耽得發霉了。」

龍四爺笑了笑，道：「你以為別人都和你是一樣的火爆脾氣？」

歐陽急道：「但這趟鏢一天不送到地頭，弟兄們肩上的擔子就一天放不下來，他們早就想痛痛快快的喝一頓，抱個粉頭樂一樂了。他們嘴裡雖不敢說出來，心裡一定比我還急得多。」

他愈說愈急，舉杯一飲而盡，立刻又接著道：「何況，人家早已說明了，要在月底前把鏢送到，遲一天，就得罰三千兩，若是遲了兩三天，再加上冤枉送出的那一萬兩，這一趟就等於白幹了。」

龍四爺道：「你說的我都明白，可是……」

歐陽急道：「可是那姓雷的傷若還沒有好，我們就得留下來陪著他。」

龍四爺嘆道：「莫忘記人家若非因為我們，也不會受這麼重的傷。」

歐陽急也嘆了口氣，站起來兜了兩個圈子，忍不住又道：「其實我看他的傷已好了一大半，要走也可以走了，為什麼……」

龍四爺打斷了他的話，微笑道：「你放心，他絕不是賴著不走的人，他要走的時候，我們就算想留他，也留不住的。」

歐陽急道：「你看他什麼時候才會走呢？」

龍四爺慢慢的喝完了一杯酒，緩緩道：「快了，也許就在今天晚上……也許就在此刻。」

他目光凝視著窗外，臉上的表情很奇特。歐陽急猝然回身，就看到一個人從後邊一間屋裡走出來，慢慢的穿過院子。他走得雖慢，但胸膛還是挺著的，彷彿無論在什麼情況下，都絕不肯彎腰。

龍四爺凝視著他，嘆息著，喃喃道：「這人真是條硬漢。」

歐陽急突然冷笑了一聲，像是想衝出去。

龍四爺一把拉住了他，沉聲道：「你想做什麼？難道想留下他？」

歐陽急道：「我要去問他幾句話。」

龍四爺道：「還問什麼？」

歐陽急道：「你待他總算不錯，好歹也算救了他一命，他卻就這樣走了，連招呼都不來打一個，這算是什麼樣的朋友？」

龍四爺嘆了口氣，苦笑道：「他本就沒有承認是我們的朋友。」

歐陽急怒道：「那麼我們爲什麼要這樣子對他？」

龍四爺目光凝注著遠方，緩緩道：「也許這只因爲江湖中像他這樣的人已不多了。」

他不讓歐陽急開口，接著又道：「何況，他也絕不是真的不願跟我們交朋友，他這樣做，只不過是因爲他不願連累了我。」

歐陽急道：「哦？」

龍四爺黯然道：「他不但遭遇極悲慘，心情極痛苦，而且必定還有些不可告人的隱痛，所以才不願再交任何朋友。」

歐陽急道：「你說他不願連累你，可是他早就連累了你，他自己難道一點也不知道？」

龍四爺慢慢的搖了搖頭，道：「有些事，我倒寧願他不知道。」

歐陽急道：「你爲了他，不惜傷了血雨門下的劊子手，他難道沒看見？血雨門只要跟人結下了仇，就一定要糾纏到底，不死不休，他難道沒聽說過？」

龍四爺沉默了很久，才緩緩的道：「莫說他只不過是個初出茅廬的少年，有些事，你也一樣不知道的。」

歐陽急道：「哪些事？」

龍四爺目中忽然充滿了悲憤怨毒之色，一字字道：「你知不知道風大哥他們，究竟是怎麼死的？」

歐陽急看著他的眼色，忽然機伶伶打了個寒噤，道：「難道……難道也是血雨門下的手？」

龍四爺沒有回答，手裡的酒杯卻「波」的一聲捏得粉碎。

歐陽急一步竄過來，嗄聲道：「你怎麼知道的？爲什麼直到現在才說？」

龍四爺緊握雙拳，道：「因爲我怕你們去報仇。」

歐陽急道：「爲什麼不能報仇？」

龍四爺突然重重一拳，擊在桌上，厲聲道：「恩還未報，怎麼能報仇。」

歐陽急一震，踉蹌後退，跌坐到椅子上，滿頭汗出如雨。龍四爺慢慢的攤開手，掌心鮮血淋漓，嵌滿了酒杯的碎片。

他凝視著掌心的血跡，一字字道：「血債固然要以血還，欠人的大恩，更非報不可，我們縱然不惜與血雨門玉石俱焚，同歸於盡，但我們欠人的恩情，卻要誰去報答？」

歐陽急霍然長身而起，大聲道：「我明白了，我們要先報恩，再報仇。」

龍四爺突又一拍桌子，仰天長笑，道：「不錯，這樣才是真正的男兒本色。」

四

沒有告別，沒有道謝，甚至連一句話都沒有留下，小雷就這樣走出了客棧。

在他前面的，又是一片黑暗。但等他走到山腳時，光明又來了。

乳白色的晨霧，瀰漫了大地，山嶺卻已有金黃色的陽光照下來。

他慢慢的走上山，還是跟他走出那客棧時一樣，挺著胸膛。

創口還在隱隱發痛，若是彎著腰往上走，當然會覺得輕鬆些。

可是他偏要挺著胸，沿著清溪，走入桃林。滿林桃花依舊，人呢？

那株開得最艷的桃花樹下，彷彿還依稀可聞到她的餘香，但她的人呢？

落花被溪水送到山腳，送到遠方。但花落還會再開，她的人一去，只怕已永不復返了。

小雷的胸膛挺得更直，更用力，創口似又將崩裂。他不在乎。

他不怕流血，只怕流淚。踏著大步，頭也不回的走出桃林，前面就是他的家園。

那本是個充滿了溫暖幸福的地方，如今卻已變成了一堆瓦礫。

他不忍回來，不敢回來。可是他非回來不可。

無論你多麼怕面對現實，總還是有要你面對它的時候。

逃避是永遠沒有用的，也永遠不能解決任何問題。何況，他真正要逃避的，並不是別人，而是他自己。

沒有人能逃避自己。他咬著牙，走上了歸途，故園的道路依舊。

可是，他父母的屍身，卻必已被燒焦了，必定已無法辨認。他回來，只不過是為了盡人子的孝思而已。

也許他父親昔日做錯過很多事，也許他聽了後覺得悲怨苦痛。但現在，一切都已過去……

一切都已過去了，火場已清理，猶存青綠的山坡上，多了幾堆新墳。

一個白髮蒼蒼的駝背老人，正在墳前灑酒相祭。小雷怔住。

是誰替他料理了這些事？這恩情卻叫他如何才能報答？

老人慢慢的回過頭，滿佈皺紋的臉上，帶著一絲淒苦的笑容。杏花翁，這仗義的人，竟是酗酒的杏花翁。小雷看著他，只覺得喉頭哽咽，連一句話，一個字都說不出。

他的感激本就不是任何言語所能表達的，他根本不必說，也說不出。

杏花翁慢慢的走過來，目中也不禁熱淚盈眶，輕輕拍了拍他的肩，勉強笑道：「你來了，很好，你畢竟來了。」

小雷咬著牙，道：「我……」

杏花翁道：「我知道你的心情，你什麼都不必說，也不必感激我，這些事，並不是我爲你做的。」

小雷忍不住問道：「不是你？是誰？」

杏花翁道：「他本不願我告訴你，也不願你對他感激，可是我……」

他長長嘆息了一聲，接著道：「像這種夠義氣，有血性的江湖好漢，我已有數十年未見過，我若不告訴你，不讓你去交他這朋友，我也實在難以安心。」

小雷一把握住他的肩，道：「這人究竟是誰？」

杏花翁道：「龍四爺。」

小雷愕然鬆手，道：「是他？」

杏花翁嘆道：「他就是從我這裡，打聽出你來歷的，但我若不告訴你，你也許永遠不知道他對你是多麼關心。」

小雷仰面向天，喃喃道：「他爲什麼要這樣做？爲什麼……」

杏花翁道：「因爲他覺得你也是個好男兒，他想交你這個朋友。」

小雷雙拳緊握，也不知他是用什麼法子控制住自己的，他目中的熱淚，竟還沒有流下來。

也不知過了多久，他才慢慢的走到那一排新墳前跪下。

青灰色的石碑上，字是新刻的。可是他看不清，他眼已模糊。

杏花翁一直在凝視著他，忽然道：「哭吧，要哭就哭吧，世上本就只有真正的血性男兒，才敢放聲一哭的。」

小雷的拳握得更緊，指甲已刺入肉裡，胸前的傷口也已崩裂。

他胸膛起伏著，鮮血又染紅了他的衣襟。可是他的眼淚，卻還留在眼睛裡，留在心裡，留在沒人能看得見的地方。他寧可流血，不流淚。

但世上又有什麼能比這看不見的眼淚更悲慘的呢？

風吹過，風還是很冷。杏花翁悄悄抹乾了眼淚，轉過頭，望著那一片瓦礫焦土。

風帶來遠山的芳香，也帶來了遠方的種子。

杏花翁沉思著，喃喃自語：「用不了多久的，到了明年春天，這一片焦土上，必定又會開滿著花朵了……」

世上只要還有風，還有土地，人類就會永遠存有希望。那也正是無論多可怕的力量，都無法消滅的。

五

夜，山中已無人。

晚風中卻傳來一陣陣悲慟的哭聲，如冰原狼嗥，如巫峽猿啼。

杏花翁拄著枴杖，獨立在山腳下的蒼茫夜色中，滿面老淚縱橫。

他實在不能了解這個倔強孤獨的年輕人。

哭聲猶未絕，這少年似乎想將滿腔悲憤，在一夕間哭盡。

杏花翁黯然低語，喃喃道：「傻孩子，你爲什麼一定要等到無人時才肯哭呢？你爲什麼要如此折磨自己？……」

四 友情

一

纖纖垂著頭，輕啜著杯中的酒。酒是翠綠色的，嫣紅色的燈光，從薄如蟬翼的紗罩裡照出來，照著她的手。她的手纖秀柔美。

金川的眼睛，正直勾勾的盯在她手上。現在他已不再偷看她了，他要看什麼地方，就看什麼地方。現在他留在她屋裡的時候，也愈來愈長，要打發他走，已很不容易。他漸漸已將她看成屬於他的。

纖纖垂著頭，看著身上的衣裳。湖水般輕綠的衣裳，鑲著翡翠色的邊，不但質料高貴，手工也很精緻。這衣裳是他買給她的。

這些天來，她吃的、穿的、用的，全都是出自他的腰囊。她也知道自己再想打發他走，是多麼不容易了。

尤其是今夜，他似已決心留在這屋裡，尤其他又喝了很多酒。

無論誰若想得到什麼，都一定要付出些代價的。

尤其是女人，若想讓男人爲她犧牲，自己也一定要先在某方面犧牲一些。

纖纖在心裡嘆息，她已準備犧牲。可是她的犧牲是不是值得呢？

燈光也同樣照在金川臉上。他的確是個很好看的男人，又英俊，又清秀，而且很懂得溫柔體貼，很懂得怎麼樣來討女人歡心。

他看來永遠都很乾淨。可是在這乾淨好看的軀殼裡，藏著的那顆心又是什麼樣子的呢？

纖纖不敢想，她怕想多了會噁心。現在她要想的只是：這男人是不是可靠？是不是真心待她？是不是有很好的家世？

她目光偷偷瞟著他腰上的革囊。這些天來，所有的花費，都是從這革囊裡取出來的。

他並不小氣。但現在革囊裡剩下的還有多少呢？

想起這些事，連她自己也覺得噁心，但她卻不能不想。

她自己可以什麼都不管，但卻不能不爲肚裡的孩子找個可靠的父親。

若是小雷，那當然就不同了。爲了他，她可以睡在馬棚裡，可以每天只喝冷水，因爲她愛他。

一個女人爲了自己愛的男人，無論吃多大的苦，無論受多大的委屈，都是心甘情願的。

但她若不是真的喜歡這男人，要她犧牲，就得要有代價了。

在這種時候，女人的考慮就遠比男人周密得多，也冷酷得多。

纖纖垂著頭，凝視著面前的空杯。金川卻在凝視著她，忽然笑了笑，道：「你在想什麼？是不是又想趕我走？」

纖纖的頭垂得更低：「我怎麼會想趕你走？可是……」

「可是怎麼樣？」

「我……我覺得，像這樣的大事，總不應該就這樣匆匆忙忙的決定了，總應該先回去，告訴你的父母一聲。」

金川沉默著。

「我知道你也許會覺得我太多事，但是，我是孤苦伶仃的女孩子，既沒有朋友，也沒有親人，你以後……」她紅著臉，輕咬著嘴唇：「你以後若是欺負了我，我也可以有個保障。」

她說得很婉轉，很可憐，但意思卻很明顯：「你若是想得到我，就得有父母之命，媒妁之言，就得跟我正式成親。」

這條件其實也不算太苛刻，大多數女孩子在準備犧牲時，都會提出同樣條件來的。

金川又沉默了很久，忽然長長的嘆息了一聲：「我的身世，好像始終都沒有告訴過你。」

「你沒有。」

「我也跟你一樣，是個無父無母的孤兒，甚至連朋友都沒有幾個。」

纖纖的心沉了下去，就好像一個已快沉入大海中的人，忽然發現自己抓住的一根木頭，其中也是空的，也快沉了下去。

金川看著她，目中露出一絲狡黠的笑意，語聲卻更溫柔：「就因爲我們都是孤苦伶仃的人，所以更應該互相依靠，你說是不是？」

纖纖沒有說話，她不知道該說什麼。這時候外面忽然響起了一陣馬蹄聲，鸞鈴聲，鈴聲輕悅有如金玉。纖纖的心也跳了起來，她知道來的是什麼人。

今天下午，他們在道上歇息喝茶的時候，就已看見過這批人。其實她看見的只有一個人。

這人的年紀並不大，比其他那些人都年輕得多，但無論誰一眼都可看出，他必定是這群人之間的主子。

那倒並不是因爲他穿得比別人華貴，也並不是因爲他馬上繫著金鈴，更不是因爲他懸在鞍上的那柄鑲滿了寶石的長劍。

那只不過是因爲他的風神，他的氣質。有些人天生就彷彿是要比別人高一等的，他就是這種人。他很高，站在人群，就像是鶴立雞群。

他的臉也很清秀，一舉一動都絕不逾規矩，但神氣中卻自然帶著種說不出的傲氣，好像從未將任何人看在眼裡。

可是自從他第一眼看見她，他那雙炯炯有光的眼睛，就一直盯在她身上，而且一點也不覺得畏怯，一點也沒有顧忌。

用這種眼色來看人的人，若要得到一樣東西時，是絕不會放手的。他是不是也想得到她？

纖纖的心跳得更急。她明明看到這群人是往另一個方向走的，現在怎麼又回來了？

難道是爲了她而回來的？

金川也在聽著外面的鸞鈴，忽然站起來，捲起了窗戶，拴起了門。他臉色好像已有點發青。

纖纖忽然想起，今天下午他看見那貴公子時，臉色也有點變了，而且很快就拉著她，上了車。

他是不是對這人有所畏懼？這人是誰呢？

纖纖好像聽見別人稱他爲「小侯爺」，又好像看見他隨從帶著的刀鞘上，刻著個很大的燙金「趙」字。

她並沒有聽得太清楚，也沒有看得太清楚。一個女孩子，又怎麼好意思在男人面前放膽聽，放膽看呢？但她若真的沒有聽，沒有看，又怎麼會知道這些事呢？

人馬已安頓，外面已靜了下來。

金川蒼白的臉，才恢復了些血色，又喝了幾杯酒，輕輕咳嗽著：「我剛才問你的話，你怎麼不回答我？」

「你……你說了些什麼？」

「像我們這種人，天生就應該廝守在一起的，我若不對你好，還有誰會對你好？……你難道還有什麼顧慮？」

「我……」

金川的手，忽然伸過來握住了她的手。她就讓他握著，無論如何，她總不能對他太冷漠。可是他的人也跟著過來了，而且用另一隻手，攬住了她的腰：「你知不知道，自從我第一眼看上你的時候，就已經喜歡你了。」

他聲音輕柔如耳語：「自從那天之後，我時時刻刻都忘不了你，連做夢的時候都會夢見你，我時常在想，假如你……」

春夜，幽室，昏燈，又有幾個女孩子能抵抗男人這種甜言蜜語？

但纖纖卻將他的蜜語打斷了：「你是不是時常在想，希望我跟小雷愈快翻臉愈好，好讓你有機會得到我？」

金川的臉色變了變，卻還是勉強在笑著：「你答應過我，永遠不再提起他，永遠不再想他的。」

纖纖溫柔的神色，忽然變得冷漠如冰：「我本來是不願再想他的，可是我只要一見著你，就會想到他，因爲你們本就是好朋友，你本不該這樣子對我的。」

金川的臉色終於完全變了，就好像忽然被人迎面摑了一掌。纖纖冷笑著，看著他。

她本來也許不會說出這種話的，本來也許會委屈些自己，順從他一點，爲了生活，爲了孩子的將來，她甚至說不定會讓他得到一切。

世上豈非有很多女孩子都是爲了生活，才會讓一些醜惡的男人得到她的？但現在，情況好像已忽然改變了。

她忽然有了種奇妙的感覺，覺得自己可以抓住一些更高的，更好的東西。是什麼時候有這種感覺的呢？她自己也不太清楚。女人本就時常會有一些神妙奇異的感覺，就好像野獸的某種本能一樣。她們若沒有這種感覺，要在這男人的世界上活著，豈非更不容易？

纖纖不再垂著頭，她的頭已仰起。

金川瞪著她，眼睛裡似已滿佈血絲，道：「你說我不該這樣了對你的，但你可知道我爲什麼會這樣對你？」

「爲什麼？」

「因爲你，是你自己想要叫我這麼樣做的，一開始本是你在誘惑我。」

些好。

纖纖笑了笑，冷笑——女人若以冷笑來回答你，你若是聰明的男人，就不如還是趕快走遠

金川卻似已看不見她的冷笑：「你若不是在誘惑我，爲什麼要替我補衣服？爲什麼要偷偷的把那件衣服故意撕破？」

纖纖怔住。

金川突然狂笑，狂笑著，指著她：「你以爲我什麼都不知道？你以爲我是個呆子？你以爲我真的已被你迷住？」

纖纖看著他，只覺得自己在看著的，是個從未見過的陌生人。她的確是第一次看清了這個人。

在他乾淨好看的軀殼裡的，藏著的那顆心，不但遠比她想像中醜惡，也遠比她想像中冷酷。

是什麼使他露出真面目來的？是酒？還是他自知已無法再以欺騙的方法得到她？

無論如何，她發覺得總算還不太遲。

她靜靜的站起來，現在她跟他已無話可說，現在已到了該走的時候。

就算她明知這一走出去，就無法生活，她還是要走出去。

就算她明知以後遇著的男人比他更可惡，她也還是要走出去。因爲她對他的心已死了。

金川瞪著她，忽然大喝：「你想走？」

纖纖笑了笑，淡淡的笑了笑。此時此刻，她的笑簡直已是種侮辱。

她繼續往前走，但他卻已衝過來，一把抱住了她，抱緊。

他的手立刻也開始對她侮辱，喘息著，獰笑著：「這本是你自己要的，你怨不得我。」

纖纖掙扎，掙扎不脫，終於忍不住放聲大呼：「放開我，讓我走……」就在這時，門忽然開了。

門本來已在裡面上了閂，此刻也不知爲了什麼，門閂似乎忽然腐朽。燈光從門裡照出去，照在一個人身上。

這人長身玉立，白衣如雪，腰上繫著條一掌寬的白玉帶，除此之外，身上就沒有別的任何裝飾。他根本就不需要任何裝飾。

他背負著雙手，靜靜的站在門外，靜靜的看著金川，目光中帶著三分輕蔑，七分厭惡，淡淡道：「她說的話你聽見了沒有？」

金川看見這人，臉色立刻變了，全身似也突然僵硬，過了很久，才能勉強點了點頭。

纖纖的心又在跳，她果然沒有算錯，他果然是回來找她的，果然及時出現了。她也知道他既已回來找她，就絕不會放她走。

「小侯爺」就只這三個字，豈非就已充滿了誘惑，就已足夠令少女心動？

何況他還是個臨風玉樹般的美男子。纖纖閉上眼睛，她所祈求的，都已接近得到，從來也沒有如此接近過。

侯門中的榮華富貴，鐘鳴鼎食的生活，珠光寶氣的珍飾——她現在幾乎都已可看得到，甚至接觸得到。

但也不知爲了什麼，只要她一閉起眼睛，她心裡卻只有一個人的影子。

一個倔強、孤獨、驕傲，永不屈服的人。小雷。

她縱已擁有世上的一切，只要小雷向她招招手，她也會全都拋開，跟著他去流浪天涯。

恨得愈深，愛得也愈深，這刻骨銘心的愛和恨，卻叫她怎生消受？

「絕不能再想他了，現在絕不是想他的時候。」機會已經來到，她一定要好好把握住。

金川的手放開了。她立刻衝過去，躲在這小侯爺的身後，攀住了他的臂，顫聲道：「叫他出去，馬上出去。」

小侯爺冷冷的看著金川，冷冷道：「她說的話你聽見了沒有？」

金川咬著牙，目中充滿了憤怒和怨毒，卻終於還是勉強點了點頭。

小侯爺道：「她說什麼？」

金川道：「她……她要我出去。」

說完了這句話，他全身都已因憤怒和痛苦而顫抖，抖得就像是一條剛從冰水裡撈出來的狗。

他終於也嚐到了被人出賣的感覺，終於了解這種感覺是多麼痛苦。

小侯爺淡淡道：「她既然要你走，你爲什麼還不走？」

金川緊握雙拳，像是恨不得一拳打破這少年傲慢冷漠的臉。

小侯爺卻似連看都不屑再看他一眼，回過頭，凝視著纖纖。

看到纖纖臉上的淚痕，他目光立刻變得說不出的溫柔。

纖纖還在流著淚，但又有誰知道她這淚是爲誰而流？只要小雷能像他這樣再看她一眼，只要……她的心一陣刺痛，突然緊緊抱住了他的臂，失聲痛哭了起來。

小侯爺默默的取出一方絲巾，輕拭她面上的淚痕。他們好像根本不知道這屋裡還有第三個人。

金川咬著牙，瞪著他們，整個人都似已將爆炸，但卻終於還是慢慢的放鬆了手，垂下了頭：「好，我走。」

就在一瞬間以前，這屋裡所有的一切，還全都是屬於他的。

但忽然間情況已改變，所有的一切都已和他無關，本來已將做他妻子的人，現在看著他的時候，卻像是在看著一條狗——一條陌生的狗。

繁星滿天，夜涼如水。金川垂著頭，慢慢的走了出去——從他們身側走了出去。

沒有人睬他，沒有人再看他一眼。

只有風從遠方吹來，吹在他臉上，卻也是冷冰冰的。這世界彷彿已忽然將他遺棄。

被人遺棄，被人出賣，原來竟是如此淒涼，如此痛苦。

他現在終於了解，可是他心裡並沒有絲毫悔疚，只有怨毒。他也想報復。

黑暗的市鎮，黑暗的道路。一眼望過去，幾乎已完全看不到燈火。

街旁有個簡陋的茶亭，壺裡縱然還有茶水，也已該冷透。

金川走過去，在欄杆旁的長凳上坐了下來。

風吹著道旁的白楊樹，一條野狗從樹影下夾著尾巴走出來，本來彷彿想對他叫幾聲，但看了他兩眼，又夾著尾巴走了。

這世界為何如此冷酷？這結果是誰造成的呢？是不是他自己？

他當然不會這麼想，只有最聰明、最誠實的人，在遭遇到打擊之後，才會檢討自己的過失。

他也許夠聰明，卻不夠誠實。

「無論別人怎麼樣對我都沒關係，我反正還有這些……」想到這裡，他嘴角又不禁露出一絲得意的微笑，情不自禁將手伸入了繫在腰上的革囊裡。

革囊裡有一粒粒圓潤的珍珠，一疊疊嶄新的銀票。

他輕輕的觸摸著，這隻手再也捨不得伸出來，因為這已是他最大的安慰，唯一的安慰。

他只要還能觸摸到這些，立刻就會有一種溫暖滿足的感覺，從指尖直傳到他內心的深處。

那種感覺甚至比他撫摸少女的乳房時，更會令他滿足歡悅。

他已完全沉醉在這種感覺裡，他開始幻想一雙堅挺圓潤的乳房……

二

小雷伏在地上，已不知痛哭了多久。剛開始聽到自己的哭聲時，連他自己都吃了一驚。

他從未想到自己會失聲而哭，更未想到自己的哭聲竟是如此的可怕。多年前他曾經聽到過同樣的聲音。

他看見三條野狼被獵人追趕，逼入了絕路，亂箭立刻如暴雨般射過來，公狼和母狼狡黠的避入山穴中，總算避了過去。

但一條幼狼顯然已力竭，行動已遲緩，剛竄到洞口，就已被三根箭釘在地上。

那雌狼顯然是牠母親，所以才不顧危險，從山穴中竄出來，想將她受傷的兒子啣到安全之處。但這時已有個獵人打馬飛馳而來，一刀砍入了她的背脊。

她嘴裡還啣著她的兒子，倒在地上，倒在血泊中，不停的掙扎著。

只可惜她的力量已隨著血液流出，雖然距離洞口只差兩尺，也已無力逃進去。

那公狼看著自己的妻兒在掙扎受苦，一雙黯灰色的眼睛裡竟似已有了絕望的淚珠。

雄狼的痛苦更劇烈，牠身子也開始顫抖，突然從洞穴中竄出，一口咬在這雌狼的咽喉上，解脫了牠妻子的痛苦。但這時獵人們已圍了過來，這頭狼看著自己妻兒的屍體，突然仰首慘嗥

慘厲的嗥聲，連獵人們聽了都不禁動容，他遠遠在一旁看著，只覺得熱淚滿眶，胃也在收縮，一直吐了半個時辰才停止。

現在他才發覺，自己現在的哭聲，就和那時聽到的狼嗥一樣。他幾乎又忍不住要嘔吐。

淚已乾了，血卻又開始在流。哭，也是種很劇烈的運動。

一個人真正痛哭的時候，不但全心全意，而且連全身力氣都已用了出來。

小雷可以感覺到剛結疤的創口，已又崩裂。他不在乎。

他的臉磨擦著地上的砂石，也已開始流血。他不在乎。

天黑了又亮，他已不知有多久沒有吃過水米。他不在乎。

可是他真的什麼都不在乎嗎？那他為什麼哭？

他不是野獸，也不是木頭。只不過他強迫自己接受比野獸還悲慘的命運，強迫自己讓別人看起來像是塊木頭。這並不容易。

微風中忽然傳來一陣芳香，不是樹葉的清香，也不是遠山的芬芳。

他抬起頭，就看見她伶仃的佇立在墓碑前，一身白衣如雪。

她似已又恢復了她的高傲冷漠，美麗的眼睛裡既沒有同情，也沒有憐憫，只是一直冷冷的看著他。

等他抬起頭，她才冷冷的問道：「你哭夠了麼？」

小雷彷彿又變成塊木頭。

雪衣少女道：「若是哭夠，就該站起來。」

小雷站了起來。他全身都虛弱得像是個剛出生的嬰兒，可是他站了起來。

雪衣少女冷笑著，道：「我想不到畜牲也會哭。」

小雷慢慢的點了點頭，道：「畜牲會哭，母狗也會哭。」

雪衣少女道：「母狗？」

小雷道：「我是畜牲，你是母狗。」

雪衣少女的臉色蒼白，但卻沒有發怒，反而笑了：「你認得的女人若全是母狗，你也許就不會哭得如此傷心了。」

小雷看著她，顯然還不明白她要說什麼。

雪衣少女悠然道：「母狗至少比較忠實，至少不會跟著別人走。」

小雷的瞳孔忽然收縮，一步步走過去，雙手扼住了她的咽喉。她沒有動，沒有閃避。

她的笑容中充滿了一些譏誚之意，冷冷道：「你捏斷了我一隻手，又侮辱了我，現在不妨再把我扼死。」

小雷嵌滿泥污砂石的指甲，已刺入她雪白光潤的脖子裡。可是他自己額上的冷汗也已流下。

雪衣少女淡淡道：「我讓你捏斷我的手，讓你侮辱我，情願被你扼死，你可知道爲了什麼？」

小雷不能回答，沒有人能回答。她本來有很多次機會可以殺死他的，但卻情願被他侮辱，這是爲了什麼？

雪衣少女冷冷道：「我這麼做，只因爲我可憐你，只因爲你已不値得我動手殺你。」

小雷的手突然握緊。雪衣少女的額上已被捏得暴出了青筋，呼吸已漸漸困難。

可是她笑容中還是充滿譏誚不屑之意，勉強冷笑著，一個字一個字的說：「你已不値得任何人動手殺你，因爲你自己已經毀了自己，別人在床上大笑的時候，你卻只能像野狗般躲在這裡乾嚎。」

小雷喉嚨裡也在「格格」的響，似乎也被一雙看不見的手扼住了脖子道：「別人？……你說的是誰？」

「你應該知道是誰。」

「你……你看見了他們？」

雪衣少女喘息著，咬著牙道：「現在我只看見你的一雙髒手。」

小雷看著自己的手，看著指甲裡的泥垢和沙土，十根手指終於慢慢的鬆開。

他看著自己的手時，就像是在看著一個陌生人的手。他幾乎不能相信這是自己的手。

等他能看到自己人的時候，他心裡會有什麼感覺？是不是也不能相信這個人就是他自己？

雪衣少女倚在墓碑上，喘息著，輕撫著自己頸上的指痕。

過了很久，她忽又笑了：「我是看見了他們，也看見了她……她就算是條母狗，也是條餓極了的母狗。」

小雷舉起手，但這隻手並沒有摑在她臉上。他忽然走了。

他的手放下去時，就像是拋掉把鼻涕，然後就頭也不回的走了。

這遠比一刀砍在她臉上還殘酷。她看著他走遠，淚已流下。

「你就算不願再碰我，不願跟我再說一句話，至少也該問問我的名字。」

「我是你的情人也好，是你的仇人也好，你也至少應該問問我的名字。」

「難道我在你心中，竟是個這麼樣不足輕重的人？」

「難道你真的已將我們之間的恩怨情仇，全都忘記？」她的心在吶喊，她的淚猶未乾。

她忽然抬起頭，對著天上的浮雲，對著冷冽的山風，放聲大呼：「我也是個人，我也有名字，我的名字叫丁殘艷……」

三

鏢旗飛揚。飛揚的鏢旗，斜插在一株五丈高的大樹橫枝上。

人馬都已在樹蔭歇下。對面茶亭裡的六七張桌子，都已被鏢局裡的人佔據，現在正是打尖的時候，這茶亭裡不但奉茶，還賣酒飯。

龍四坐在最外面，斜倚著欄杆，望著天上的浮雲，也不知在想什麼心事。

歐陽急還是顯得很急躁，不停的催促伙計，將酒食快送上來。就在酒剛送上來的時候，他們看到了小雷。

小雷臉上的血跡已凝固，亂髮中還殘留著泥草砂石，看來正像個憔悴潦倒的流浪漢。

可是他的眼睛裡，卻還是帶著種永不屈服的堅決表情。縱然他的確已很憔悴，很疲倦，但他的強傲還是沒有改變。沒有任何人，任何事能令他改變。

龍四看見了他，臉上立刻露出歡喜之色，站起來揮手高呼：「兄弟，雷兄弟，龍四在這裡。」

他用不著呼喚，小雷已走過來，標槍般站在茶亭外，冷冷道：「我不是你的兄弟。」

龍四還在笑，搶步迎上來，笑道：「我知道，我們不是朋友，也不是兄弟，可是你進來喝碗酒行不行？」

小雷道：「行。」

他大步走上茶亭，坐下，忽又道：「我本就是來找你的。」

龍四很意外，意外歡喜的道：「找我？」

小雷看著面前的茶碗，過了很久，才一字字道：「我從不願欠人的情。」

龍四立刻道：「你沒有欠我的情。」

小雷道：「有！」

他霍然抬頭，盯著龍四：「只不過雷家死的人，也用不著你姓龍的去埋葬。」

龍四搖著頭，苦笑著道：「我早就知道那老頭子難免多嘴的，這世上能守密的人好像是已愈來愈少了。」

他的話還沒有說完，歐陽急已跳起來，大聲道：「這也並不是什麼見不得人的事，若有人埋葬了我家的人，我感激還來不及。」

小雷連看都沒有看他，冷冷道：「下次無論你家死了多少人，我都會替你埋葬。」

歐陽急的臉突然漲紅，坐也不是，站也不是。

小雷又道：「只可惜我不是你，我一向沒這種習慣。」

歐陽急道：「你……你想怎麼樣？難道一定要我們也死幾個人讓你埋葬，這筆帳才能扯平？」

小雷卻已不睬他，又抬頭盯著龍四，道：「我欠你的情，我若有八百兩銀子，一定還你，我沒有，所以我來找你。」

他聲音如鋼刀斷釘，一字字接著道：「無論你要我做什麼，只要開口就行。」

龍四大笑，道：「你欠我的情也好，不欠也好，只要能陪我喝幾杯酒，龍四已心滿意足了。」

小雷凝視著他，良久良久，突然一拍桌子，道：「酒來！」

酒是辣的。小雷用酒罈倒在大碗裡，手不停，酒也不停，一口氣就喝了十三碗。

十三碗酒至少已有六七斤。六七斤火辣的酒下了肚，他居然還是面不改色。

歐陽急看著他，目中已露出驚異之色，突也一拍桌子，大聲道：「好漢子，就憑這酒量，歐陽急也該敬你三大碗。」

龍四捋鬚大笑，道：「想不到你也有服人的時候。」

歐陽急瞪眼道：「服就是服，不服就是不服。」

龍四道：「好，憑這句話，我也該敬你三大碗。」

又是六碗酒喝下去，小雷的臉色還是蒼白得全無血色，目光還是倔強堅定。

他已不是喝酒，是在倒酒。一碗碗火辣的酒，就這樣輕描淡寫的倒入了肚子裡。

江湖豪傑服的就是這種人，鏢局裡的趟子手們，已開始圍了過來，臉上都已不禁露出欽慕之色。忽然有個人從人叢中擠出來，擠上了茶亭，竟是個枯瘦矮小的白髮老人。

他手裡提著個長長的黃布包袱，裡面好像藏著兵刃。

鏢局裡人的眼睛是幹什麼的？早已有人迎上來，搭訕著道：「朋友是來幹什麼的？」

老人沉著臉，道：「這地方我難道來不得？」

鏢客也沉下了臉，道：「你這包袱裡裝的是什麼？」

老人冷笑道：「你說是什麼？左右不過是殺人的傢伙。」

鏢客冷笑，道：「原來朋友是來找麻煩的，那就好辦了。」他馬步往前一跨，探手就去抓這老人的衣襟。

誰知他的手剛伸出，這老人已將手裡的包袱送過來，嘴裡還大叫著道：「難怪別人都說保鏢的和強盜是一家，你若要這傢伙，我就送你也沒關係。」他一面大叫，一面扭頭就跑。

這鏢客還想追，龍四已皺眉道：「讓他走，先看看這包袱裡是什麼？」

包袱裡竟只不過是卷畫。畫軸上積滿灰塵，這鏢客用力抖了抖，皺著眉展開畫來，還沒有仔細看，突然打了個噴嚏，想必是灰塵嗆入了鼻子。

龍四接過這幅畫，只看了一眼，臉上的顏色就已改變。

畫上畫的是一個青衣白髮的老人，一個人踽踽獨行在山道間，手裡撐著柄油紙傘。

天上烏雲密佈，細雨濛濛，雲層裡露出一隻龍爪，一截龍尾，似已被砍斷，正在往下滴著血，一滴滴落在老人手撐的油紙傘上。細雨中也似有了血絲，已變成粉紅色。

這老人神態卻很悠閒，正仰首看天，嘴角居然還帶著微笑。

仔細一看他的臉，赫然竟是剛才提著包袱進來的老頭子。

龍四臉色鐵青，凝視著畫裡的老人。歐陽急眼睛裡竟已現出紅絲，眉宇間充滿了殺氣，緊握雙拳，冷笑著喃喃道：「很好，果然來了，來得倒早……」

他話未說完，剛才那鏢客忽然一聲驚呼倒了下來，臉上的表情驚怖欲絕，一口氣竟似已提不上來。

歐陽急變色道：「你怎麼樣了？」

這鏢客喉嚨裡「格格」作響，卻已連一個字都說不出。

龍四沉著臉，厲聲道：「他想必是路上中了暑，抬他下去歇歇，就會好的。」

歐陽急還想說什麼，卻被龍四以眼色止住。

小雷還在一大碗、一大碗的喝著酒，對別的事彷彿完全漠不關心。

龍四忽又笑了笑，道：「雷公子真是江海之量，無人能及，只可惜在下等已無法奉陪了。」

他雖然還在笑著，但稱呼卻已改變，神色也冷淡下來。

小雷也不答話，舉起酒罈，一口氣喝了下去，「砰」的，將酒罈摔得粉碎，拍了拍手站起來，道：「好，走吧。」

龍四道：「雷公子請便。」

小雷道：「請便是什麼意思？」

龍四勉強笑道：「雷公子與在下等本不是走一條路的，此刻既已盡歡，正好分手。」

小雷盯著他，良久良久，忽然仰面而笑，道：「好，好朋友，龍剛龍四爺果然是個好朋友。」

龍四卻沉下了臉，道：「我們不是朋友。」

小雷道：「是。」

龍四道：「不是！」

小雷道：「我們是朋友也好，不是也好，反正我跟你走的是一條路。」

龍四道：「不是。」

小雷道：「是！」

龍四盯著他，良久良久，忽然仰面長嘆，道：「你為何一定要跟著我走？」

小雷道：「因為我這人本就是天生的騾子脾氣。」

他拍了拍歐陽急道：「你說是不是？」

歐陽急道：「不是。」

小雷道：「是。」

龍四道：「做騾子並沒有什麼好處。」

小雷道：「至少有一點好處。」

龍四道：「哦？」

小雷道：「騾子至少不會出賣朋友，朋友有了危難時，他也不會走，你就算用鞭子去抽他，他說不走，就是不走。」

龍四看著他，眼睛裡似已充滿了熱淚，忽然緊緊握住了他的手。

他們沒有再說什麼。

這種偉大的友情，又有誰能說得出？

五　血與淚

一

纖纖垂著頭，彷彿不敢去看對面坐著的小侯爺，卻輕輕回答了他問的話：「我姓謝。」

二

一個青衫白髮的老人，踽踽獨行在山道間，嘴角帶著絲神秘而詭譎的微笑。

天上烏雲密佈，突然一聲霹靂，閃電自雲層擊下，亮得就像是金龍一樣。

健馬驚嘶，人立而起。鏢車的聯伍立刻軟癱停頓。

龍四鬚髮都已濕透，雨珠一滴滴落下，又溶入雨絲中。他的人似已被釘在馬鞍上，動也不動，一雙眼睛動也不動的盯著前面走過來的這青衫老人。

老人卻似根本沒有看見道上有這一行人馬，只是抬起頭看了看天色，喃喃道：「奇怪，誰說有飛龍在天的？我怎麼看不見？難道那只不過是條死龍而已？」

歐陽急大喝：「這條龍還沒有死！」

喝聲中，他手裡的烏梢鞭已向老人抽過去，果然就像是條毒龍。

兩人相隔還在兩丈開外，烏梢鞭卻有四丈，鞭梢恰巧能捲住老人的脖子。

老人居然還在慢慢的往前走，眼見烏梢鞭捲過來，手裡的油紙傘忽然收起，往下一搭，已搭住了橫捲過來的長鞭。剎那間，鞭梢已在傘上繞了三轉。

老人的傘突又撐起，只聽「崩」的一聲，柔軟的鞭梢已斷成了七八截。歐陽急臉色變了，龍四也不禁動容。

老人瞇著眼睛一笑，望著地上的斷鞭，喃喃道：「這條龍現在總該死了吧？」

歐陽急厲聲喝道：「你再看這個。」

他身子一長，腳甩蹬，人離鞍，斜斜竄起一丈，凌空翻身，一個「辰州死人提」，數十點寒星分別由背、肋、袖、手、足，五處暴射而出。

這中原四大鏢局中的第一號鏢師，人雖暴躁，武功卻極深厚，而且居然還是暗器高手。

無論誰要在一剎那間發出數十件暗器來，都絕不是件容易事。

無論誰要在一剎那間，避開數十件暗器，自然更不容易。

老人正瞇著眼睛在看，從頭到腳連動都沒有動，但手裡的油紙傘卻突然風車般旋轉起來，突然間已化成了一道光圈。只聽「叮、叮、叮」一連串急響，數十點寒星已在一瞬間被震飛。

歐陽急發射暗器的手法有很多種，有的旋轉，有的急飛，有的快，有的慢，有的後發先至，有的在空中相擊。

老人擊落暗器的方法卻只有一種，顯然也正是最有效的一種。

無論是用什麼力量射來的暗器，只要一觸及他的油紙傘，就立刻被震得飛了回去。

原路飛了回去，反打歐陽急——當然也不會真打著歐陽急。歐陽急已掠回馬鞍，瞪著他，瞪著他手裡的這柄傘，無論誰現在都已看出，這當然絕不是柄油紙傘。

龍四沉著臉，忽然道：「原來閣下竟是『閻羅傘』趙飛柳先生。」

老人又瞇著眼睛笑了，道：「究竟還是龍四爺有些眼力。」

龍四冷笑了一聲，道：「趙大先生居然也入了血雨門，倒是件想不到的事。」

閻羅傘道：「只怕你想不到的事還多著哩。」

他忽然回手向道旁的山壁一指，道：「你再看看他是誰？」

壁立如削，寸草不生，哪有什麼人？可是他的話剛說完，突聽「噹」的一聲，火星四濺。

一樣東西突然斜斜飛來，插入了堅如鋼鐵的山石，赫然竟是柄宣花大斧。

接著，對面的山崖上，又飛來條長索，在斧頭上一捲，拉得筆直，封住了這條路。

黝黑的長索在雨中閃著光，竟看不出是用什麼絞成的。

四個人慢慢的從長索上走了過來，就好像走在平地上一樣。

第一人豹眼虯髯，敞開了衣襟，露出毛茸茸的胸膛，彷彿有意要向人誇耀他身上野獸般的胸毛，誇耀他的男性氣概。

第二人長身玉立，白面無鬚，腰懸一柄長劍，走路一扭一扭，竟帶著三分娘娘腔。

看來他年輕時，必定是個彌子瑕型的美男子，只可惜現在也已有四十五歲，無論將鬍子刮得多乾淨，也掩不住自己的年紀。

第三人是個瘦長的黃面大漢，背上斜插著柄鬼頭刀。

第四人又瘦又乾，卻像是個活鬼。

這四人施施然從對面山崖上走下來，相貌雖不驚人，氣派卻都不小。

歐陽急冷笑道：「原來五殿閻羅已全都入了血雨門，倒真是可賀可喜。」

趙大先生瞇著眼睛笑道：「看到了閻羅傘，你就該知道閻羅斧、閻羅劍、閻羅刀、閻羅索，已全都到了這裡。」

歐陽急道：「這裡也不是陰司鬼獄，這麼多閻羅來幹什麼？」

趙大先生道：「來要你們的鏢車和鏢旗。」

歐陽急道：「不多不多，卻不知你們還要什麼？」

趙大先生道：「只要將鏢車和鏢旗留下來，每個人再留下一隻手，一條腿，你們和血雨門的這筆帳就算清了。」

歐陽急道：「否則呢？」

趙大先生沉下了臉，道：「否則你們這三十六個人的頭顱，只怕就全都得留下來。」

歐陽急忽然縱聲狂笑，道：「好，我們的頭顱全都在脖子上，你就來拿吧。」

趙大先生冷冷道：「那倒也不太困難。」

龍四一直紋風不動，穩坐雕鞍，突然一伸手，厲聲道：「槍。」

丈四長槍，槍頭紅纓如血。

「奪」的，長槍又釘在地上，龍四厲聲道：「龍某久已想領教領教五殿閻羅的絕技，是哪一位先過來？」

趙大先生道：「五位。」

他又瞇著眼睛一笑，道：「這不是較技比武，這是攔路打劫，那倒用不著講什麼武林規矩，反正你們的人比我們多了八九倍。」

最後一個字出口，長索上的閻羅劍突然輕飄飄飛起，只一閃，已掠入鏢車隊伍裡。

劍光一閃，一聲驚呼，血光飛濺，已有個趟子手倒了下去。

這人走起路來雖有些扭扭捏捏，但出手卻是又狠，又準，又快。

黃面大漢身子騰空，一刀砍向歐陽急。閻羅索彎腰一提長索，插在山壁上的宣花大斧就已飛起。閻羅斧縱身接住，反手一斧頭，砍在歐陽急的馬頭上。

歐陽急剛避開一刀，坐騎已慘嘶倒地。

閻羅索的長索卻已向當頭一輛鏢車上斜插著的鏢旗捲了過去。

那邊趙大先生已接著了龍四爺的長槍。長槍雖如游龍，怎奈趙大先生的身形又輕又滑，專找空門，一時間龍四的槍法竟施展不開。

何況他不但要照顧自己的人，還要照顧他坐下的愛駒。

這時「五殿閻羅」也已衝入鏢車隊伍中，一劍一斧，一剛一柔。慘呼聲中，又有五個人倒下。

長索捲向鏢旗，一個鏢師立刻迎上去，以身護旗，誰知長索一勾，已捲住了他的咽喉。

只聽「格」的一響，他頭顱已軟軟的歪到一邊，人也軟軟的倒下。

「五殿閻羅」同出同進，身經百戰聯手攻擊時，本就配合得很好。

何況這一戰時間、地方，都是他們自己選的，每一個步驟，也許都已經過很周密的計劃，所以一出手就已佔了機先。這一戰對龍四說來，實在不好打。

小雷坐在馬鞍上，看著。血戰雖已開始，但也不知為了什麼，竟沒有一件兵刃往他身上招呼過來。這也許只因為他看來太落拓，太潦倒，所以別人認為他根本就不值得下手。

他也只是坐著，看著，座下的馬驚嘶跳躍，他卻紋風不動，甚至連眼睛都沒有眨一眨。

他身上的神經若不是鐵鑄的，就是已完全麻木。可是他既然不動，為什麼要來呢？

他是不是在等機會？閻羅劍劍光如匹練，縱橫來去，忽然後退了三步，反手一劍刺向他肋下。

這些人畢竟還是不肯放過他——三十六條命，全都得留下。

小雷皺了皺眉，還沒有閃避，突見紅纓一閃，一柄長槍斜斜刺來，架住了長劍。

龍四大喝道：「他不是我們鏢局的人，你們不能傷他……」

聲音突然停頓，龍四左腿血流如注。他雖然為小雷架開了一劍，自己的腿卻已被閻羅傘鋒利的邊沿劃破條七寸長的血口，若不是他座下的烏騅馬久經戰陣，這條腿只怕就要廢了。

小雷緊咬著牙，目中似已有熱淚盈眶。

這時閻羅斧已陷入重圍，閻羅劍長劍一展，立刻衝了過去，衝開了一條血路。

閻羅索手中的長索，卻已終於捲住了鏢旗，隨手一抖，鏢旗沖天飛起，隨著長索飛回。

這桿鏢旗若是落入他手裡，鏢局的招牌就算已砸了一半。

趕來護旗的鏢師眼睛都紅了，大吼一聲，整個人向鏢旗撲了過去。

誰知長索凌空又一抖，已毒蛇般捲住了他的咽喉。

閻羅索左手一抄，已將鏢旗接住，右手抽緊，長索勒入了這鏢客的咽喉，他身子立刻重重的從半空中掉下來，舌頭一寸寸伸出，看來說不出的怪異可怖。

閻羅索卻連看都沒有看他一眼，右手還在不停的將長索抽緊，眼睛盯在左手的鏢旗上，嘴角已不禁露出得意的微笑。

歐陽急的眼睛也紅了，狂吼著想撲過去，怎奈面前的一柄鬼頭刀絲毫不給他喘息的機會，一瞬間又砍下了七八刀。

就在這時，刀光劍影中，突然有一條人影急箭般竄出，一伸手，就已扣住了閻羅索的脈門。

他一隻手拿住鏢旗，一隻手抽動長索，正在志得意滿，滿心歡喜，哪裡想得到憑空又會多出個這樣的高手來？

他甚至連這人的樣子都沒有看見，脈門已被扣住，大驚之下，左手回刺，以鏢旗的旗桿作短矛，直刺這人的胸膛。

只可惜這時他右半邊身子發麻，左手的舉動已不及平時靈便，一著刺出，左手的腕子也被扣住，身子突然已被人高舉在半空中。

小雷終於等到了他的機會。他一出手，就已將閻羅索制住，雙手高舉，大喝道：「你們看看這是什麼？」

趙大先生回頭看了一眼，臉色立刻變了，凌空側翻，退出了兩丈。

一刀、一劍、一斧，也全都住手，退出兩丈，三個人臉上全都充滿了驚訝懷疑之色。

上。

誰也想不到這麼樣一個落拓潦倒的少年，竟有這樣的武功。

趙大先生沉著臉，厲聲道：「放下他，我們就放你走。」

小雷淡淡道：「我若要走，早就走了。」

趙大先生道：「你放不放？」

小雷道：「你若是我，你放不放？」

趙大先生道：「你想怎麼樣？你若放下他，我們就走，你看如何？」

小雷道：「好！」

「好」字出口，他的人已向趙大先生衝了過去。

趙大先生看著他手裡高舉著的閻羅索，正不知是該迎上去，還是該退下。

誰知小雷身子突然一轉，竟將閻羅索當做武器，重重的向那黃面大漢掄了過去。

黃面大漢一驚，不由自主抬刀招架，卻忘了對方的武器是自己的兄弟。

只聽一聲慘呼，閻羅索的右肩已被這一刀削去了半邊，鮮血雨點般灑出，濺在黃面大漢臉上。

黃面大漢狂吼一聲，手裡的刀也不要了，張臂接住了閻羅索的身子，嗄聲道：「你……」

閻羅索眼珠子已凸了出來，瞪著他，似哭非哭，似笑非笑。

黃面大漢第一個字說出，再也說不出第二個字來。

慘呼發出時，小雷已將閻羅索脫手擲出，他自己的人卻向閻羅斧撲了過去。

這時黃面大漢的刀頭剛飛出他兄弟的血雨，閻羅斧似已嚇呆了。

等他發現有人撲過來，揮斧砍下時，小雷已欺身而入，左肘一個肘拳打在他肋下，右手擰住了他的左腕。

閻羅劍變色輕叱：「放手！」

劍光一閃，刺入了小雷的肩頭，自後面刺入前面穿出。小雷卻還是沒有放手，只聽「格」的一聲，閻羅斧左臂已斷，整個身子也已被他掄起。閻羅劍臉如死灰，想拔劍，再刺。

誰知小雷竟以自己的血肉挾住了劍鋒，他身子向左轉，閻羅劍也被帶得向左轉，只聽劍鋒磨擦著小雷的骨頭，如刀刮鐵鏽。

若非自己親耳聽見，誰也想不到這種聲音有多麼可怕。

閻羅劍只覺牙根發酸，手也有些發軟，簡直已不能相信自己這一劍刺著的是個活人。

小雷是個活人。閻羅劍驚覺這事實時，已經遲了。

小雷的身子突然向後一靠，將自己的人從劍鋒上送了過去。

他肩頭的劍鋒本只穿出六七寸，現在一柄三尺七寸長的青鋒劍竟完全從他肩頭穿了出來，直沒到劍柄。閻羅劍看著自己的劍沒入別人的身子，他自己的眼睛裡反而露出驚怖欲絕之色。

然後，他就聽見了自己骨頭碎裂的聲音。兩人身子一靠近，小雷的肘拳就已擊上了他的胸膛。

他的人，忽然間就像是個已被掏空了的痲袋，軟軟的倒了下去，恰巧倒在剛從半空落下的閻羅斧身上，兩張臉恰巧貼在一起。

一張白臉，一張黑臉，臉上同樣是又驚訝，又恐懼的表情。

他們不能相信世上有這種人，死也不信。

所有的動作，全都是在一刹那間發生的——忽然發生，忽然就已結束。

長劍還留在小雷身上，劍尖還在一滴滴的往下滴著血。

小雷蒼白的臉已因痛苦而扭曲變形，但身子卻仍如標槍般站在地上。

趙大先生看著他，似已嚇呆了。連歐陽急都已嚇呆了。

他們驚駭的，並不是他出手之快，而是他那種不顧死活的霸氣、殺氣。

小雷瞳孔漸漸在收縮，目光顯得更可怕，就像是兩根發光的長釘，釘在趙大先生臉上。

趙大先生嗄聲道：「我們說好的，你放下他，我們就走。」

小雷道：「我已放下了他。」

他的確已放下了閻羅索，血淋淋的放在那黃面大漢懷裡。

趙大先生一雙眼睛不停的在跳，道：「可是你爲什麼要出手？」

小雷冷冷道：「我幾時答應過你不出手的？」

趙大先生臉色由白轉青，由青轉紅，咬著牙道：「好，你好，很好……」

小雷道：「你現在是不是還不想走？」

趙大先生看了看倒在血泊中的屍身，又看了看龍四，慘笑道：「我能走？」

龍四道：「他說你能走，你就能走，他無論說什麼都算數。」他眼睛發紅，熱淚已將奪眶而出。

趙大先生看著他，忽然跺了跺腳，道：「好，我走。」

小雷冷冷道：「最好走得遠遠的，愈遠愈好。」

趙大先生垂下頭，道：「我知道，愈遠愈好……」

他忽又抬起頭，瞪著小雷，嘶聲道：「只不過，你究竟是什麼人？」

小雷道：「我……我也姓龍，叫龍五。」

趙大先生仰面長嘆，道：「龍五，好一個龍五，好一個龍五……早知有這樣的龍五，又何苦來找龍四……」

他聲音愈說愈低，忽又跺了跺腳，道：「好，走，走遠些也好，江南有這麼樣一個龍五，哪裡還有我們走的路！」

地上的血還未乾透，血戰卻已結束。

小雷看著趙大先生他們去遠，腳下突然一個踉蹌，似已再也支持不住。他畢竟是個人，畢竟不是鐵打的。

龍四拋下長槍，趕過來扶住他，滿眶熱淚，滿心感激，顫聲道：「你……」他喉頭似也被塞住。

小雷臉上已蒼白得全無血色，滿頭冷汗比雨點更大，忽然道：「我欠你的，已還了多少？」

龍四道：「你……你從沒有欠過我。」

小雷咬著牙，道：「欠。」

龍四看著他的痛苦之色，只有長嘆道：「就算欠，現在也已還清了。」

小雷道：「還清了就好。」

龍四道：「我們還是不是朋友？」

小雷道：「不是。」

龍四面上也露出痛苦之色，道：「我……」

小雷忽又打斷了他的話，道：「莫忘了你是龍四，我是龍五。」

龍四看著他，熱淚終於奪眶而出，忽然仰天大笑，道：「對，我們不是朋友，是兄弟，好兄弟……好兄弟……」他緊緊握住小雷的手，似乎再也不願放鬆。

小雷充滿痛苦的臉上也露出一絲笑容，喃喃道：「我從來沒有兄弟，現在有了……」

他的人忽然倒下，倒在龍四肩上。歐陽急看著他們，鏢師和趟子手也在看著他們，每個人眼睛裡都是潮濕的，也不知是雨水？還是熱淚？

地上的血已淡了，臉上的淚卻未乾。他們的友情，是從血淚中得來的——你是否也見過這樣的朋友？這樣的朋友，世上又有幾個？

三

劍已拔出，已拔出了三天。小雷卻仍在昏迷中。他的淚已流盡，血也已流盡。

他已做了他應該做的事，還了他應該還的債。他是不是已不想再活下去？

三天，整整三天，他的靈魂和肉體都像是在被火燄煎熬著，不停的在昏迷中狂吼，囈語，不停的在呼喚著兩個人的名字：「纖纖，我對不起你，無論你怎麼樣對我，我都不會怪你。」

「龍四，我欠你的，也永遠還不清。」

這些話，他一直在斷斷續續，反反覆覆的說著，也不知說了多少遍。龍四也不知聽了多少遍。

他一直守候在床前，每聽一次，他熱淚總是忍不住要奪眶而出。

他臉上的皺紋更深、更多，眼眶已漸漸陷了下去，銀絲般的白髮也已稀落。三天，整整三天，他沒闔過眼睛。

歐陽急靜靜的坐在旁邊，他來勸龍四回屋歇一歇，已不知勸過幾次。

現在他已不再勸了，因爲他已明白，世上絕沒有任何力量，能將龍四從這張床旁邊拉走的。

你就算砍斷他的腿，將他抬走，他爬也要爬回這裡來。

歐陽急看著他們，心裡也不知是感動？是難受？還是歡喜？

看到他終生敬佩的人，能交到這樣一個朋友，他當然感動歡喜。

但這兩個朋友，一個已倒了下去，命若游絲，另一個又能支持到幾時？

剛安安靜靜睡了一下子的小雷，忽然又在掙扎翻滾，就像是在跟一個看不見的惡魔搏鬥，蒼白的臉已被高熱燒得通紅，滿頭冷汗如雨：「纖纖……纖纖……還有我的孩子，你們在哪裡？在哪裡？……」他像是要掙扎著跳起來，衝出去。

龍四咬著牙，按住了他，用盡平生力氣才能按住他。

小雷突然張開眼睛，眼睛裡佈滿血雨般的紅絲，狂吼道：「放開我，我要去找他們……」

龍四咬著牙，道：「你先躺下去，我……我替你去把他們找來，一定能找回來。」
小雷瞪著他，道：「你是誰？」
龍四道：「我是龍四，你是龍五，你難道已忘記了嗎？」
小雷又瞪了他很久，好像終於認出了他，喃喃道：「不錯，你是龍四……我是龍五……我欠你的，還也還不清。」
他眼瞼漸漸闔起，似又昏昏迷迷的睡著。龍四仰面長嘆，倒在椅子上，又已淚痕滿面。
歐陽急忍不住長長的嘆息了一聲，黯然道：「你說的不錯，他心裡的確有很多說不出的痛苦，我只怕……只怕……」
龍四握緊雙手，道：「只怕什麼？」
歐陽急嘆道：「他自已若已不願活下去，就沒有人能救得了他了。」
龍四突然大吼，道：「他一定會活下去，一定要活下去……他不能死……」
歐陽急黯然道：「你無論為他做了什麼事，他連謝都不謝就走，但等你有了危險，你逼著要他走時他反而不走了——這樣的朋友世上的確已不多，的確不能死，只不過……」
龍四道：「只不過怎麼樣？」
歐陽急道：「只不過他氣血已衰，力已枯竭，還能救他的，恐怕只有一個人了。」
龍四道：「誰？」
歐陽急道：「纖纖。」
龍四一把抓起他的手，道：「你……你知道她是誰？你能找得到她？」

歐陽急嘆息著搖了搖頭。

龍四放開手，臉色更陰鬱，黯然道：「若是找不到纖纖，難道他就……」聲音忽然停頓，緊緊閉上了嘴，但嘴角還是有一絲鮮血沁了出來。

歐陽急駭然道：「你……」

龍四揮手打斷了他的話，指了指床上的小雷，搖了搖頭。

就在這時，突聽一人冷冷道：「纖纖也並不是什麼了不起的名醫，就算找不到她，也一樣有人能治好這姓雷的。」

龍四還沒有看到這說話的人，已忍不住脫口問道：「誰？」

這人道：「我。」

這裡是個客棧的跨院，房門本來就是虛掩著的。

現在門已開了，一個人站在門口，長裙曳地，白衣如雪，臉上還蒙著層輕紗，竟是個風華絕代，瀟灑出塵的少女。

她究竟是人間的絕色？還是天上的仙女？龍四看著她，慢慢的站了起來。

歐陽急已搶著問道：「你是什麼人？」

丁殘豔淡淡道：「一個想來救人的人。」

歐陽急道：「你真能治得好他？」

丁殘豔道：「否則我又何必來？」

龍四喜動顏色，道：「姑娘若是真能治好他的傷，龍四……」

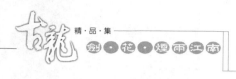

丁殘艷道：「你就怎麼樣？是不是也送我一萬兩銀子？」

她冷冷接著道：「救人一條命，和殺人一條命的代價，在你看來是不是差不多？」

龍四臉色變了變，苦笑道：「只要姑娘能治好他，龍四縱然傾家蕩產，也在所不惜。」

丁殘艷道：「真的？」

龍四道：「絲毫不假。」

丁殘艷淡淡的道：「看來你龍四倒真不愧是他的好朋友，只可惜你那區區一點家財，我還未看在眼裡。」

龍四道：「姑娘要什麼？要龍四一條命？」

丁殘艷冷笑道：「你的一條命又能值得了幾文？」

歐陽急額上青筋又暴起，道：「姑娘要的是什麼？」

龍四道：「姑娘請吩咐。」

丁殘艷道：「將這姓雷的交給我帶走，我怎麼治他，你不許過問。」

龍四變色道：「你……你要將他帶到什麼地方去？」

丁殘艷道：「那也是我的事。」

龍四後退了幾步，倒在椅子上，臉色又黯淡了下來。

丁殘艷冷冷的看著他，道：「你答應也好，不答應也好，跟我都沒什麼關係，只不過我告訴你，這姓雷的氣血將枯，已是命若游絲，你能找得到的名醫大夫，絕沒有一個人能治得好他。」

龍四沉吟著，道：「姑娘貴姓？」
丁殘艷道：「丁。」
龍四道：「大名？」
丁殘艷冷笑道：「反正我不叫纖纖。」
龍四抬起頭，凝視著她，緩緩道：「丁姑娘對我這兄弟的事，好像知道得不少？」
丁殘艷道：「你的事我也知道得不少。」
龍四勉強笑了笑，又問道：「姑娘是不是認得他？」
丁殘艷道：「我也認得你，你叫龍剛。」
龍四眼睛中忽然發出逼人的光，沉聲道：「姑娘是不是跟他有些……有些過節？」
丁殘艷也瞪起眼，道：「你難道以為我跟他有仇，所以想將他騙走，好收拾他？」
龍四道：「我……」
丁殘艷冷笑道：「我若想收拾他，隨時隨地都可以動手，用不著將他帶走，何況，他的人本就快死了，也用不著我再動手。」
龍四回過頭，看著又陷入昏迷的小雷，突然咳嗽起來。
丁殘艷道：「我只問你，你答不答應？若不答應，我立刻就走。」
龍四長長嘆了口氣，道：「姑娘請便吧。」
丁殘艷臉色似也變了變，道：「你要我走？你寧可看著他在這裡等死？」
龍四沉著臉，緩緩道：「姑娘與我素昧平生，他卻是我的兄弟，我怎麼能將他交給一個陌生人？」

丁殘艷冷笑道：「好，那麼你最好就趕快替他準備後事！」她果然再也不說一句話，扭頭就走。

龍四緊握著雙拳，等她走出了六七步，突然大聲道：「姑娘請等一等。」

丁殘艷道：「我沒功夫等你。」她嘴裡雖這麼說，腳步卻已停下。

龍四道：「姑娘一定要將他帶走，才肯救他？」

丁殘艷也不回頭，道：「我剛才已說得很清楚。」

龍四看著她的背影，忽然向歐陽急打了個眼色，兩人並肩作戰三十年，心意已相通，突然同時衝了出去。歐陽急一指如鷹爪，閃電般抓向她的左肩。

龍四出手如電，急點她後背「神堂」、「天宗」、「魂門」三處大穴。誰知她背後彷彿也生了雙眼睛，長袖一拂，凌空翻身，竟從他們頭頂上倒掠了過去，輕飄飄的落在小雷床頭。

龍四一著失手，霍然轉身，衝進來，丁殘艷的手已搭上了小雷咽喉上的「天突」穴，冷冷道：「我現在若要收拾他，是不是很容易？」

龍四看著她的這隻纖纖玉手，臉上已無人色，哪裡還能說得出話來？

丁殘艷冷笑道：「就憑你們兩個人，若想將我制住，逼著我來治他，只怕是在做夢。」

她長袖又一拂，從龍四身旁走過去，頭也不回的走出了門。

龍四臉上陣青陣白，突然大聲道：「姑娘請等一等。」

這次丁殘艷卻連睬都不睬他。

龍四也轉身衝出了門，道：「姑娘請回來，我……我讓姑娘將他帶走就是。」

丁殘艷這才回過身，冷冷一笑，道：「你早就該答應的。」

客棧門外，停著輛很華貴的馬車。一個梳著條長辮的小姑娘，爲他打開了車門。

龍四親手將小雷抱入了車廂裡，只覺得小雷火燙的身子突然已變得冰冷。

他輕輕的放下這冰冷的身子，卻還是緊握著一雙冰冷的手，久久不能放開。

丁殘艷道：「你還不放心讓我帶他走？」

龍四長長嘆息，終於放下手，轉過身，道：「姑娘……丁姑娘……」

丁殘艷道：「有什麼話快說。」

龍四慘然道：「我這兄弟就……就全交託給姑娘你了。」

丁殘艷看著他臉上的淒慘之色，藏在輕紗裡的一雙眼睛，似乎也已有些潮濕，咬著嘴唇道：「你放心，我不會虧待他的，只要他的傷一好，你們還可以相見。」

龍四道：「多謝姑娘……」

他聲音都已哽咽，長長吐出了口氣，才接著道：「寒舍在京城裡的鐵獅子胡同，但望姑娘能轉告我這兄弟，叫他……」

丁殘艷道：「我會叫他去找你。」

龍四道：「我還有樣東西，也想請姑娘等他傷勢痊癒後，轉交給他。」

丁殘艷道：「什麼東西？」

龍四一揮手，就有個人牽著匹黑裡發光，神駿非凡的烏騅馬過來。

丁殘艷也忍不住脫口讚道：「好馬。」

龍四勉強笑了笑，道：「只有我兄弟這樣的英雄，才能配得上這樣的好馬。」

丁殘艷聲音也柔和了起來，道：「你送給他這匹馬，是不是叫他好騎著快去找你？」

龍四道：「他比我更需要這匹馬，因爲他還要去找……」

他語聲突然停頓，因爲他已隱約感覺到，這位丁姑娘彷彿很不喜歡聽到別人說起「纖纖」這名字。

丁殘艷的聲音果然又冷淡了下來，冷冷道：「我替他治傷，是爲了我自己高興，只要他的傷一好，隨便去找誰都沒關係。」

龍四慢慢的點了點頭，躬身長揖，道：「那麼……我這兄弟，就全交給姑娘你了。」

他將這句話又說了一遍，每個字都說得好像有千斤般重。然後他就轉過身，頭也不回的走了進去。

烏騅馬突然引頸長嘶，嘶聲悲涼，似也已知道自己要離別主人。

龍四沒有回頭，沒有再看馬車一眼，但面上卻已有兩行淚珠滾滾流下……

四

小雷蜷伏在車廂裡，連呼吸都已微弱。

那垂著長辮的小姑娘，睜大了眼睛，看著他，忽然笑了笑，道：「這人本來是不是長得很好看？」

丁殘艷懶洋洋的斜倚在角落裡，癡癡的看著窗外，也不知在想什麼。

過了很久，她才點了點頭，道：「他本來的確好看得很。」

小姑娘又皺起了眉尖，道：「可是他受的傷可真不輕，我從來也沒有看見過，身上受了這麼多傷的人。」

丁殘艷冷冷道：「那只因爲他總是喜歡跟別人拚命。」

小姑娘眨著眼，道：「爲什麼？拚命又不是什麼好玩的事，他爲什麼喜歡拚命？」

丁殘艷輕輕嘆了口氣，道：「鬼才知道他是爲了什麼？」

小姑娘眼珠子轉動，忽又問道：「小姐你真有把握能治好他的傷？」

丁殘艷道：「沒有。」

小姑娘又張大了眼睛，道：「他的傷是不是有希望能治得好呢？」

丁殘艷道：「沒有。」

小姑娘臉色已發白，忍不住問道：「既然治不好，小姐爲什麼要帶他回去？」

丁殘艷面上的輕紗陣陣拂動，過了很久很久，才平靜下來。

又過了很久很久，她才一個字一個字的慢慢說道：「因爲我要看著他死。」

小姑娘駭然道：「看著他死？」

丁殘艷一隻手緊握自己的衣襟，指節已發白，卻還是在顫抖。

她說話的聲音也在顫抖：「因爲我不能讓他死在別人懷裡，他要死，也得死在我面前。」

六　煙雨迷濛

一

纖纖垂著頭，看著自己腳上的鞋子。鞋子露出裙邊外，水紅色的宮緞，鞋尖上鑲著粒拇指般大的明珠。裙子是織金的，在燈下閃動著柔和而美麗的金光，與珠光輝映。

這正是世上最能令少女們瞠目動心的光芒。

八個穿著織綿短袖，百摺湘裙的少女，低著頭，垂著手，肅立在她身旁，用眼角偷偷瞟著她，目光中又是羨慕，又是妒忌。

她很了解她們的心情，因爲她也還年輕。因爲她自己以前的身分，也跟她們完全一樣。

但忽然間，一切事全都改變了，簷下的燕雀已飛上雲端，變成了鳳凰。

這變化簡直就好像在做夢一樣，她甚至還未清醒，已變得高高在上。

彷彿就爲了證明這不是夢，她慢慢的伸出手，去端桌上的茶。

她的手剛伸出，已有人替她將茶捧了上來。豈止是一杯茶，她知道自己無論要什麼，只要開口，就立刻會有人送來。這不是夢，絕不是。

但也不知爲了什麼，她卻寧願這是一場夢，寧願重回到夢還沒有開始的時候……

暮春三月，江南的春雨總是迷人的，春雨是那麼輕柔，就像是煙霧一樣。

綠油油的草地，在春雨中看來，柔軟得又像是情人的頭髮。

她一隻手挽著滿頭長髮，一隻手提著鞋子，赤著腳，在綠草上跑著。

雨絲已打濕了她的頭髮，春草刺得她腳底又疼又癢。她都不在乎。

因為她就要去會見她的情人了，只要能見到他，倒在他懷裡，她什麼都不在乎。

那才是夢，比夢更美麗的夢。只要想到那種甜蜜的溫馨，她的人就似已將醉了。

那美麗的夢境，是被誰破壞的呢？

只要想起那個人，想起那雙又大又亮的眼睛，她的心就好像被針在刺著：「總有一天，我會要你後悔的。」

對面一個慈祥而端莊的中年婦人，正在看著她，等著她的回答：「姑娘已拿定了主意麼？」

沒有回答。

纖纖的手在揉著一團茉莉花，已揉碎了，忽然抬起頭來嫣然一笑，道：「你為什麼不請他來自己跟我說？無論什麼話，我都希望他能自己告訴我。」

二

歐陽急一身青衣，頭戴竹笠，打馬飛馳，總算已追上前面那輛黑漆馬車。

龍四的烏騅馬，已被人用根長繩繫在車轅後。

這曾縱橫江湖的名駒，竟似很了解主人的苦心，竟不惜委屈自己，跟在一匹拉車的駑馬後面走，忍受著被車輪揚起的塵土。歐陽急不禁長長嘆息。

他了解，但爲了小雷這樣的人，無論做什麼事都是值得的。

「盯著那輛馬車，查出她們的落腳處。」

「你還不放心？」

「我也知道丁姑娘若有傷害小雷的意思，早已可下手，可是我……」

「可是你爲什麼要讓她將小雷帶走？」

「我只有這麼做，只要能治好小雷，她就算要將我的頭帶走，我都答應。」

歐陽急咬著牙，勉強控制著自己，生怕眼中的熱淚流下。

車馬已馳入了前面一個小小的市鎮，在道旁的茶亭旁歇下。

趕車的壯漢已下了馬車，正在喝茶，車廂裡的人卻沒有出來。歐陽急也遠遠停下。

現在雖然也沒有人認得出他，但他還是不能不分外小心。

「你一定要分外小心，那位丁姑娘絕對不是個平凡的人，我走江湖走了幾十年，非但看不出她的身分來歷，連她的武功家數都看不出來。」

「我明白。」

「她來救小雷，絕不是爲了她自己高興，她一定有某種很特別的目的，我們若查不出她的身分和來意，我怎麼能放心？」

「我明白。」

龍四的意思，他當然明白，可是他也想不出這丁姑娘來救小雷，會有什麼特別的目的。

趕車的壯漢一口氣喝了三大碗茶，又在茶亭邊的攤子上，亂七八糟買了一大包吃的，找了塊樹蔭一坐，蹺起了二郎腿，享受起來。

歐陽急愈來愈覺得不對了。像丁殘艷那樣的脾氣，怎麼會坐在車廂裡等她的車伕在外面大吃大喝？何況車子上還有個重傷垂危的人。

但車子的確是那輛車子，後面那匹烏騅馬，他更不會認錯。

歐陽急又沉住氣，等了半天，只見那壯漢吃完了，又喝了兩大碗茶，斜倚在樹下，帽子蓋住了臉，居然睡著了。

這實在更不像話，歐陽急本來就是烈火般的脾氣，哪裡還沉得住氣？打馬急馳過去，經過那輛大車扭頭一看。車窗開著，車廂裡竟是空的！人呢？

歐陽急真的急了，一躍下馬，一個箭步竄過去，一把揪住了那壯漢的衣襟，將他整個人提了起來。壯漢本來還想還手，但身子被人家揪起，竟連反抗的餘地都沒有。

他就算再蠻，也知道這莊稼打扮的小個子，不是什麼好來頭。

歐陽急瞪著他，厲聲道：「人呢？」

壯漢道：「什……什麼人？」

歐陽急道：「車上的人。」

壯漢道：「你說的是那兩位姑娘？」

歐陽急道：「還有個病人。」

壯漢道：「他們把車子換給了我，就趕著我的車走了。」

歐陽急變色道：「你說什麼？」

壯漢道：「我本來也是趕車的，趕的是輛破車，誰知那位姑娘卻偏偏要跟我換，還在車子後面繫上那麼樣一匹好馬。」

歐陽急的手一緊，怒道：「放你的屁，天下哪有這種好事？」

壯漢的腳已懸空，咧著嘴道：「我也想不通是怎麼回事？但卻真有這麼樣一回事，我若說了半句假話，叫我天誅地滅，不得好死。」這人四四方方的臉，滿臉老實相，的確不像是個會說謊的人。

歐陽急也是老江湖了，看人也不大會看錯的，跺了跺腳，又問道：「你們在哪裡換的車？」

壯漢道：「就在前面的路口。」

歐陽急道：「是不是那條三岔路口？」

壯漢道：「就是那路口。」

歐陽急道：「你看見她們從哪條路去了？」

壯漢道：「我撿了這麼大的便宜，生怕她們又改變主意，走還來不及，怎麼還敢去留意別人？」這倒是實話，無論誰撿了這個便宜，都一定會趕快溜之大吉。

歐陽急道：「你那輛車子是什麼樣子的？」

壯漢道：「是輛破車，車上掛著藍布簾子，上面還有我的字號。」

歐陽急道：「什麼字號？」

壯漢道：「朋友們都叫我大公雞，我就在上面畫了個大公雞。」

歐陽急道：「好，我再讓你佔個便宜，也跟你換匹馬。」他再也不說別的，解下了車後的烏騅馬，一聲呼哨，已飛馳而去。

壯漢怔了半晌，拾起了他那匹馬的韁繩，喃喃道：「這下子我可吃虧了，吃了大虧。」

這也是實話，歐陽急騎來的這匹馬雖然也不錯，比起那匹烏騅馬總差得遠了。

但也不知為了什麼，這個吃了大虧的人，嘴角反而露出了得意的微笑。

歐陽急始終沒有找到那輛破車。他奔回三岔路口時，座下的烏騅馬忽然失了前蹄，將他整個人從前面拋了出去，若不是他騎術精絕，這下子腿就要摔斷了。

他正在奇怪，這匹久經戰陣的名駒，怎麼會突失前蹄？

等他站起來回身去看時，烏騅馬竟已倒在地上，嘴角不停的在吐白沫。

歐陽急手足冰冷，還沒有趕過來，只聽烏騅馬一聲悲嘶，四條腿一陣痙攣，嘴裡吐出的白沫已變成黑紫色，然後就漸漸僵硬。

這匹縱橫江湖多年的寶馬，此刻竟像是條野狗般被人毒死在道旁。

那一聲悲嘶彷彿想告訴歐陽急什麼秘密，只可惜牠畢竟是匹馬，畢竟說不出人的詭譎奸詐，牠一雙眼睛裡竟似也有淚流下。

歐陽急心膽俱裂，只恨不得立刻找到那貌如春花，毒如蛇蠍的女人。

可是他始終沒有找到。就連剛才那老老實實的壯漢，都似已忽然從世上消失了。

龍四還沒有睡著，眼睛裡滿是紅絲，一聽見歐陽急的腳步聲，就從床上躍起，道：「你已找出了她們的落腳處？」

歐陽急垂下頭，道：「沒有。」

龍四跺腳，道：「怎麼會沒有？」

歐陽急頭垂得更低，道：「他們看破了我，那位丁姑娘就找我過去，要我回來轉告你，她一定會治好小雷的傷，但我們卻不許再去找她，否則……否則她就不管這件事了。」

他每說一個字，心裡就好像被針在刺著。這是他平生第一次在龍四面前說謊，他不能不這麼樣說。龍四已老了，而且太疲倦，已受不了這麼大的打擊。

他若知道這件事的真相，只怕立刻就要口吐鮮血，一病不起。

說謊有時也是善意的，只不過在這種情況下，說謊的人心裡頭的感覺，一定也遠比被騙的人痛苦得多。

龍四終於長長嘆了口氣，道：「她說她一定會治好小雷的傷？」

歐陽急點點頭，不敢接觸龍四的目光。

龍四黯然道：「不知道她會不會好好照顧我那……那匹馬？」

歐陽急道：「她一定會的。」

若不是他勉強在控制著自己，只怕早已失聲痛哭了起來。

只有他知道，馬已死了，人只怕也已沒有希望。

那惡毒的女人對一匹馬都能下得了手，還有什麼事做不出的？

可是她爲什麼要這麼樣做呢？她若要殺小雷，剛才在這屋子裡，她早有機會下手，何況小雷本已傷重垂危，根本已用不著她動手。

歐陽急緊握雙拳，他實在不懂——女人的心事，又有誰能懂呢？

三

山谷。泉水玉帶般從山上流下來，山青水秀。

山麓下繁花如錦，圍繞著三五間紅牆綠瓦的小屋。

一個垂著條辮子的小姑娘，正汲了瓶泉水，從百花間穿過去。

小屋裡已有人在呼喚：「丁丁，丁丁，水呢？」

「水來了。」丁丁輕快的奔了過去，烏黑的辮子飛揚，辮梢結著個大紅蝴蝶結。

小雷已洗過了臉。

丁丁用棉布蘸著泉水，輕輕的擦去了他臉上所有的泥污和血跡，看著他滿意的嘆了口氣，道：「這個人果然很好看。」

丁殘艷面上的輕紗已卸下，看來也有些憔悴，冷冷道：「等他死了，就不會好看了。」

丁丁眨著大眼睛，道：「你看……他會不會死？」

丁殘艷不說話，但眼睛裡卻也不禁露出一絲憂慮。這也許是她平生第一次爲別人的生命憂慮。

丁丁輕輕嘆了口氣，道：「我真希望他不要死，他和小姐你真是天生的一對。」

丁殘艷咬著嘴唇，看著小雷，似已癡了，也不知是愁？是喜？

小雷在床上不安的轉側著，好像又有雙看不見的魔手，扼住了他的咽喉。

他微弱的呼吸忽然變得急促起來，嘴裡又在低低的呼喚：「纖纖……纖纖，你在哪裡？……」

丁殘艷的臉色忽然變得鐵青。

丁丁卻皺起了眉，道：「這個纖纖是誰？他爲什麼一直在叫她的名字？」

丁殘艷瞪著小雷，竟沒有聽見她在說什麼。

「纖纖……纖纖……」小雷的呼喚聲愈來愈低，嘴角卻似露出了微笑，似已在夢中看到了他的纖纖。

丁殘艷突然衝了過去，一掌摑在他蒼白的臉上，嗄聲道：「纖纖早已忘了你，你若敢再叫她一聲，我……我……我就殺了你。」

小雷蒼白的臉上已被摑出了五根指印，但卻還是全無感覺。

丁丁卻已嚇呆了，失聲道：「他已經快死了，小姐，你……你爲什麼還要打他？」

丁殘艷咬著牙，道：「我高興——我愛打誰就打誰，他若敢再叫那母狗的名字，叫一聲我就割下他一塊肉。」無論誰看到她這時的神情，都知道她既然說得出，就做得到。

只可惜小雷看不見，「纖纖……纖纖……」他又在呼喚。

丁丁的臉已嚇得蒼白。丁殘艷身子顫抖著，突然一探手，從腰帶裡抽出柄新月般的彎刀。

丁丁駭極大呼：「小姐，你千萬不能真的……真的割他的肉，我求求你……」

丁殘艷緊握著刀柄，根本不睬她，突然一刀刺下，刺在小雷肩上。

小雷身子在床上一跳，張眼看了看她，又暈了過去。

丁殘艷慢慢的拔出刀，看著刀上的血，目中也流下淚來：「你爲什麼一直要叫她的名字？你爲什麼不問問我的名字？」她心裡也像是在被刀刮著，突又反手一刀，刺在自己肩上。

丁丁全身抖個不停，眼淚也一連串流下，流著淚道：「我明白了，龍四送他那匹馬，爲的就是要他騎著去找纖纖，所以你連那匹馬都殺了……你根本就不想要他活著！」

丁殘艷跳起來，大聲道：「這不關你的事，你出去。」

丁丁淒然道：「好，我出去，可是小姐你……爲什麼要折磨別人？又折磨自己？」

丁殘艷嘶聲道：「因爲我高興，我高興……我高興……」

丁丁垂下頭，流著淚慢慢的走出去，還沒有走到門外，已可聽到她的哭聲。

丁殘艷沒有聽見，眼睛又在盯著手裡的刀。刀上有他的血，也有她的血。

他的血已流入她的傷口裡。她抬起手，揉著自己的傷口，漸漸用力。

她全身都疼得在發抖，在流著冷汗。可是，她的眼睛卻漸漸亮了起來，亮得就好像有火在裡面燃燒著……

這究竟是恨？還是愛？只怕連她自己都分不清楚，又有誰能分得清楚？

暮色漸漸籠罩大地。丁殘艷坐在床頭，看著小雷，目光漸漸朦朧，頭漸漸垂下。

這些天來，她又何嘗歇下來過？

她不停的追蹤，尋找，查訪，忍受著斷腕上的痛苦，忍受著寂寞和疲倦。

這些又是爲了誰？她實在想不通，自己爲什麼會對一個陌生的男人，一個捏斷她手的男人，一個她仇人的兒子愛得如此深，恨得又如此深？

無論如何，他現在總算在她身旁了。他就算要死，也絕不會死在別人懷抱裡。

丁殘艷垂下頭，一陣甜蜜的睡意，輕輕的闔起了她的眼瞼……

「纖纖，纖纖……」小雷突然又在掙扎，又在呼喚。

丁殘艷突然驚醒，跳起來，身子不停的顫抖。

小雷蒼白的臉又已變成赤紅，身上又發起了高燒，神智似已完全狂亂，正瞪著血紅的眼睛，看著站在他床頭的一個人，忽然大叫：「纖纖，你回來了，我知道你一定會回來的。」

丁殘艷咬著牙，一掌摑了下去。誰知小雷卻拉住了她的手。

他也不知從哪裡來的力氣，竟拉得那麼緊，那麼用力。她想掙扎，但她的人卻已被拉倒在他懷裡。

他已擁抱住她：「纖纖，你休想走，這次我不會再讓你走的。」

丁殘艷一口咬在他臂上：「放開我，纖纖已死了，你再也休想看見她。」

「你沒有死，我也沒有死——只要你回來，我一定不會死的。」他傷口又在流血，但他卻似完全沒有感覺，還是抱得那麼緊。

她想推開他，可是他從來沒有這樣子抱過她，從來也沒有人這樣子抱過她。

她力氣竟也似忽然消失，咬著唇，閉上眼睛，再也忍不住失聲痛哭了起來。

淚流在他肩上，滲入了他的血，滲入了他的傷口。

她痛哭著，喃喃的說道：「不錯，我是纖纖，我已經回來了，你……你爲什麼不抱得我更緊些呢？……」

一個人若是連自己都不願再活下去，就沒有人還能救得了他。

世上也絕沒有任何一種醫藥的力量，能比一個人求生的鬥志更有效。

你若明白這道理，也就可以知道小雷已絕不會死了。

四

小雷沒有死。這簡直已幾乎是奇蹟，但世上豈非本就時常有奇蹟出現的。

只要人類還有信心，還有鬥志，還有勇氣，就一定會不斷有奇蹟出現。所以希望永在人間。

熱退了後，人就會漸漸清醒。但也只有清醒時才會痛苦，只有曾經痛苦過的人才明白這道理。

小雷張開了眼睛，茫然看著這間屋子，從這個屋角，看到那個屋角。

他眼睛裡已沒有紅絲，但卻充滿了痛苦。纖纖在哪裡？誰說纖纖回來了？

門外傳來一陣輕盈的腳步聲，丁殘艷一隻手提著個水瓶，輕盈的走了進來。

她眼睛在發著光，蒼白憔悴的臉上，彷彿也有了光彩。

小雷看到了她，失聲道：「是你，你……你怎麼會在這裡？」他聲音雖虛弱，但卻並不友善。丁殘艷的心沉了下去，臉也沉了下去，甚至連腳步都變得沉重起來。

她轉過身，將水瓶放在靠窗的桌上，才冷冷道：「這是我的家，我爲什麼不能來？」

小雷更驚訝，道：「這是你的家？那麼我怎麼會到這裡來的？」

丁殘艷道：「你不記得？」

她的手又在用力捏著她的衣角，指節又已發白。小雷偏著頭，思索著，看到了肩上的血跡——血，血雨。

山壁間的狹道，踽踽獨行的老人，旋轉的油紙傘，毒蛇般的長索，砍在血肉上的巨斧，穿入骨胛的長劍……也就在這一瞬間，全都在他眼前出現。

丁殘艷霍然轉身，盯著他的眼睛，道：「你已記起來了麼？」

小雷長長嘆了口氣，苦笑道：「我寧願還是永遠不記得的好。」

丁殘艷目中忽然露出一種幽怨之色，道：「該記的事，總是忘不了的。」

小雷忽又問道：「龍四呢？」

丁殘艷道：「哪個龍四？」

小雷道：「龍剛龍四爺。」

丁殘艷道：「我不認得他。」

小雷道：「你也沒有看見他？」

丁殘艷道：「看見了也不認得。」

小雷皺起了眉，道：「我暈過去的時候，他就在我面前。」

丁殘艷道：「但我看見你的時候，卻只有你一個人。」

小雷道：「你在什麼地方看到我的？」

丁殘艷道：「在一堆死屍裡，有人正在準備收你們的屍。」

小雷道：「誰？不是龍四？」

丁殘艷道：「不是。」

小雷皺眉道：「奇怪，他怎麼會走呢？」

丁殘艷冷笑一聲，道：「他爲什麼還不走？死人既不能幫他打架，也不能爲他拚命了，對他還有什麼用？」

小雷不說話了。

丁殘艷看著他，彷彿想看到他失望憤怒的表情。

但小雷臉上卻連一點表情也沒有，淡淡道：「他既不欠我，我也不欠他，他本該走的。」

丁殘艷冷冷道：「看來你的朋友並不多。」

小雷道：「的確不多。」

丁殘艷道：「但你居然還能活到現在，也總算不容易。」

小雷淡淡道：「這也許只因爲想死也不容易。」

丁殘艷目光閃動，忽又問道：「我欠不欠你的？」

小雷道：「不欠。」

丁殘艷道：「你欠不欠我的？」

小雷道：「欠，欠了兩次。」

丁殘艷道：「你準備怎麼樣還我？」

小雷道：「你說。」

丁殘艷悠然道：「我早已說過，像你這種人的命，連你自己都不看重，我拿走也沒有用。」

小雷道：「你的確說過，所以你現在根本就不必再說一次。」

丁殘艷道：「我只不過在提醒你，下次你又準備拚命的時候，最好記住你還欠我的。」

她慢慢的轉過身，將瓶裡的水倒入一個小小的木盆裡。

小雷沒有去看她，從她走進來到現在，他好像只看了她一眼。現在他眼睛正在看著門。

因為他忽然發現，有個梳著條長辮的小女孩，正像隻受了驚的鴿子般，躲在門外，偷偷的看著他，臉上帶著種很奇怪的表情。

她發現小雷在看她，忽然向小雷擠了擠眼睛。小雷也向她擠了擠眼睛。

他已感覺到這小女孩不但長得很可愛，而且對他很友善。

真正對他友善的人並不多。這小女孩正掩著嘴，偷偷的在笑。

小雷招招手，要她進來。小女孩偷偷指了指丁殘艷的背，扮了個鬼臉。

丁殘艷突然道：「丁丁，你鬼鬼祟祟的躲在外面幹什麼？」

丁丁吃了一驚，臉已嚇白了，吃吃道：「我……我沒有呀。」

丁殘艷道：「進來，替他換藥。」

木盆裡的藥雖然是黑色的，彷彿爛泥，但氣味卻很芬芳。

丁丁捧著木盆，看著盆裡的藥，目中彷彿還帶著些恐懼之色，一雙手也抖個不停。

小雷道：「你怕什麼？」

丁丁咬著嘴唇，道：「怕你。」

小雷道：「怕我？我很可怕？」

丁丁的眼睛不再看著他，道：「我……我從來沒見過身上有這麼多傷的人。」

他可以想像到，他在暈迷的時候，丁殘艷必定將他照顧得很好，他甚至可以感覺到嘴角還留著參湯和藥汁的味道。

他摸了摸自己的臉，又在發燙。剛醒的時候，他精神好像還不錯，還能說那麼多話。

晚上。晚上總比白天涼快，但小雷卻覺得很熱。

但現在，他整個人反而又難受了起來，尤其是那些傷口，裡面就好像被蟲在咬著，又痛又癢，他幾乎忍不住要去抓個痛快，丁殘艷不在屋子裡，也聽不到她的聲音。

這冷酷而孤傲的女人，內心實在是寂寞孤獨的，她是不是一個人在躲著偷偷的流淚？

他很想了解她，但卻拒絕去了解，拒絕去想。

他也很感激她，但卻拒絕承認。他爲什麼總是要拒絕很多事？

門忽然輕輕的被推開了。小雷看著，沒有動，沒有出聲，甚至連眼角的神經都沒有跳。

就算有隻餓虎突然衝進了這屋子，他神色也不會改變的。

進來的不是老虎，是個小女孩。是丁丁。

她看來卻好像很緊張，一進來，立刻就回手將門掩住。

燈熄了，窗子卻是開著的。星光從窗外照進來，照著她的臉，她緊張得連嘴唇都在發抖。

小雷忽然道：「請坐。」

丁丁一驚，嚇得兩條腿都軟了下去。

小雷忍不住笑了笑，道：「你怕什麼？」

丁丁忽然衝了過來，掩住了他的嘴，伏在他枕上耳語道：「小聲點說話，否則我們兩個人全都要沒命了。」

小雷道：「有這麼嚴重？」

丁丁道：「嗯。」

小雷道：「什麼事這麼嚴重？」

丁丁道：「你能不能站得起來，能不能走得動？」

小雷道：「說不定。」

丁丁道：「你若能站得起來，就趕快走吧。」

小雷道：「今天晚上就走？」

丁丁道：「現在就走。」

小雷道：「爲什麼要這麼著急？」

丁丁道：「因爲今天晚上你若不走，以後恐怕就永遠走不掉了。」

小雷道：「爲什麼？」

少。

丁丁道：「你知不知道她今天跟你換的是什麼樣的藥？」

小雷道：「不知道，聞起來味道好像還不錯。」

丁丁道：「毒藥不是甜的，就是香的，否則別人怎麼肯用？」這小女孩懂的事好像倒不少。

小雷道：「那是毒藥？」

丁丁道：「那種藥叫鋤頭草，你身上只要破了一點，敷上這種藥，不出五天，就會爛成一個大洞，就好像用鋤頭挖的一樣。」

小雷忽然覺得手腳都有點發冷，苦笑道：「難怪我現在已經覺得有點不對了。」

丁丁道：「你上午問我在怕什麼？我怕的就是這種草，卻又不敢說出來。」

小雷道：「可是——她既然救了我，治好了我的傷，爲什麼又要來害我？」

丁丁道：「因爲她知道你的傷一好，立刻就會走的。」

她咬著嘴唇，聲音更低，道：「你的傷若又開始發爛，她才能照顧你，你若又暈了過去，她才能留在你身邊——她雖然不希望你死，可是也不希望你的傷好起來。」

小雷出神的看著對面的牆，眼睛裡的表情似乎也很奇怪。

丁丁突然道：「她這麼樣做，當然是因爲她喜歡你，但你卻非走不可，否則你遲早總會像泥巴一樣爛死在這張床上的。」

小雷沉默著，忽然道：「你不該告訴我的。」

丁丁道：「爲什麼？」

小雷道：「因爲我不能走。」
丁丁吃驚道：「爲什麼？」
小雷道：「我若走了，她怎麼會放過你？」
丁丁道：「你……你自己都已經快死了，還在爲我想？」
小雷道：「你還是個孩子，我總不能讓你爲我受苦。」
丁丁道：「那麼你爲什麼不帶我走？」
小雷道：「帶你走？」
丁丁道：「我也不能再留在這裡——她已經瘋了，我若再跟著她，我也會發瘋的。」
小雷道：「但你若跟著我，說不定會餓死。」
丁丁道：「我不怕……說不定我還可以賺錢養活你。」
小雷道：「我還是不能帶你走。」
丁丁道：「爲什麼？」她聲音已像快哭出來了。
小雷嘆了口氣，道：「因爲我自己也不知道有什麼地方可去。」
丁丁眼珠子一轉，道：「你可以去找龍四。」
小雷目中掠過一重陰影，慢慢的搖了搖頭，道：「我找不到他。」
丁丁道：「他就住在京城裡的鐵獅子胡同。」
小雷道：「你怎麼知道？」
丁丁道：「他自己說的。」

小雷道：「你見過他？」

丁丁道：「我見過他，小姐也見過他，她上午跟你說的話，全是謊話。」

她嘆了口氣，接著道：「我看得出龍四爺對你，簡直比對親兄弟還好，若不是小姐答應他，一定可以治好你的傷，他絕不答應讓人帶你走的。」

小雷蒼白的臉，已開始有了變化。

丁丁道：「臨走的時候，他不但再三關照，要你的病一好，就去找他，而且還將他自己騎的那匹寶馬，叫小姐轉送給你。」

小雷只覺得胸口一陣熱血上湧，一把抓住了丁丁的手，道：「是不是那匹烏騅馬？」

丁丁點點頭，道：「我也看得出他有點捨不得，但卻還是送給了你，他說你比他更需要那匹馬，因為你還要去找人。」

小雷怔住，冷漠的眼睛裡，又有熱淚盈眶，過了很久，才問道：「馬呢？」

丁丁嘆了口氣，道：「已經被小姐毒死了。」

小雷忽然從床上坐了起來，眼睛裡發出了可怕的光，身子似也在發抖。

丁丁嘆道：「有時連我都不懂，小姐她為什麼要這樣做，她好像不喜歡你有別的朋友，好像覺得你應該是她一個人的。」

小雷緊握住她的手，忽然道：「好，我們走。」

丁丁的眼睛亮了，跳起來，道：「我知道後面有條小路，穿過去就是小河口，到了那裡，就可以僱得到大車了。」

她又皺起了眉，看著小雷，道：「可是，你真走得動嗎？」

小雷道：「走不動我會爬。」

他眼睛裡的光看來更可怕，慢慢的接著道：「就算爬，我也一定會爬到小河口的，你信不信？」

丁丁看著他，眼睛裡充滿了愛慕和欽佩，柔聲道：「我相信，無論你說什麼，我都相信。」

她這句話剛說完，就已聽到丁殘艷的聲音，冷冷道：「我不相信。」

七 血雨門

一

纖纖垂著頭，坐著。她的肩後縮，腰挺直，一雙手放在膝上，兩條腿斜斜並攏，只用腳尖輕輕的踩著地。這無疑是種非常優美，非常端淑的姿勢，卻也是種非常辛苦的姿勢。

用這種姿勢坐不了多久，脖子就會酸，腰也會開始疼，甚至會疼得像是要斷掉。

可是她已像這樣坐了將近一個時辰，連腳尖都沒有移動過一寸。

因爲她知道窗外一直都有人在看著她。她也知道小侯爺已經進來了。

他神情彷彿有些不安，有些焦躁。他當然希望她能站起來迎接他，至少也該看他一眼，對他笑笑。她沒有。他圍著圓桌踱了兩個圈子，忽然揮了揮手。

八個垂手侍立的少女，立刻檢衽萬福，悄悄的退了出去。

小侯爺又踱了兩個圈子，才在她面前停了下來，道：「你要我進來？」

纖纖輕輕的點了點頭。

小侯爺道：「我已經進來了。」

纖纖垂著頭，道：「請坐。」

小侯爺在對面坐了下來，神情卻顯得更不安。他本是個很鎮定，很沉著的人，今天也不知為了什麼總覺得有些心神不寧。

雖然他也知道說話可以使人安定下來，卻偏偏不知道怎麼說。

他希望纖纖能開口說說話，纖纖又偏偏不說。

他端起茶，又放下，終於忍不住道：「你要我進來幹什麼？」

纖纖又沉默了很久，才輕輕道：「剛才孫夫人告訴我，說你要我留下來？」

小侯爺點點頭。

纖纖道：「你要我留下來做什麼？」

小侯爺道：「孫大娘沒有對你說？」

纖纖道：「我要聽你自己告訴我。」

小侯爺的臉突然有些發紅，掩住嘴低低咳嗽。纖纖也沒有再問。她知道男人就和狗一樣，都不能逼得太緊的。她也知道什麼時候該收緊手裡的線，什麼時候該放鬆。

她的頭垂得更低：「你……你要我做你的妾？」

「……」

「你已有了夫人？」

「沒有。」

「但你還是要我做你的妾？」

「……」

「為什麼？」

「……」

他本就是個沉默的男人，何況這些話問得本就令人很難答覆。

纖纖輕輕嘆了口氣，道：「其實你就算不說，我也明白，像我這麼樣一個既沒有身分，又沒有來歷的女人，當然不能做侯門的媳婦。」

小侯爺看著自己緊緊握起的手，訥訥道：「可是我……」

纖纖打斷他的話，道：「你的好意，我很感激，你救過我，我更不會忘記，就算今生已無法報答，來世……」

她並沒有說完這句話，突然站起來，卸下了頭上的環珮，褪下了手上的鐲子，甚至連腳上那雙鑲著明珠的鞋子都脫了下來，一樣樣放在他面前的桌上。

他吃驚的看著她，失聲道：「你……你這是做什麼？」

纖纖淡淡道：「這些東西我不敢收下來，也不能收下來……這套衣服我暫時穿回去，洗乾淨了之後，就會送回來。」她不再說別的，赤著腳就走了出去。

小侯爺突然跳起來，擋在門口，道：「你要走？」

纖纖點點頭。

小侯爺道：「你爲什麼忽然要走？」

纖纖道：「我爲什麼不能走？」

她沉著臉，冷冷道：「我雖然是個既沒有來歷，又沒有身分的女人，可是我並不賤，我情願嫁給一個馬伕做妻子，也不願做別人的妾。」

她說得截釘斷鐵，就像是忽然已變了一個人。小侯爺看著她，更吃驚。

他從來沒有想到這麼樣一個溫柔的女人，竟會忽然變得如此堅決，如此強硬。

纖纖板著臉道：「我的意思你想必已明白了，現在你能不能讓我走？」

小侯爺道：「不能。」

纖纖道：「你想怎麼樣？」

小侯爺目光閃動，道：「只要你答應我，我立刻就先給你十萬兩金子……」

他的話還未說完，纖纖已一巴掌摑在他臉上。這也許正是他平生第一次挨別人的打，但他並沒有閃避。

纖纖咬著牙，目中已流下淚來，嗄聲道：「你以為你有金子就可以買得到所有的女人？……你去買吧，儘管去買一百個，一千個，但是你就算將天下所有的金子都堆起來，也休想能買得到我。」

她喘息著，擦乾了眼淚，大聲道：「放我走……你究竟放不放我走？」

小侯爺道：「不放。」

纖纖又揚起手，一掌摑了過去，只可惜她的手已被捉住。小侯爺捉住她的手，凝視著她，眼睛裡非但沒有憤怒之色，反而充滿了溫柔的情意。

他凝視著她，柔聲道：「本來我也許會讓你走的，但現在卻絕不會讓你走了，因為我現在才知道，你是個多麼難得的女人，我若讓你走了，一定會後悔終生。」

纖纖眨著眼，道：「你……」

小侯爺道：「我要你做我的妻子——我唯一的妻子。」

纖纖似驚似喜，顫聲道：「可是我……我不配……」

小侯爺道：「你若還不配，世上就沒有別的女人配了。」

纖纖道：「但我的家世……」

小侯爺道：「管他什麼見鬼的家世，我娶的是妻子，不是家譜。」

纖纖看著他，美麗的眼睛裡又有兩行淚珠漸漸流下。現在她流的淚，已是歡喜的淚。她終於改變了自己的命運。

女人對付男人的方法，據說有三百多種。她用的無疑是最正確的一種。

因爲她懂得應該在什麼時候收緊手裡的線，也懂得應該在什麼時候放鬆。

二

燈燃。丁殘艷慢慢的走進來，燃起了桌上的燈，才轉過身來看著他們。

小雷沒有看她，似已永遠不願再看她一眼。丁丁躲在床角，又嚇得不停的在發抖。

丁殘艷慢慢的走過來，盯著她，道：「你說我替他敷的藥叫鋤頭草？」

丁丁點點頭，嚇得已快哭了起來。

丁殘艷轉身面對小雷道：「你相信？」

小雷拒絕回答，拒絕說話。

丁殘艷緩緩道：「她說的不錯，我的確不願讓你走，的確見過龍四，的確殺了那匹馬——

這些事她都沒有說謊。」

小雷冷笑。

丁殘艷道：「可是鋤頭草……」她忽然撕開自己的衣襟，露出晶瑩如玉的雙肩，肩頭被她自己刺傷的地方，也用棉布包紮著。

她用力扯下了這塊棉布，擲在小雷面前，道：「你看看這是什麼？」

小雷用不著看，他已嗅到了那種奇特而濃烈的藥香。她自己傷口上，敷的竟也是鋤頭草。

小雷怔住了。

丁殘艷忽然長長嘆了口氣，喃喃道：「丁丁，丁丁……我什麼地方錯待了你？你……你……你為什麼要說這種謊？」

丁丁流著淚，突然跳起來，嘶聲道：「不錯，我是在說謊，我要破壞你，讓你什麼都得不到，因為我恨你。」

丁殘艷道：「你恨我？」

丁丁道：「恨你，恨你，恨得要命，恨不得你快死，愈快愈好……」

她忽然以手掩面，痛哭著奔了出去，大叫道：「我也不要再留在這鬼地方，天天受你的氣……我就算說謊，也是你教給我的……」

丁殘艷沒有去攔她，只是癡癡的站在那裡，目中也流下淚來。小雷的臉色更蒼白。

他實在想不到事情會忽然變成這樣子，實在想不到那又天真，又善良的小女孩，居然也會說謊。丁殘艷忽又長長嘆息了一聲，喃喃道：「我不怪她，她這麼樣做，一定只不過是為了要離開我，離開這地方……外面的世界那麼大，有哪個女孩子不想出去看看呢？」

小雷忍不住道：「你真的不恨她？」

丁殘艷道：「她還是個孩子。」

小雷道：「她卻恨你！」

丁殘艷黯然道：「世上有很多事本來都是這樣子的，恨你的人，你未必恨他，愛你的人，你也未必愛他……」她聲音愈說愈低，終於聽不見了。

小雷沉默了很久，也不禁嘆息了一聲，道：「不錯，世上的確有很多事，都是這樣子的。」

他心裡忽然覺得很沉重，就像是壓著塊千斤重的石頭一樣。

又過了很久，他才緩緩道：「無論如何，你總是救了我。」

丁殘艷道：「我沒有救你。」

小雷道：「沒有？」

丁殘艷道：「救你的人，是你自己。」

小雷道：「我自己？」

丁殘艷道：「你自己若不想再活下去，根本就沒有人能救你。」

小雷道：「可是我……」

丁殘艷打斷了他的話，冷冷道：「現在你可以走了，若是走不動，最好爬出去。」

她先走了，沒有回頭。燈光愈來愈黯淡，風愈來愈冷，遠處的流水聲，聽來就彷彿少女的

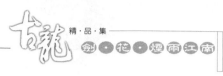

嗚咽。小雷躺下去，什麼都不願再想，只是靜靜的在等待著天明……

三

天明。陽光燦爛，穹蒼湛藍。晨風中傳來一陣陣花香，泉水的香氣，還有一陣陣煮熟了的飯香。小雷慢慢的下了床。

他的新傷和舊傷都在疼，疼得幾乎沒有人能忍受。可是他不在乎。

他已學會將痛苦當做一種享受，因爲只有肉體上的痛苦，才能減輕他心裡的創痛。

是誰在燒飯？是她？還是丁丁？他不知道這一夜她們是如何度過的，對她們說來，這一夜想必也長得很。

廚房就在後面，並不遠。但對小雷說來，這點路也是艱苦而漫長的，幸好他的腿上還沒有傷。

他總算走到廚房的門口，冷汗已濕透了衣裳。

一個人背著門，站在大灶前，長裙曳地，一身白衣如雪。想不到她居然還會燒飯。

無論誰看到她站在血泊中的沉著和冷酷，絕不會想像到她也會站在廚房裡。

小雷手扶著牆，慢慢的走進去。她當然已聽到他的腳步聲，但卻沒有回頭。她是不是也已拒絕跟他說話？

小雷沉默著，過了很久，忍不住問道：「丁丁呢？」

她沒有回答。

小雷道：「她還是個孩子，雖然做錯了事，但誰沒有做錯過事呢？你若肯原諒她，我……」

她忽然打斷了他的話，冷冷道：「你在跟什麼人說話？」

小雷道：「你。」

她忽然回過頭，看著小雷，道：「你認得我？我怎麼不認得你？」

小雷怔住。這少婦雖然也是一身白衣，頎長苗條，但卻是個很醜陋的女人，平凡而醜陋。

她一隻手扶著鍋，一隻手拿著鏟子，正在盛飯。她有兩隻手。

小雷長長吐出口氣，勉強笑道：「我好像也不認得你。」

白衣少婦道：「既然不認得我，來幹什麼？」

小雷道：「來找一個人。」

白衣少婦道：「找誰？」

小雷道：「找一個女人，一位十八九歲的小姑娘。」

白衣少婦冷冷的笑了笑，道：「男人要找的，好像總是十八九歲的小姑娘，這你不說我也知道，可是，她姓什麼？」

小雷道：「好像姓丁。」

白衣少婦道：「我不姓丁。」

小雷道：「你……你怎麼會在這裡的？」

白衣少婦道：「這裡是我的家，我不在這裡在哪裡？」

小雷愕然道：「這是你的家？」

白衣少婦道：「是的。」

小雷道：「你一直住在這裡？」

白衣少婦道：「我現在住在這裡，現在這裡就是我的家。」

小雷道：「以前呢？」

白衣少婦淡淡道：「以前的事你又何必再問它？」

小雷不說話了。因爲他覺得這少婦說的話實在很有道理，以前的事既然已過去，又何必再問？又何必再提起？

白衣少婦回過頭，盛了一大碗飯，忽又問道：「你餓不餓？」

小雷道：「餓。」

白衣少婦道：「餓就吃飯吧。」

小雷道：「謝謝。」

桌子上有炒蛋、蒸肉，還有剛剝好的新鮮萵苣，拌著麻油。小雷坐下來，很快就將一大碗飯吃得乾乾淨淨。

白衣少婦看著他，目中露出笑意，道：「看來你真餓了。」

小雷道：「所以我還想再來一碗。」

白衣少婦將自己面前的一碗飯也推給他，道：「吃吧，多吃點，吃飽了才有力氣。」

她忽然笑了笑，笑得很奇特，悠然接著道：「你總不至於想白吃我的飯吧？」

小雷好像覺得一口飯嗆在喉嚨裡。

白衣少婦道：「吃了人家的飯，就要替人家做事，這道理你總該明白的。」

小雷點點頭。

白衣少婦道：「我看你也是個有骨氣的男人，混吃混喝的事，你大概不會做的。」

小雷索性又將這碗飯吃了個乾淨，才放下筷子，問道：「你要我替你做什麼？」

白衣少婦反問道：「你會做什麼？」

小雷道：「我會做的事很多。」

白衣少婦道：「最拿手的一樣是什麼？」

小雷看著自己擺在桌上的一雙手，瞳孔似又在漸漸收縮。

白衣少婦凝視著他，緩緩道：「每個人都有一樣專長的，有些人的專長是琴棋書畫，有些人的專長是醫卜星相，也有些人的專長是殺人——你呢？」

小雷又沉默了很久，才一字字道：「我的專長是挨刀。」

白衣少婦道：「挨刀？挨刀也算是專長？」

小雷淡淡道：「不到十天，我已挨了七八刀，至少經驗已很豐富。」

白衣少婦道：「挨刀又有什麼用？」

小雷道：「有用。」

白衣少婦道：「你說有什麼用？」

小雷道：「我吃了你的飯，你不妨來砍我一刀，這筆帳就算清了。」

白衣少婦笑了，道：「我爲什麼要砍你一刀？對我有什麼好處？」

小雷道：「那就是你的事了。」

白衣少婦眼珠子轉了轉，道：「你挨了七八刀，居然還沒有死，倒也真是本事。」

小雷道：「本來就是。」

白衣少婦道：「會挨刀的人，想必也會殺人的。」

小雷道：「哦？」

白衣少婦忽然一拍手，道：「好，你就替我殺兩個人吧，我們這筆債就算清了。」

她說得倒很輕鬆，就好像人家欠了她一個雞蛋，她叫別人還兩個鴨蛋一樣。

小雷也笑了，道：「我吃了你兩碗飯，你就叫我去替你殺兩個人？」

白衣少婦道：「不錯。」

小雷道：「這兩碗飯的價錢未免太貴了吧？」

白衣少婦道：「不貴。」

小雷道：「不貴？」

白衣少婦道：「我這兩碗飯很特別，平常人是吃不到的。」

小雷道：「有什麼特別？」

白衣少婦道：「因爲飯裡有些很特別的東西。」

小雷道：「有什麼？」

白衣少婦道：「毒藥。」

她看著小雷，好像希望看到小雷嚇得從椅子上跳起來，但小雷卻連眼角都沒有跳。

白衣少婦皺了皺眉，道：「你不相信？」

小雷淡淡道：「那兩碗飯我既然已吃了下去，現在相不相信都無所謂了。」

白衣少婦道：「無所謂？你知不知道吃了毒藥的人，是會死的？」

小雷道：「知道。」

白衣少婦道：「你想死？」

小雷道：「不想。」

白衣少婦鬆了口氣，道：「那麼你就替我殺兩個人吧，反正那兩個人你又不認得，而且只兩個人，也不算多。」

小雷道：「的確不多。」

白衣少婦道：「等他們一來，你就可以下手殺他們。」

小雷道：「不殺。」

白衣少婦變色道：「不殺？爲什麼不殺？」

小雷道：「不殺就是不殺，也沒有爲什麼。」

白衣少婦道：「你知道我要你殺的人是誰？」

小雷道：「就因不知道，所以不能殺。」

白衣少婦道：「你想不想知道？」

小雷道：「不想，也不必。」

白衣少婦狠狠道：「你若不殺他們，你自己就得死。」

小雷忽然不說話了，慢慢的站起來，就往外走。

白衣少婦道：「你到哪裡去？」

小雷道：「去等死。」

白衣少婦道：「你寧死也不答應？」

小雷卻連理都懶得再理她，頭也不回的走了出去。

白衣少婦咬著牙，忽然跳起來，大聲道：「你究竟是個人？還是頭騾子？」

只聽小雷的聲音從外面傳進來，只說了兩個字：「騾子。」

四

小雷躺在床上，自己覺得自己很可笑。九幽一窩蜂來尋仇時，那一戰死人無數，血流遍地。他沒有死。血雨門下的劊子手用刀架住了他的咽喉，刀鋒已割入肉裡，他沒有死。五殿閻羅無一不是身懷絕技的武林高手，而且個個心狠手辣，那一劍明明從他身上對穿而過，他也沒有死。現在他糊裡糊塗的吃了人家兩碗白米飯，居然就要糊裡糊塗的死了。

你說這是不是很可笑？他本來當然可以出手制住那白衣少婦，逼她拿出解藥來。

他沒有這麼做，倒並不是因爲他怕自己氣力未復，不是她的敵手——一個人既然反正要死了，還怕什麼？他沒有這麼樣做，只不過因爲他懶得去做而已。

那白衣少婦怎會到這裡來的？叫他去殺的是誰？她自己究竟是誰？

小雷也沒有問，懶得去問。現在他無論對什麼事，好像都已完全沒有興趣，完全不在乎。這種現象的確很可怕。他怎麼會變成這樣子的，連他自己也不太清楚。他也懶得去想。等死的滋味好像也不錯，至少就一了百了，無牽無掛。

外面在「叮叮咚咚」的敲打著，也不知在敲什麼？過了很久，聲音才停止。

然後門外就有人進來了。兩個青衣壯漢，抬著個薄木板釘成的棺材走進來，擺在他的床旁邊。

原來剛才外面就是在釘棺材。這些人想得真周到，居然連後事都先替他準備好了。

青衣壯漢看了他一眼，就好像在看著個死人似的，忽然對他躬身一禮。

活著的人，對死人好像總特別尊敬些。小雷也懶得睬他們，動也不動的睡著，倒有點像是個死人。青衣壯漢走了出去，過了半晌，居然又抬了口棺材進來，放在旁邊。

一個人爲什麼要兩口棺材？小雷當然還是懶得去問他們，一口棺材也好，兩口棺材也好，有棺材也好，沒棺材也好。他全都不在乎。

又過了半晌，那白衣少婦居然也走了進來，站在床頭看著他。小雷索性閉起了眼睛。

白衣少婦道：「棺材已準備好了，是臨時釘成的，雖然不太考究，總比沒有棺材好。」

小雷未作聲。

白衣少婦道：「不知道你能不能自己先躺進棺材裡，也免得你死了後，還叫人來抬你？」

她盯著小雷，好像希望小雷會氣得跳起來跟她拚命。誰知小雷竟真的站起來，自己躺入棺材裡。臉上還是全無表情。白衣少婦似也怔住了。

過了很久，她才輕輕嘆了口氣，道：「我們素昧平生，想不到現在居然死在一起，大概這就叫做緣分。」

她自己居然也躺入另一口棺材裡。小雷居然也還能忍得住不問，只不過他心裡也難免奇怪，不知道她究竟在玩什麼花樣。白衣少婦筆筆直直的躺在棺材裡，閉上了眼睛，好像也在等死。

又過了很久，她忽又嘆了口氣，道：「你知不知道我在想什麼？」

她似已明知小雷不會開口的，所以自己接著又道：「我在想，別人若看見我們兩個人死在一起，說不定還會以爲我們是殉情哩！」

小雷終於開口了。他終於忍不住問道：「你爲什麼要跟我死在一起？」

白衣少婦道：「因爲你害了我。」

她害了別人，反說別人害了她。小雷又沒說話了。

白衣少婦道：「你知不知道我爲什麼要說你害了我？」

小雷道：「不知道。」

白衣少婦道：「因爲你若肯替我殺那兩個人，我就不會死了。」

小雷皺了皺眉，道：「那兩個人是來殺你的？」

白衣少婦嘆了口氣，道：「不但要殺我，說不定還會將我千刀萬剮，所以我不如自己先死了反倒乾淨些。」

小雷道：「所以你才先躺進棺材裡？」

白衣少婦道：「因爲我也在等死，等他們一來，我就先死。」

她笑了笑，笑得很淒涼，接著又道：「就算我死了之後，他們還是會把我從棺材裡拖出去，但我總算是死在棺材裡的。」

她輕描淡寫幾句話，就將那兩個人的兇惡和殘酷形容得淋漓盡致，無論誰聽了她的話，都不會對那兩人再有好感。

小雷卻還是冷冷道：「你可以死的地方很多，爲什麼一定要到這裡來死？」

白衣少婦道：「因爲我本來並不想死，所以才會逃到這裡來。」

小雷道：「爲什麼？」

白衣少婦又嘆了口氣，道：「因爲我本來以爲這裡有人會救我的。」

小雷道：「誰？」

白衣少婦道：「丁殘艷。」

小雷輕輕「哦」了一聲，對這名字似乎很熟悉，又像是非常陌生。

白衣少婦又道：「我來的時候，她已不在，所以我以爲她臨走交託了你。」

小雷幽幽道：「那你錯了，我也不知道她真的會走。」

他把「真」字說得特別重，彷彿那個陰魂不散的女人，永遠也不會放棄他而去似的。

但他寧願相信，丁殘艷是真的絕望而去了。

她到什麼地方去了？這將永遠是個謎。

不過他更相信，像丁殘艷這樣的女人，無論到天涯海角，她都會照顧自己的。因爲在她的心目中，除了自己之外，根本沒有別人的存在。

白衣少婦突然從棺材裡坐起，問道：「你究竟是丁殘艷的什麼人？」

小雷淡然道：「我不是她的什麼人。」

白衣少婦道：「哦？那你怎麼會在這裡？」

小雷仍然躺著不動，緊閉著眼睛，如同一具屍體。不過他畢竟比死人多口氣——嘆出一口長氣。他懶得回答，也不想回答。

沉默。經過一段很長的沉默，沒有一點聲息，也沒有一點動靜。

小雷不用咬手指頭，也知道自己還活著，因爲他能聽見自己的呼吸，死人是不會呼吸的。但呼吸聲是他發出的，旁邊的棺材卻毫無聲息。難道她已經死了？

小雷霍地挺身坐起，探頭向旁邊的棺材一看，發現已是一口空棺。

小侯爺從鐵獅子胡同走出來，距胡同口不遠，停候著一輛華麗馬車。他拖著沉重的腳步走近，掀簾進入車廂，裡面坐著個女人，就是那白衣少婦。白衣少婦迫不及待問道：「你見到龍四了？」

小侯爺神色凝重，微微點了點頭。馬車已在奔馳，車廂顛簸得很厲害。沉默。

白衣少婦偷瞥一眼小侯爺的臉色，忽道：「我就在這裡下車吧。」

小侯爺沒有阻止，白衣少婦正要掀簾跳下車，卻冷不防被他一把執住手臂，抓得很緊。

白衣少婦失聲輕呼起來：「啊！……」

小侯爺忿聲道：「告訴我，你為啥不向姓雷的下手？」

白衣少婦笑了笑，道：「如果你真喜歡纖纖姑娘，就得讓姓雷的活著，否則你將會失去她。」

小侯爺斷然道：「我不相信！」

白衣少婦道：「你不必相信我，但你必須相信金川的話。」

小侯爺不屑地道：「哼！那個人我更不相信。」

他有理由不相信金川，因為吃不到葡萄的人，都說葡萄是酸的。

據金川說：「纖纖一生只愛一個人，那就是小雷。但她卻被小雷所遺棄。」

所以纖纖要報復，她不惜投入小侯爺的懷抱，就是為了報復小雷的負心和絕情。但是，她愛的仍然是小雷。

小侯爺一向很自負，他不信憑自己的家世，相貌及武功，在纖纖的心目中比不上小雷，除了一點，那就是白衣少婦見過小雷後所說的，這個人根本不重視生命。

難道小雷令纖纖傾心的，就憑這一點？小侯爺絕不相信，所以他親自去見了龍四。

也許他不該多此一舉的，但為了證實金川說的一切，他還是忍不住去見了龍四，現在他終於知道，一個能令龍四這樣的人衷心敬服的男人，絕對値得任何一個女人全心全意地去愛他。

白衣少婦從未被男人愛過，也沒有愛過任何男人，她只會殺人，不管是男是女，所以她的綽號叫「冷血觀音」。

她受小侯爺之託，從龍四方面獲得線索，判斷騙去小雷的可能是丁殘艷，果然不出所料，當她找去的時候，發現丁殘艷和丁丁已不在，只有小雷躺在床上。

小雷當時睡得很熟，她原可以趁機下手的，但她沒有下手。

冷血觀音生平殺人從不猶豫，更不會於心不忍，可是她放棄了這舉手之勞的機會。

這正是小侯爺的憂慮，冷血觀音尚且對小雷手下留情，足見他在纖纖心目中所佔的地位了。

小侯爺從未嚐過煩惱的滋味，他現在有了煩惱。

纖纖已不再垂著頭。她容光煥發，臉上帶著春天般的笑容。

現在她不但要改變自己的命運，更要掌握別人的命運，這已是不容否認的事實。

小侯爺已在她的掌握中。

深夜，靜寂的鐵獅子胡同。鏢局的正堂裡，龍四和歐陽急在對酌，兩個人的神情極凝重，不知他們喝酒是爲壯膽？還是借酒澆愁？

幾個魁梧的趟子手隨侍在側，一個個都手執武器，嚴陣以待，更增加了緊張而低沉的氣氛。

鏢局的總管褚彪急步走入，上前執禮甚恭道：「總鏢頭，您交代的事全打點好了。」

龍四微微把頭一點，問道：「留下的還有多少人？」

褚彪道：「除了幾個有家眷的，全都願意留下。」

龍四又問道：「你有沒有把我的話說明？」

褚彪振聲道：「他們願與總鏢頭共生死。」

龍四道：「好！」

他突然站起身，眼光向各人臉上一掃，長嘆道：「唉！弟兄們雖是一片好意，可是，我又何忍連累大家……」

歐陽急猛一拳擊在桌上，激動道：「血雨門找上門來，大不了是一拚，今夜正好作個了斷。」

龍四把眉一皺道：「血雨門今夜必然大舉來犯，黃飛、程青、吳剛三位鏢頭恐怕來不及趕來，憑你我兩個人，要應付今夜的局面，只怕……」他確實老了，不復再有當年的豪氣。

歐陽急明白他的意思，他並不是爲本身擔憂，而是不忍這些忠心耿耿的手下慘遭屠殺。

血雨門趕盡殺絕的作風，江湖中無人不知。

歐陽急不再說話，舉杯一飲而盡。

整個大廳陷入一片沉寂……突然間，廳外接連幾聲慘呼。

龍四臉色陡變，沉聲道：「來了！」

一個趟子手急將丈四長槍遞過去，他剛接槍在手，歐陽急已抄起烏梢鞭，竄出廳外。

龍四急叫：「歐陽……」

但他欲阻不及，歐陽急已射身到了院子裡。二十餘名趟子手已動上了手，其中幾個已躺下，卻阻擋不了闖進來的兩個人。這兩個人，就是閻羅傘和閻羅刀。

他們直向正堂闖來，歐陽急當階而立，一揮烏梢長鞭，直取閻羅刀面門。長鞭像條毒蛇威力無比。閻羅刀掄刀橫削，長鞭纏住刀身，雙方較上了勁。

閻羅傘趁機攻進，掄傘向歐陽急當頭打下，卻被衝出的龍四挑槍撥開。

狂喝聲中，龍四的長槍連連搶攻，逼使閻羅傘閃開一旁，解除了歐陽急受夾攻的威脅。

閻羅傘狂笑道：「龍四，今夜你們是死定了。」

龍四心知對方絕不止這兩個人，他們只不過是打頭陣而已，血雨門的人必在暗中伺機發動。

尤其敵暗我明，更防不勝防，龍四不怕這兩個人，卻無法知道，尚未露面的究竟是些什麼人物。

龍四長槍一緊，直逼閻羅傘，喝道：「憑你們兩個還差得遠，你們來了多少人，乾脆都請出來亮亮相吧。」

閻羅傘狂聲道：「殺雞用不著牛刀，你們將就點吧。」

鐵傘很沉重，但在他手裡卻如同油紙傘般輕便，而且得心應手，毫不吃力。

雙方正展開狠拚，不知從哪裡傳來一陣陰森森獰笑，令人毛骨悚然。

笑聲方落，響起個沙啞的聲音道：「五殿閻羅享譽武林已久，怎麼愈來愈差勁了？」

另一個蒼勁的聲音接口道：「可不是，上次栽了三個，剩下這兩個就更不濟啦。」

幸好夜色朦朧，閻羅傘和閻羅刀的臉紅看不出。他們聽了這番奚落，果然加緊攻勢，各盡全力進攻龍四和歐陽急。眾趟子手插不上手，只好在一旁掠陣，吶喊助威。

沙啞的聲音又響起：「別看熱鬧了，我們趕快結束這台戲吧。」

蒼勁的聲音道：「好！你先？還是我先？」

沙啞的聲音笑道：「長幼有序，當然是你先請。」

一聲「好！」方出口，屋上已掠起一條黑影，如同大鵬臨空，從天而降。黑影尚未落地，凌空雙袖齊拂，一片寒光已疾射而出。

龍四驚叫道：「奪命金錢……」

但他的警告不及寒光快，慘叫聲連起，趟子手已倒下了十幾個。來人竟是血雨門中擁有兩大暗器的高手，南錢北沙。「奪命金錢」南宮良果然名不虛傳，這一手滿天花雨的手法，錢無虛發，一出手就取了十幾個趟子手的命。

龍四驚怒交加，全身血液沸騰，一槍逼開閻羅傘，直撲南宮良，大喝道：「暗箭傷人不算本事，看槍！」他這雷霆萬鈞的一槍刺去，卻被南宮良從容不迫閃開，一掠身，已上了屋頂。

南宮良笑道：「龍四，你真是孤陋寡聞，我從來不用暗箭，只用……」

龍四已怒火攻心，提槍縱身而起。不料一腳剛落上屋簷，冷不防一股勁風撲面，風中夾帶著一蓬鐵沙。果然南錢北沙連袂而來，出手的就是「毒沙手」魏奇。

龍四驚覺被突襲已遲，只覺整個臉部一陣奇痛刺骨，人已仰面倒栽下去。

歐陽急大驚，驚呼一聲：「四爺……」

他只顧趕去搶救龍四，這一分神，被閻羅刀趁機手起刀落，將他執鞭的右手齊肘砍斷。

但他似乎根本毫無知覺，也不感覺痛楚，直到舉臂要托住栽下的龍四時，才驚覺已失掉一條手臂，獨臂未能接住龍四，兩個人一起撞倒，跌作一堆。

南錢北沙雙雙掠身而下，出手毫不留情，各以奪命金錢和毒沙，向趟子手們展開屠殺。

閻羅刀衝向正堂，閻羅傘掠向龍四和歐陽急，正舉傘欲擊下，突見一條人影越牆掠入。

這人已不是情急拚命，而是根本不要命，居然不顧被鐵傘當頭一擊之險，硬向閻羅傘一頭撞去。閻羅傘措手不及，被撞了個滿懷。

對方來勢太猛，這一撞兩個人都踉蹌倒退，使閻羅傘尚未看清對方，已猜到了他是誰。

像這樣不要命的人，閻羅傘生平只見過一個，那就是小雷。

一點也不錯，這個人就是小雷，他撞開了閻羅傘，跟著就欺身搶進兩大步，出手如電的扣向對方手腕。

閻羅傘閃身縱開，叫道：「他就是龍五。」

南宮良和魏奇立即回身，跟閻羅傘恰好成「品」字形地位，把小雷包圍在中間。

閻羅傘一見他們蓄勢待發，頓覺膽大氣壯，精神一振，狂笑道：「龍五，你能趕來太好了，免得我們再去找你。」

小雷已瞥見龍四和歐陽急，兩個都已重傷倒地不起，一時心如刀割，但無暇搶救他們。

強敵當前，他除了拚命之外，已沒有其他選擇。好在這條命早就不屬於他自己了，能爲龍四拚命而死，總比糊裡糊塗吃兩碗飯，死在那白衣少婦手裡值得些。

生命是最可貴的，一個人既不怕死，世界上就沒有任何事更值得怕的了。

小雷淡然一笑道：「不錯！也許我來遲了一步，但我畢竟趕來了。」

閻羅傘並不動手，向南宮良和魏奇一施眼色，突然退後道：「二位，這小子交給你們啦。」

魏奇沙啞著嗓門道：「南宮兄，這次該兄弟擾個先了吧？」

南宮良笑道：「好！」

魏奇的肩膀剛一動，未及出手，卻突發一聲慘叫，雙手掩面倒地，滿地亂滾，哀叫如號：「我的眼睛……」

這突如其來的驟變，使南宮良和閻羅傘大吃一驚，相顧愕然。就在他們驚魂未定時，牆頭上出現了一個人。夜色朦朧，這人一身白衣，竟是那白衣少婦——冷血觀音。

南宮良驚聲道：「來的可是冷血觀音？」

冷血觀音冷冷地道：「你的眼力總算還不錯，沒有把我當成丁殘艷。」

江湖中最難惹的兩個女人，就是冷血觀音和丁殘艷，而她們兩個都喜歡穿白衣。

小雷第一次看到冷血觀音的背影，就曾把她誤認作是丁殘艷。

南宮良對這女人似有顧忌，但仍然忍不住岔聲道：「我們跟你向來井水不犯河水，你爲什麼向魏奇下這毒手？」

冷血觀音掠下牆頭，手指小雷道：「可是你們犯了他！」

南宮良道：「這與你何干？」

冷血觀音冷哼一聲道：「關係可大著吶。」

小雷並不領她的情，甚至不敢領這種女人的情。他遇上個丁殘艷，就已頭疼萬分，絕不願再遇上第二個丁殘艷。

小雷不禁嘆道：「唉！你怎麼也是陰魂不散……」

閻羅傘早已按捺不住，趁著冷血觀音正要答話，稍一分神的機會，突然出其不意的向她掄傘攻去。冷血觀音動都未動，纖指輕彈，兩道寒芒疾射而出。

閻羅傘的這柄鐵傘，專破各門各派暗器，沒想到今夜遇上冷血觀音，竟使他成了英雄無用武之地。這只怪他求功心切，企圖趁其不備，攻冷血觀音個措手不及，可惜這個如意算盤打錯了，等他驚覺兩道寒光射到眼前時，根本已無法閃避。

只聽他發出聲淒厲慘叫，也像魏奇一樣，倒在地上亂滾，哀號不已。

閻羅刀正好衝出正堂，見狀大吃一驚，怒喝道：「南宮兄，你是來看熱鬧的？」

喝聲中他已揮刀撲向冷血觀音。但這次不容冷血觀音出手，小雷已搶先發動，迎向撲來的閻羅刀。刀光霍霍，聲勢奪人，卻嚇阻不了小雷的撲勢。

小雷雖不重視生命，但也不願用血肉之軀去挨刀。他閃開來勢洶洶的一刀，一轉身，雙臂齊張，將閻羅刀整個身體緊緊抱住。這不像高手過招，簡直是兩個莽漢打架。

可是小雷的雙臂如同鐵鉗，愈收愈緊，使閻羅刀被勒得幾乎透不過氣來。

南宮良蠢蠢欲動，偷眼一瞥冷血觀音，終於遲遲不敢貿然出手。

小雷雙臂繼續收緊，閻羅刀已滿臉漲得通紅，青筋直冒，卻無法掙脫……

就在這時候，牆頭上又出現十幾個人。冷血觀音回頭一看，暗吃一驚。

像她這種女煞星，居然也有吃驚的時候，這倒是很難得的事。

夜色雖朦朧，她的眼力卻厲害，一眼就認出，這些身穿骷髏裝的人，全是血雨門主的隨身侍衛。他們的打扮確實怪異，黑色緊身衣上，畫成整個一副白骨，戴著骷髏面罩，乍看之下，就像一具具從墳墓裡爬出的骷髏，令人看了不寒而慄，毛髮悚然。

想不到血雨門主司徒令，今夜竟親自出馬，南宮良趁她吃驚分神，突然雙袖齊拂，十二枚奪命金錢疾射而出。冷血觀音驚覺已欲避不及，千鈞一髮之際，小雷突將閻羅刀的身體拋來，及時做了她的擋箭牌。

十二枚奪命金錢，全部打在閻羅刀身上。他已被勒得幾乎昏厥，所以毫無痛苦，也未發出慘叫，就摔在地上氣絕而亡。這種死法倒也痛快。

冷血觀音驚魂甫定，兩眼逼視南宮良，冷森森地道：「你可懂得禮尙往來嗎？」

南宮良心頭一寒，從頭頂直涼到腳跟。

他強自發出聲苦笑，正要情急拚命，來個孤注一擲，忽聽牆頭上有人問道：「姓雷的死了沒有？」

小雷接口道：「我還活著。」

牆頭上的人道：「南宮良，門主有令，放他一馬。」

南宮良正中下懷，趁機下台，急向冷血觀音雙手一拱，道：「那我就不奉陪了。」說完他已掠身而起，射向牆頭。

冷血觀音疾喝一聲：「沒那麼簡單。」

喝聲中，她已揚手射出幾枚毒針。南宮良情知不妙，可惜未及凌空擰身閃避，幾枚毒針已悉數射在他身上。只見他慘呼一聲，身形直墜，翻跌出了牆外。

冷血觀音以爲牆頭上那十幾人，必然群起而攻，急忙嚴陣以待。出乎她意料之外，那些人竟不顧而去。

鐵獅子胡同外，黑暗處站著兩個人。他們保持著沉默。

十幾個穿骷髏衣的人奔出，直到走近他們，其中一個上前執禮甚恭地道：「回稟門主，姓雷的還活著。」

黑暗中的兩個人，竟有一個是司徒令，司徒令笑道：「好！這筆買賣成交了。」

黑暗中另一人道：「三日之內，我派人把玉如意奉上就是。」

司徒令道：「一言爲定。」

他也不問自己的人死活，便帶著那批手下，揚長而去。黑暗中留下另一人，仍在等待著。

胡同裡終於奔出了冷血觀音，他立即迎出，迫不及待地問道：「姓雷的真沒死？」

冷血觀音道：「他死不了的，可是我不明白，司徒令怎會被你說服的？」

那人輕描淡寫道：「我們作了一筆交易。」

冷血觀音詫然道：「什麼交易？」

那人道：「用我家傳之寶玉如意，交換姓雷的一條命。」

冷血觀音道：「哦？這代價也未免太大了，恐怕他自己也不相信，他的命有這樣值錢。」

那人斷然道：「在我卻值得。」

黑暗中駛出一輛華麗馬車，二人登車疾駛而去。

夜，更深沉，更靜寂了。

鏢局裡橫七豎八，躺著二三十具屍體，活著的人已沒有幾個。

龍四已是半死不活，只剩奄奄一息。

歐陽急斷了條手臂，但他畢竟保全了生命，並且已勉強支撐著坐了起來。

小雷蹲在龍四身旁，熱淚盈眶道：「我來遲了，我來遲了……」

龍四氣若游絲，但臉上露出滿足的笑意，道：「你畢竟來了，我已心滿意足。」

小雷悔恨道：「我應該早一天趕來的，哪怕是早一個時辰……」

龍四淒然苦笑道：「好兄弟，只要你有來找我的心意，就算我死後你才來，仍然是來了……我們是好兄弟嗎？」

小雷點頭道：「是的，是的，你是龍四，我是龍五……」

龍四大笑道：「對！我們是好兄弟，哈哈……」笑聲漸漸衰弱，終於戛然而止。

龍四死了。他死得心安理得，臉上露出欣慰滿足的笑容。

小雷情不自禁，撫屍失聲痛哭：「龍四哥！……」

歐陽急不愧是條硬漢，他沒有流一滴淚，平靜地道：「雷老弟，四爺跟你結交一場，總算沒有看錯人，死也可以瞑目了。」

小雷哭聲突止，問道：「他們是血雨門的人？」

歐陽急點點頭，沒有說話。

小雷激動道：「好！我會去找他們的。」

歐陽急慌急的道：「你不必去找他們，四爺等了你好些天，希望你能快點來，就是要告訴你去找一個人……」

小雷急問道：「誰？是纖纖嗎？」

歐陽急搖搖頭道：「那個人曾經來打聽過你，另外還有個女人也來打聽過，就是剛才那個穿白衣的女人。」

小雷道：「她？」

歐陽急道：「四爺希望你去見的不是她。」

小雷追問道：「究竟是誰呢？」

歐陽急道：「小侯爺。」

小雷茫然道：「哦？他爲什麼要我去見那個人？」

歐陽急又搖了搖頭。他只記得小侯爺來訪龍四，臨走時曾叮囑：「姓雷的如果來了，務必要他去見我。」

小侯爺究竟爲什麼要見小雷，連龍四也不知道，歐陽急就更不清楚了。

但是，他們都知道，小侯爺是個值得交的朋友，卻不易結交得上。

世界上最難能可貴的，不是愛情，而是友情——真摯的友情。

真正的朋友不多，只要能交上一兩個，也就死而無憾了，所以龍四交上小雷，他已心滿意足。他要小雷去見小侯爺，也許認爲他們可以結交成朋友吧。

小雷懷著無比沉痛的心情，幫著歐陽急料理鏢局的善後。他們兩人成了朋友。

歐陽急忽然想起一個問題，那就是那天夜裡，司徒令爲什麼突然下令收兵，放了小雷一條生路？小雷也想不出答案。這兩天他心情太壞，並不急於見小侯爺。

可是，小侯爺派人送來了帖子，柬邀小雷赴王府一敘。小雷拿不定主意，徵詢歐陽急的意見。

歐陽急自告奮勇道：「我陪你去。」

小雷無法拒絕。他雖不願去巴結小侯爺，但龍四希望他去見見這個人，他就不得不去。

二人相偕來到王府，小侯爺聞報，立即親自出迎。

小雷對小侯爺的第一印象，是這個人並沒有架子。

在他的想像中，小侯爺一定是趾高氣揚，目中無人的花花公子，結果他的判斷錯了。

小侯爺對他敬若上賓，特地準備豐盛酒菜，慇懃招待他們。

酒過三巡，小侯爺忽道：「小弟明天成婚，二位能賞光嗎？」

小雷跟歐陽急交換一下眼色，道：「我今夜就要走了。」

小侯爺道：「不能多留一二日？」

小雷搖搖頭。

歐陽急代爲補充道：「他急於去找尋一個人……」

小侯爺笑問：「一兩天也不能耽擱？」

小雷又搖了搖頭。

歐陽急道：「如果知道下落，他一兩個時辰也不願耽擱的。」

小侯爺道：「既然尙不知道下落，耽擱一天又有何妨？雷兄若不嫌棄，務必賞光，明天喝過小弟的喜酒再走。」

小雷在盛情難卻下，勉強答應了。小侯爺不動聲色，但心裡在笑。這是一個重大的決定。

他明知這不是明智之舉，甚至會弄巧成拙，卻必須接受這重大的考驗。

因爲他很自負，更需要證明這件事。證明纖纖將永遠真正屬於他。

王府一早就開始張燈結彩，忙碌起來。裡裡外外，一片喜氣洋洋。纖纖又垂著頭了。她不知是心情過於興奮，還是心事重重。她終於改變了自己的命運，如願以償，使夢想成爲事實，今天，她即將成爲小侯爺的妻子。但是，她的心情仍然很矛盾。金川說的不錯，她一生只愛一個人，那就是小雷。

小侯爺悄然走進房來，一直走近她身邊，她尚渾然未覺。她垂著頭，想出了神。

小侯爺默默注視她片刻，始輕喚一聲：「纖纖！」

纖纖微覺一驚，抬頭微笑道：「你什麼時候進來的？」

小侯爺伸手按在她香肩上，笑問：「纖纖，你在想什麼？是想那個姓雷的？」

纖纖神色微變，嗔聲道：「我已經告訴過你，早就忘掉了這麼個人。」

小侯爺道：「真的？」

纖纖斷然道：「如果我沒有這個決心，就不會把一切告訴你了。」

小侯爺笑道：「我相信你。不過，假使有一天你再見到他呢？」

纖纖忿聲道：「我這一輩子也不願再見到他。」

小侯爺追問：「如果見到了呢？」

纖纖毫不猶豫道：「我就當不認識他。」小侯爺滿意地笑了，這是從他心裡發出的。

纖纖忽問：「你爲什麼突然問我這個問題？」

小侯爺置之一笑道：「也許我是心血來潮吧。」纖纖嫣然一笑，又垂下了頭。

華燈初上。

侯爺半年前奉旨出京，攜眷同行，現在小侯爺是一家之主。

他等不及雙親回來，就急於完婚，自有他不得已的苦衷，好在他是獨生子，他無論怎麼做，事後都可以獲得雙親的諒解。

今天他沒有請任何諸親好友，請的都是些武林高手，江湖人物。

這些人是今天才臨時接到請帖，紛紛趕來道賀的。

小侯爺廣結江湖人物，就像有些人喜歡賭博、酗酒、好色一樣，是一種嗜好。

小雷從不失信，他答應過小侯爺要來的，所以他來了。

歐陽急沒有來，因爲他是有名氣的鏢頭，不願在江湖人物面前丟臉，看到他突然變成了獨臂將軍。

賀客已到了很多，氣氛很熱鬧。

小雷不認識他們，也不願跟這些江湖人物打交道，他只是坐在那裡等喝喜酒，喝完就走。

小侯爺忙著招呼客人，似乎未發現小雷已經來了。

忽然有個丫鬟來到小雷面前，道：「雷公子，小侯爺請你到後院來一下，他要單獨見你。」

小雷點點頭，跟著丫鬟來到後院。

丫鬟帶他到廂房門口，道：「雷公子請裡邊稍候，小侯爺立刻就來。」

小雷逕自走進房，發現這竟是洞房。牙床上坐著個新娘打扮的女人，垂著頭。

他暗自一怔，正待退出房，那女人忽然抬起頭。她尚未垂下面布。

這張臉，小雷太熟悉了，做夢也不會忘記——這是纖纖的臉。

纖纖更認得，站在那裡發愣的就是小雷，他們同時怔住了。

小雷突然衝向前，激動地叫道：「纖纖……」

纖纖只迸出一個字：「你……」她又垂下了頭，淚珠涔涔而下。

一聲輕咳，驚動了他們，兩個人不約而同向房門口看去，走進來的是小侯爺。

小侯爺的臉上毫無表情，道：「你要找的人是她嗎？」

小雷沒有說話，他不知該說什麼。纖纖把頭垂得更低了。

小侯爺又道：「現在你見到她了，你有什麼話要對她說的？」

小雷搖搖頭，仍然無話可說。

他轉身要走，纖纖突然叫道：「小侯爺，你爲什麼帶他來見我？」

小侯爺道：「我必須證實一件事，那就是你見到他之後，會不會改變主意。」

纖纖斷然道：「我對他的心早已死了。」

小侯爺眼光盯住她道：「他呢？」

纖纖恨聲道：「他的心裡根本沒有我。」

小雷用力咬著自己的下唇，痛不在嘴唇上，而是在心裡。他仍然一言不發，保持著緘默。

小侯爺眼光移向他道：「你可以走了。」

小雷點點頭，沒有說話，向房外走去。

纖纖突然站起，情不自禁地叫道：「雷……我要問你一句話。」

小雷站住了，沒有回身。

纖纖衝到他身後，道：「你爲什麼找我？」

小雷終於說話了：「我只要告訴你，那晚你若不走，就會像我全家一樣被趕盡殺絕。」

纖纖驚呼道：「你說什麼？」

小雷道：「你只要問我一句話，我已經回答了，其他的又何必再問……」

他剛舉步，小侯爺忽道：「你急於要找到她，就爲了要告訴她這兩句話？」

小雷點點頭。

小侯爺道：「不見得吧，如果她今晚不是跟我成婚，你找到了她呢？」

小雷道：「我還是告訴她，同樣的這兩句話。」

小侯爺道：「哦？你說你全家被趕盡殺絕，爲什麼你還活著？」

小雷道：「也許我活著，就是爲了找她，告訴她這兩句話。」

小侯爺突然大笑道：「這只怪你交錯了朋友，如果我比金川先認識你，也許我們會成爲朋友的。」

小雷道：「我只有一個朋友，但他已經死了，以後我也不會再交任何朋友，所以不必擔心再交錯朋友。」

小侯爺問道：「你的朋友是龍四？」小雷點點頭，眼眶裡有淚光。

小侯爺笑了笑道：「除了他之外，難道救過你命的人也不算朋友？」

小雷道：「我的命不值錢，而且早已不屬於我自己。」

小侯爺道：「不值錢？早知道我就不必忍痛犧牲一件家傳至寶，白白便宜司徒令了。」

小雷回過身來，詫然道：「你說什麼？」

小侯爺道：「告訴你吧，那夜血雨門到鏢局找龍四尋仇，是我用一件玉如意，向司徒令交換你這條命的。」

小雷沮然苦笑道：「奇怪，我自己並不太想活著，爲什麼偏有些人不讓我死？」

纖纖忿聲道：「那你就去死吧。」

小雷沒有說話，轉身走了出去。他原想找到纖纖，說明那晚故意氣走她的苦心，但現在似已沒有這個必要。走過長廊，小侯爺突然急步跟來，他站住了。

小侯爺一手按在他肩上，問道：「你就這樣一走了之？」

小雷道：「嗯。」

小侯爺道：「可是你的命既不值錢，我就不必拿玉如意去交換了。」

小雷強自一笑道：「你本來就不必的……」

小侯爺冷哼了一聲，道：「好在玉如意還沒送走，但我不能失信於司徒令，所以只好把你這條命交還給他。」

小雷道：「這個不用你操心，我自己會送去的。」

小侯爺冷冷一笑，突然從袖管抽出一柄精緻匕首，猛地刺向小雷後腰。

小雷一閃身，刀鋒滑向腰旁，連衣帶肉劃破一道血口。

他一把執住小侯爺的手腕，怒道：「你……」

小侯爺的手被捉住，無法刺出第二刀，急點對方胸前三大要穴，出手既狠又快，毫不留情。

小雷從容化解，錯步縱開，越過欄杆掠入院中。

小侯爺毫不放鬆，跟著掠入院中喝道：「姓雷的，聽說你不怕死，爲什麼要逃？」

小雷道：「因爲我不想死在你手裡，也不想殺你。」

小侯爺逼近兩大步，笑道：「哦？你不想殺我？」

小雷道：「我已經做過一件錯事，不能再錯一次。」

小侯爺道：「哦？你指的是對纖纖？」小雷沒有回答。

小侯爺滿臉殺機道：「那麼我告訴你，我不能讓你活著，也是爲了她。」

小雷露出懷疑的神色：「真的？」

小侯爺道：「今晚我安排你們見面，就是爲證實這一點，現在我已知道，你若活著，她的心就不會死。」

小雷沉思一下道：「如果我死了呢？」

小侯爺道：「她才會真正屬於我。」

小雷問道：「你呢？」

小侯爺道：「我會全心全意地愛她。」

小雷毫不猶豫道：「好！你動手吧。」

小侯爺突然欺身逼近，出手如電地一刀刺去。他以爲對方必然閃避，故意出手偏左，那就正好當胸一刀刺個正著。不料小雷竟動也不動，這一刀刺在他胸前左側，整個刀身戳入，只剩了刀柄。

但他仍然一動也不動。小侯爺用勁一拔，鮮血隨著刀身，像噴泉般射出。小雷還是沒有動。

小侯爺要刺第二刀，卻被對方漠然的神情驚愕住了：「你真的不怕死？」

小雷淡然道：「我能活到今天，已經是奇蹟。」

小侯爺第二刀已出手，刀尖正刺入小雷胸膛，突聞一聲淒呼：「不要殺他……」小侯爺驟然住手，刀尖仍留在小雷胸膛。

纖纖飛奔而來，淚痕滿面，叫道：「小侯爺，請你放他走吧。」

小侯爺臉上沒有表情：「你不願他死？」

纖纖道：「我把一切都告訴了你，但……但我隱瞞了一件事……」

小侯爺問道：「什麼事？」

纖纖垂下頭，猶豫片刻，抬起頭，似乎突然下了決心，鼓起勇氣道：「我……我已有了身孕……」

小侯爺瞥了小雷一眼：「是他的？」纖纖點點頭，又把頭垂了下去。

小侯爺全身感到一震，但他臉上仍然沒有表情，淡然一笑道：「你早就該告訴我的，爲什麼現在才說？」

纖纖沮然道：「我，我怕你會嫌棄我……」

小侯爺追問道：「現在你又爲什麼要告訴我？」纖纖垂首無語。

小侯爺激動地叫道：「現在你不在乎了？」纖纖突然掩面痛哭失聲。

小侯爺氣餒了，收回匕首，道：「我明白了，我應該相信金川的話……」

金川說：纖纖一生只愛過一個人，那就是小雷。但她卻被小雷所遺棄。所以纖纖要報復，她不惜投入小侯爺的懷抱，就是爲了報復小雷的負心和絕情，但是，她愛的仍然是小雷，小侯爺始終不相信，現在他終於相信。

他深深一嘆，忽道：「你把纖纖帶走吧。」

小雷望著纖纖道：「我已經沒有這個權利……」

纖纖抬起頭道：「可是我有權利要問明白，你究竟爲什麼要那樣對我？」

小侯爺接口道：「我相信他一定有很好的理由，但我沒有知道的必要，讓他以後向你解釋吧。」纖纖和小雷相對無言。

小侯爺又道：「你們走吧，最好從後門出去。」

小雷不置可否，望望纖纖，突然轉身走向後門。纖纖以遲疑的眼光看著小侯爺，小侯爺笑笑。

纖纖終於跟著小雷，向後門走去。小侯爺目送他們走出後門，站在那裡發愣。

身後忽然響起一個女人的聲音：「你終於相信了？」

小侯爺沒有回頭，平靜地道：「我相信了。」

女人道：「你讓她走了，今晚的場面……」

小侯爺道：「喜事照辦。」

女人道：「可是新娘……」

小侯爺回過身來道：「你！」身後站的是冷血觀音。

她驚訝道：「我？」

小侯爺點點頭道：「不錯！我決定娶你，反正大家都不知道新娘是誰，難道你不同意？」

冷血觀音受寵若驚道：「可是我，我……」

小侯爺大笑道：「你嫌自己醜？哈哈，我要娶的妻子，如果不是最美的，就要是最醜的。」

冷血觀音的臉紅了，她生平沒有臉紅過，即使是殺人的時候。

現在她臉紅了。她的臉綻開了笑容。

無論她的臉有多醜，但在這一瞬間，在小侯爺眼裡她是美的。

《劍・花・煙雨江南》全書完

古龍精品集 47

蕭十一郎（下）

作者：古龍
發行人：陳曉林
出版所：風雲時代出版股份有限公司
地址：10576台北市民生東路五段178號7樓之3
電話：(02) 2756-0949　　傳真：(02) 2765-3799
封面原圖：明人出警圖（原圖爲國立故宮博物館典藏）
封面影像處理：風雲編輯小組
執行主編：劉宇青
行銷企劃：林安莉
業務總監：張瑋鳳
出版日期：古龍80週年紀念版2019年1月
ISBN：978-986-146-535-7

風雲書網：http://www.eastbooks.com.tw
官方部落格：http://eastbooks.pixnet.net/blog
Facebook：http://www.facebook.com/h7560949
E-mail：h7560949@ms15.hinet.net
劃撥帳號：12043291
戶名：風雲時代出版股份有限公司

風雲發行所：33373桃園市龜山區公西村2鄰復興街304巷96號
電話：(03) 318-1378　　傳真：(03) 318-1378
法律顧問：永然法律事務所 李永然律師
　　　　　北辰著作權事務所 蕭雄淋律師

行政院新聞局局版台業字第3595號 營利事業統一編號22759935

定價：240元　

國家圖書館出版品預行編目資料

蕭十一郎／古龍作.　--　再版.　--臺北市：
風雲時代，　2009.03
　冊；　公分
ISBN: 978-986-146-534-0（上冊：平裝）.　--
ISBN: 978-986-146-535-7（下冊：平裝）.　--
857.9　　　　　　98002389